The Rake
by Suzanne Enoch

あぶない誘惑

スーザン・イーノック
水山葉月[訳]

ライムブックス

THE RAKE
by Suzanne Enoch

あぶない誘惑

主要登場人物

ジョージアナ・ハレー……………………イングランドの侯爵の娘
デア子爵トリスタン・キャロウェイ……イングランドの貴族
フレデリカ………………………………ジョージアナのおば。公爵未亡人
エドウィナ………………………………トリスタンのおば
ミリセント（ミリー）…………………トリスタンのおば。エドウィナの妹
ブラッドショー（ショー）……………トリスタンの弟。次男
ロバート（ビット）……………………トリスタンの弟。三男
アンドルー（ドルー）…………………トリスタンの弟。四男
エドワード………………………………トリスタンの弟。五男
ルシンダ・バレット……………………ジョージアナの親友
エヴリン・ラディック…………………ジョージアナの親友
アメリア・ジョンズ……………………裕福な家の娘

プロローグ

レディー・ジョージアナ・ハレーは、客間のドアから中に飛び込んだ。「あの男が今度は何をしでかしたか聞いた？」

ルシンダ・バレットとエヴリン・ラディックは、一キロ先からでもわかりそうな目配せを交わした。もちろんふたりとも、ジョージアナがだれの話をしているのかよくわかっているはずだ。なんといっても、彼はイングランドで最低の男なのだから。

「何をしたの？」ルシンダが、シャッフルしていたトランプを置いて尋ねた。

ドレスの裾《すそ》から雨粒を振り落とすと、ジョージアナはゲーム用テーブルの前の空いた椅子に座り込んだ。「今朝、エレノア・ブライサムがメイドと一緒に外出していて雨に降られたの。ふたりで家に向かって歩いているところへ、あの男の馬車がものすごいスピードで通りかかって、水しぶきを撥《は》ねかけていったんですって」彼女は手袋を外してテーブルに投げた。「降り始めだからまだよかったわ。そうでなかったら、彼女、溺《おぼ》れていたところよ！」

「止まりもしなかったの？」エヴリンが、ジョージアナに熱い紅茶を注《つ》ぎながら言った。

「止まって、自分がびしょ濡《ぬ》れになる？　ありえないわ」ジョージアナは紅茶に角砂糖をひとつ落とし、乱暴にかきまぜた。男たちときたら、本当に頭に来る！「もし雨が降っていなかったら、彼だって馬車を止めてエレノアとメイドを乗せたでしょうね。でも、たいていの男性は、貴族らしさというものを気持ちや階級の問題だと考えていない。快適に過ごすのが貴族らしいと思っているのよ」

「それも経済的な意味でね」ルシンダが言った。「こぼさないでよ」

エヴリンが自分のカップに紅茶を注ぎ足した。「あなたたちはふたりとも皮肉がすぎるけれど、たしかに、お金と力があれば男性は傲慢《ごうまん》でも許されるっていうのは本当よね。本物の貴族はもういなくなってしまったわ。アーサー王の時代には、女性の賞賛を得られるということは、少なくとも竜を殺せるのと同じくらい大事なことだったのに」

楽天的なエヴリンはなんでも騎士道精神にこじつける傾向があるが、今回はかなり的を射ている。「本当ね」ジョージアナは言った。「いつから乙女よりも竜のほうが大事になったのかしら？」

「竜は宝を守っているからよ」ルシンダがそのたとえに飛びついた。「だから持参金をたっぷり持った女性なら、竜に負けないぐらい大事にされるってわけ」

「女性そのものが宝であるべきだわ。持参金のあるなしにかかわらず」ジョージアナはさらに言った。「問題なのは、わたしたち女性が賭《か》けや競馬よりも複雑だというところにあるんじゃないかしら。たいていの男性には、女性を理解する力がないのよ」

ルシンダはチョコレート・ティー・ケーキをかじった。「同感ね。こちらに向けて剣を振り回すだけでは、わたしの注意を引くことはできないわ」そう言ってくすくす笑う。

「ルシンダったら！」エヴリンは真っ赤になり、手で顔をあおいだ。「なんてことを！」

ジョージアナは椅子の上で身を乗り出した。「いいえ、ルシンダの言うとおりよ。女性の心を勝ち取るのは、テムズ川でのボートレースで勝つのとはわけが違う。ルールが違うということを、男性は理解しなければならないわ。たとえば女性の心を傷つけるのが習慣になっている男なんて、わたしは絶対にごめんよ。いくらハンサムで、お金持ちで、力があってもいや」

「それに、女性には心があるということも知ってもらわなきゃね」自分の言葉を締めくくるように、エヴリンは音をたててカップを置いた。

ルシンダが立ちあがり、部屋の隅の机に向かった。「書いておきましょうよ」そう言うと、引き出しから紙を出してふたりに配った。「わたしたち三人で男性たちを変えてやりましょう。特に、このルールが当てはまりそうな、いわゆる紳士たちをね」

「ほかの女性たちのためにもなるわね」ジョージアナは言った。計画が具体的な形を取り始めると、怒りがおさまってきた。

「でも、リストはわたしたち自身のためにしかならないわ」エヴリンはルシンダから鉛筆を受け取った。「そうじゃない？」

「そんなことないわ。ちゃんと実行に移せば」ジョージアナは答えた。「それぞれだれかひとりの男性を選んで、女性を喜ばせるために学ぶべきことを教えるっていうのはどう？」

「いいわ」ルシンダが賛成のしるしにテーブルに手を置いた。
ジョージアナはリストを書きながら笑った。「これ、出版してもいいわね。『三人の有名なレディーによる恋のレッスン』っていうタイトルで」

ジョージアナのリスト
一　女性の心を傷つけないこと。
二　女性が何を聞きたがっているかなど考えず、常に真実を話すこと。
三　女性の愛を賭けの対象にしないこと。
四　花を贈るのは好ましいが、相手の好きな花でなければならない。とりわけ好ましいのが百合《ゆり》。

1

ジョージアナは舞踏室に入ってくるデアを見ながら、なぜブーツの底に煤《すす》がついていないのだろうと思った。地獄への道を何度も歩いているはずなのに。ブーツの底以外はたしかに煤けている。ゲーム室に向かう彼は、浅黒くて悪魔のように魅力的だ。エレノア・ブライサムがそっぽを向いても、彼は気づきもしなかった。

「本当に頭に来るわ」ジョージアナはつぶやいた。

「なんですって？」すれ違いざまにロード卿《きょう》がきき返した。ふたりは部屋の中央で、カントリーダンスの輪の中にいた。

「なんでもありませんわ。思っていることが、つい声に出てしまっただけ」

「わたしに話してみてください、レディー・ジョージアナ」彼はジョージアナの手を取ってくるりと回ると、一瞬ミス・パートリーの陰に隠れてから、またジョージアナと一緒に列を縫って動いた。「あなたの声ほど耳に心地よいものはない」

わたしのバッグの中でぶつかり合うお金の音を除けば、でしょ？　ジョージアナはため息をついた。もううんざりだ。「お優しいのね」

「あなたが相手だと、そうならざるをえません」

ふたりは再び輪になって踊った。ジョージアナは、視界から消えていくデアの広い背中に向かって顔をしかめた。おそらく、ごろつきの友人たちと両切り葉巻を吸い、酒を飲むのだろう。デアが侵入してくるまでは楽しい晩だった。おばの主催する夜会に彼が招待されて来るとは思わなかった。

ダンスのパートナーがまた近づいてきた。ハンサムなブロンドの男爵に向けて、ジョージアナはにっこりしてみせた。あのいまいましいデアを頭の中から追い払わなければいけない。

「今日はずいぶん張りきっていらっしゃるのね、ラクスリー卿」

「あなたのおかげですよ」ラクスリー男爵は息を切らしながら応《こた》えた。

ダンスが終わった。ラクスリーが胴着のポケットからハンカチを出そうとしているあいだに、ジョージアナは軽食のテーブルのそばで頭を突き合わせているルシンダとエヴリンを見つけた。「ありがとう」ラクスリーが少し散歩しようと言いだす前に、ジョージアナは会釈をして言った。「疲れたわ。ちょっと失礼してよろしいかしら?」

「ああ、もちろんです」

「ラクスリーと踊るなんて」ジョージアナが近づくと、ルシンダが象牙《ぞうげ》の扇の陰から叫んだ。

「なんだってそんなことになったの?」

ジョージアナはほほえんだ。「わたしのために書いたという詩を唱え始めたのよ。途中でやめさせるには、ダンスに応じるしかなかったの」

「あなたに詩を書いたの？」エヴリンがジョージアナの腕に手を回し、壁に並んだ椅子のほうに連れていった。

「そうなのよ」見るとラクスリーは、今夜社交界デビューを果たした女性のひとりを新しいターゲットに決めたらしい。ジョージアナはほっとして、召使からマディラワインのグラスを受け取った。カドリールやワルツ、カントリーダンスを三時間も踊り続けたおかげで足が痛む。「〝ジョージアナ〟と韻を踏む言葉ってなんだと思う？」

エヴリンは額にしわを寄せた。グレーの瞳が輝いている。「わからないわ。なんなの？」

「そんなものないのよ。彼はただ、頭にジョージアナの〝アナ〟をつけただけ。〝あな美しきジョージアナ、あな美しきその姿、あな美しきその御髪《みぐし》――〟」

ルシンダが苦しそうに笑った。「お願いだからやめて。ジョージアナ、あなたったら、驚くべき才能の持ち主だわ。男性たちに、とてつもなくばかげたことをさせたり言わせたりしてしまうんだもの」

ジョージアナはかぶりを振り、象牙の髪留めから外れて目の上に落ちたブロンドの巻き毛を払った。「その才能を持っているのはわたしではなくて、わたしのお金だわ」

「そんなにひねくれなくてもいいわよ。出来はともかく、彼はあなたのためにわざわざ詩を書いたわけだもの」エヴリンが言う。

「たしかにね。まだ二四歳だっていうのに、これほど男性にうんざりしてしまっているのも悲しいわ」

「ラクスリーを恋のレッスンの生徒にするつもり?」エヴリンが尋ねた。「彼なら、ちょっとは学んでくれるんじゃないかしら。つまり、女は鈍くないってことを」

ジョージアナは甘いマディラワインを飲みながらほほえんだ。「彼にはわざわざ教えるほどの価値がないと思うの。実際——」そのとき、階段脇《わき》の動きに気を取られた。デアが舞踏室に戻ってきたのだ。その腕に女性が絡みついている。ジョージアナはかすかに顔をしかめた。相手の女性はアメリア・ジョンズだった。

「実際、なんなの?」ルシンダがジョージアナの視線を追った。「まあ、だれがデアを招待したのかしら?」

「わたしではないのはたしかよ」ミス・ジョンズはまだせいぜい一八歳のはずだ。デアより一二歳も若い。罪を重ねた日々の長さでいえば、デアは何世紀分も勝るだろう。子爵がだれかに言い寄っているという噂《うわさ》は聞いていた。家族の持つ財産と溌剌《はつらつ》とした無邪気さの魅力で、このブルネットの娘がターゲットになっているのは間違いない。気の毒に。

デアがアメリアの両手を取り、ジョージアナは歯ぎしりした。彼は明るい笑顔で短く何か言い、アメリアの手を放して彼女から離れた。アメリアの顔が真っ赤になったかと思うと青くなり、彼女は急いで部屋を出ていった。

あの男のおかげでひとつはっきりしたことがあるわ。ジョージアナは立ちあがり、友人たちに再び顔を向けた。「ラクスリーはやめておくわ」自分でも意外なほど冷静に決断して宣言する。「別の人が頭に浮かんでいるの。きちんと手ほどきを受ける必要のありそうな人が」

エヴリンが目を丸くした。「デア卿のことを考えているんじゃないでしょうね？　あなた、彼を嫌っているはずよ。話しすらしないじゃないの」

部屋の向こうからデアの低い笑い声が聞こえてきて、ジョージアナは血が沸騰しそうになった。あの男は若い娘の気持ちを傷つけたことなど――またしても女性の心を傷つけたことなど――これっぽっちも気にかけていないようだ。一刻も早くレッスンを授けなければならない。そもそも、友人たちとリストを作るきっかけになったのが彼だった。何を教えるべきか、はっきりわかっている。そして、それを教えるのに自分ほど適した人間はいないだろう。

「そう、デアよ。彼に教えるためには心を傷つけてやらなければならないわ。彼に心があればの話だけれど。でも――」

「しいっ」エヴリンが手で制した。

「だれに何があればだって？」

気取った低い声に背筋がこわばり、ジョージアナはゆっくりと振り返った。「あなたに話していたわけじゃないわ」

デア子爵トリスタン・キャロウェイはジョージアナを見おろした。明るいブルーの瞳が愉快そうにきらめいている。つい今しがた、女性が涙にくれて目の前から走り去ったばかりだというのに、魅力的でセクシーな笑みを浮かべられるなんて。こんな人に心などあるわけがない。

「わたしはただ、今夜は一段とお美しいと言いに来ただけだよ、レディー・ジョージアナ」

ジョージアナはほほえんだが、実際ははらわたが煮えくり返っていた。かわいそうなアメリアが部屋の隅で泣いているに違いないそのときに、この男はわたしにお世辞を言っている。「あなたのことを思い浮かべながら、このドレスを選んだのよ」ジョージアナはワインレッドのシルクのスカートをなでた。「本当に気に入っていただけた？」

子爵はばかではなかった。表情は変えなかったが、半歩あとずさりした。ジョージアナは今日は扇を持っていなかった。もっとも、気が変わってデアの手を叩《たた》いてやりたくなったら、すぐそばにルシンダの扇がある。

「気に入ったよ」頭からつま先までじっと見つめられ、ジョージアナは自分が着ているシュミーズがシルクなのかコットンなのか見透かされているような気がした。

「では、あなたの葬儀にはこれを着ていくわ」ジョージアナはとびきりの笑顔を見せて言った。

「ジョージアナ」ルシンダが彼女の腕を取ってささやいた。

デアは眉をつりあげた。「だれがきみを招くと言った？」冷たい笑みを浮かべると、彼は背中を向けた。「それでは失礼するよ」

なんとしても恋のレッスンを授けなければ！「おば様がたはお元気？」ジョージアナはデアの背中に向かって言った。

彼は足を止め、一瞬ためらってから振り返った。「おばたちかい？」

「ええ。今夜はお見えになっていないわね。お元気なの？」

「エドウィナおばさんは元気だ」用心深く、デアは言った。「ミリーおばさんのほうは、本人の期待ほど急速にではないが、快方に向かっている。なぜそんなことをきく？」

理由を説明するつもりはなかった。こちらの計画がきちんとした形になるまで、彼には疑問を持たせたままでおこう。「特に理由はないわ。よろしくお伝えして」

「わかった。では失礼」

「ええ」

デアの姿が見えなくなったとたん、ルシンダはジョージアナの腕を放した。「なるほど、ああやって男性を落とすわけね。わたし、自分のやりかたのどこがいけないのか今までわからなかったのよ」

「やめてよ。いきなり彼の腕に飛び込むわけにはいかないでしょう？　何かあるって感づかれてしまうわ」

「それで、どうやってやるつもりなの？」ふだんは楽天的なエヴリンまでもが疑わしげに尋ねる。

「まずは、ある人と話をしなければならないわ。あなたたちには明日、話せることがあったら話すわね」

それだけ言うと、ジョージアナはアメリア・ジョンズを探した。デアの姿は消えていたが、それでも長身の男性には目を光らせておいた。デアが厄介なのは、いつ、どこに現れるかわからないことだ。

まったくいまいましい。今思い出したが、今夜のおばのパーティーにはだれかに招かれて来たのか、それとも無理やり押しかけてきたのか彼にきくのを忘れてしまった。

目を皿のようにして探したが、アメリアを見つけることはできなかった。ジョージアナはしかめっ面のまま、うわの空でおばを探し、客の接待を始めた。話し相手《コンパニオン》としておばのフレデリカと同居するには、それなりの特権と責任が伴う。自室に戻って計画を立てたいのを我慢し、愛嬌《あいきょう》を振りまきながらひと晩過ごすことは後者のほうだ。

トリスタン・キャロウェイを夢中にさせるのはかなり危険だ。でも、彼にはどうしても学ばせなければならない。彼はひとりの女性の心をひどく傷つけた。二度とあんなことをさせてはいけない。絶対に。

2

真鍮《しんちゅう》のノッカーが玄関のドアを叩く音に、デア子爵トリスタン・キャロウェイは読んでいた『タイムズ』紙から目をあげた。大麦の価格がまたさがっている。あと二カ月で、彼の畑でも夏の収穫が始まるというのに。

トリスタンはため息をついた。これで、晩春の収穫でかろうじて得た利益も帳消しになってしまうだろう。そろそろ、アメリカ市場への売り込みについて弁護士のビーチャムと話し合ったほうがよさそうだ。

ノッカーが再び音をたてた。「ドーキンズ、出てくれ」トリスタンは声をかけ、濃いコーヒーをひと口飲んだ。数少ない、大英帝国領が誇るもののひとつだ。そして彼がコーヒーや煙草《たばこ》に払った金で、向こうはこちらの大麦を買えるようになる。

またしてもノッカーが鳴り、トリスタンは新聞をたたんで立ちあがった。ドーキンズの変人ぶりは愉快ではあるが、執事というものはどこかで銀器でも磨いているべきで、年老いたドーキンズがたびたびしているように居間のひとつで居眠りをすべきではない。ほかの使用人たちは、キャロウェイ家全員が屋敷にいるためにそれぞれの仕事で手一杯なのだろう。あるいは、書き置きもなしにひとり残らず逃げ出したかのどちらかだ。

最近は不運続きだから、ドアの外で待っているのも、代金未払いのかどで監獄へ送り込んでやろうという弁護士か取り立て屋の群れかもしれない。トリスタンはドアを開けながら言った。「なんの――」

「おはようございます、デア卿」レディー・ジョージアナ・ハレーが膝を曲げてお辞儀をした。ダークグリーンのモーニングドレスのスカートが広がる。太陽の光のようなブロンドの髪が、ドレスとそろいのボンネットに縁取られている。

トリスタンは口を閉じた。ふつうなら、これほど美しい女性が玄関先に立っていれば喜ぶべきなのだろう。だがジョージアナに関しては、ふつうという言葉がまったく当てはまらない。「いったい全体こんなところで何をしている？」トリスタンは尋ねた。彼女の数歩後ろにはメイドが控えている。「まさか武器を持っているわけじゃないだろうな？」

「わたしの武器は機知だけよ」

その機知によって、トリスタンは何度痛い目に遭ったかわからない。「もう一度きくが、なぜここにいるんだ？」

「あなたのおば様がたに会いに来たの。そこを通してくださる？」ジョージアナはスカートを押さえつつ、彼の横をすり抜けて玄関広間に入った。

彼女の肌はラベンダーの香りがした。「入ってくれ」遅まきながらトリスタンは告げた。

「執事としてはずいぶんお粗末ね」ジョージアナが肩越しに言った。「おば様がたのところへ連れていっていただけるかしら？」

トリスタンは腕組みをして、ドアの枠に寄りかかった。「わたしはお粗末な執事だからね、自分で探したらどうだい？」

実を言えば、なぜジョージアナがキャロウェイ邸へ足を運ぶ気になったのか知りたくてたまらなかった。場所は何年も前から知っていたはずだが、実際に玄関先に立ったのは今日がはじめてだ。

「あなた、耐えがたいほど無作法だってだれかに言われたことがない？」ジョージアナは振り返った。

「あるさ。きみに何度か言われている。だが、きみがそれを謝りたいというのなら、喜んでお望みの場所までお供するよ」

ジョージアナの頬に血がのぼり、象牙色の繊細な肌を染めた。「絶対に謝らないわ。あなたなんて、地獄に落ちてしまえばいいのよ」

彼女が謝るなどと思ったことはないが、つい、折に触れて挑発せずにはいられなかった。

「よろしい。二階にあがって、左側の最初のドアだ。何か用があれば、わたしは地獄にいるから」トリスタンはそう言うと部屋を出て、新聞の待つ居間へ向かった。

二階に消えていく足音の合間に、小さく毒づく声が聞こえた。トリスタンは笑みを浮かべて椅子に座ったが、新聞には手をつけなかった。ジョージアナ・ハレーが、メイフェアを抜けてわざわざおばたちに会いに来た。ほんの二週間ほど前、ミリーが痛風の発作を起こす直前にジョージアナ自身の家で会ったばかりだというのに。

「いったい何を企《たくら》んでいるんだ？」トリスタンはつぶやいた。

過去にあったことを考えると、彼女は信用できない。トリスタンは朝食の食べ残しをそのままにして再び立ちあがった。もしかしたら、使用人のひとりが顔を出して片づけようという気になるかもしれない。まったく、今朝はみんなどこへ行ってしまったのだ？

「ミリーおばさん？」トリスタンは階段をあがり、左に曲がりながら声をかけた。三年前にふたりのおばを家へ迎え入れたときに明け渡した居間は、おばたちと山のようなボンバジン生地とレースに占領されている。「エドウィナおばさん？」ドアを開け、飾りだらけの明るい部屋に入る。「客を呼んでいたとは知らなかったよ。このチャーミングな若いレディーはどなたかな？」

「やめてちょうだい」ジョージアナが鼻を鳴らして背中を向けた。

室内のどの色とも合わない、目にも鮮やかなキモノをまとったミリセント・キャロウェイが、トリスタンのほうに杖《つえ》を突きつけた。「だれが訪ねてきたかよくわかっているくせに。どうして、昨夜彼女がわたしによろしくと言ってくれたのを伝えなかったの？」

トリスタンは杖をよけてミリーに近づき、丸くて青白い頬にキスをした。「ゆうべわたしが帰ったときにはもう寝ていたし、今朝は邪魔をしないようドーキンズに言いつけてあったじゃないか」

おばの豊かな胸から、ふつふつと笑いがわきたった。「そうね。エドウィナ、ビスケットを取ってくれる？」近くの隅にいた角ばった人影が動いた。「もちろんよ。ジョージアナ、朝食はもうすませたの？」

「ええ、ミス・エドウィナ」ジョージアナが優しい声で言ったので、トリスタンは驚いた。トリスタンとジョージアナと優しさ――この三つが一堂に会することは滅多にない。

「あなたは本当にかわいい人ね、ジョージアナ。フレデリカにも、いつもそう言っているのよ」

「ご親切にどうも、ミス・エドウィナ。でもわたしが本当にかわいい人間だったら、メイフェアを抜けてフレデリカおば様とわたしに会いに来ていただく代わりに、こちらからもっと早くお邪魔するはずですわ」ジョージアナは立ちあがり、トリスタンのつま先を思いきり踏みつけて、ビスケットの皿がのったティートレーに向かった。「ミス・ミリー、ミス・エドウィナ、お茶はどうやって召しあがります？」

「よかったら〝ミス〟はつけないでくれる？　自分がオールドミスだということを、いちいち思い知らされたくないわ」ミリーがまた笑った。「エドウィナなんて、もっと年寄りなのに」

「ばかばかしい」トリスタンは笑みを浮かべてさえぎった。ジョージアナの靴のヒールには鉄でも入っているのだろうか？　彼女自身は五〇キロもないはずだ。背は高いがほっそりした体つきに、丸いヒップとつんととがった胸。トリスタンがもっとも好む体形だった。それがジョージアナだとよけい惹《ひ》かれる。彼女と面倒なことになったそもそもの原因もそれだった。「おばさんたちはふたりとも青春真っただ中にいるみたいに若々しいし、美しいよ」

「デア卿」ジョージアナは紅茶とビスケットを配りながら丁寧な口調で話し始めたが、トリスタンには何も勧めなかった。「わたしたちの仲間に加わりたがっているようには見えなかったけれど」

わたしが邪魔というわけだな。トリスタンはいっそうこの場に居座りたくなった。もっとも、ジョージアナの話の内容に興味があるとは絶対に思われたくない。「ビットとブラッドショーを探しているんだ」とっさに作り話をした。「一緒に馬市場へ行くことになっているんでね」

「さっき、舞踏室から声がしていたようだけど」エドウィナが言った。いつものように黒い服を着て、朝の光が届かない部屋の隅に座っている姿は、まるで眼鏡をかけた影のようだ。

「なんだか知らないけれど、使用人も全員そこに集まっていたみたいよ」

「ブラッドショーがまた何かやらかそうとしているんじゃないだろうな。ちょっと失礼するよ」

席に戻る途中でジョージアナがまたトリスタンの足を踏もうとしたが、今回は予測がついたので、踏まれる前にドアから外に出た。彼女がなぜおばたちとおしゃべりをしたいのか、なんとしても突き止めるつもりだが、あとで彼女が帰ってからのほうがいいだろう。今は一緒に馬市場へ行こうと弟たちに伝えなければならない。

舞踏室と音楽室がある三階に向かう階段の踊り場に達したところで、拍手の音が聞こえてきた。これで使用人たちがどこにいるかはわかったが、ブラッドショーは何をしているのだろうという不安はそのままだった。トリスタンは舞踏室の両開きのドアを無造作に開いた。その瞬間、頭に向かって矢が飛んできた。

「おい！」トリスタンは反射的に首をすくめて叫んだ。

「しまった！　大丈夫かい？」王室海軍少尉ブラッドショー・キャロウェイが石弓を取り落とし、使用人たちを押しのけてこちらへ向かってきた。彼はトリスタンの肩をつかんだ。

トリスタンは弟の手を振り払った。「家の中で火薬に火をつけるのは禁止だと言ったはずだが、そのときに、舞踏室で危険な武器を使うのも禁止だと言うのを忘れたようだ」奥まった窓台に座ったまま身じろぎもしない人影を指さして言う。「笑わないほうがいいぞ」

「笑ってない」

「よろしい」使用人たちがほかの出口から出ていこうとするのが視界の隅に入った。「ドーキンズ！」

執事は慌てて足を止めた。「はい、ご主人様？」

「玄関に気をつけておけ。おばのところに客が来ている」

ドーキンズはお辞儀をした。「承知いたしました」

「だれが来ているんだい？」ブラッドショーがドア枠から矢を引き抜き、先端を調べながら尋ねた。

「だれでもいい。新しいおもちゃをおチビの目につかないところにしまったら、一緒に来い。馬市場に行くぞ」

「ぼくにポニーでも買ってくれるのか?」

「いいや。エドワードに買うんだ」

「ポニーなんか買えないだろう?」

「体面を保たなければならない」トリスタンは再び舞踏室の奥を見た。「ビット、おまえも来るか?」

案の定、黒髪の青年は首を振った。「マグワイヤに手紙を書かなければならないから」

「せめて午後にはアンドルーと散歩に出かけろよ」

「いや、やめておく」

「あるいは馬に乗るか」

「そうだね」

トリスタンはブラッドショーと並んで階段をおりながら眉をひそめた。「あいつはどんな具合だ?」

ブラッドショーは肩をすくめた。「ぼくよりも兄さんとのほうが仲がいい。兄さんに話をしようとしないなら、ぼくの出る幕などないよ」

「いつも思うんだ。原因はわたしにあって、ほかのみんなとはよくしゃべっているのではないかとね」

ブラッドショーは首を振った。「ぼくの知る限り、あいつはだれにとっても不可解な存在だ。もっとも、ぼくがもう少しで兄さんを串刺《くし》しにしそうになったときは、笑みを浮かべたと思うけど」

「それはよかった」

真ん中の弟がずっと無口なままでいるのは大いに気がかりだが、ジョージアナ・ハレーがこの屋敷内にいることも、それに負けないぐらい気がかりだった。何かある。それがなんなのかを突き止めるのは早いほうがいいと直感が告げている。

だが今は、一番下の弟にポニーを買いに行かなければならない。金銭的な余裕はないのだが、キャロウェイ家に唯一誇れるものがあるとすれば、それは乗馬の技術であり、すでにおチビにはお預けを食らわせすぎていた。

「それで、おばさんたちのお客というのはだれなんだ？」ブラッドショーが尋ねた。

トリスタンはため息を抑えた。どうせ、いずれわかることだ。「ジョージアナ・ハレーだよ」

「へえ。なぜ？」

「さあね。でも、この屋敷を焼き払いに来たのなら、わたしはどこかに逃げるよ」大げさに言ってみたが、彼女と自分のことは話題にしないに越したことはない。

ずいぶん前からキャロウェイ家の人々とは疎遠にしようと努めてきたが、ジョージアナはミリーとエドウィナが好きだった。「グレイドンが結婚したおかげで、おばにはコンパニオンが必要なくなったんです。義理の娘になったエマとの仲がとてもうまくいっているものだから、わたしはその邪魔をしたくないんです」

「でも、シュロップシャーに帰るつもりはないんでしょう？　社交シーズンのあいだは」

「ええ。うちにはまだ、社交界デビューを控えている娘が三人もいるんですもの。わざわざわたしという悪い見本を見せたくないでしょう。ヘレンまでいたんですよ。もっとも彼女は、もう結婚したけれど」

エドウィナがジョージアナの腕を軽く叩いた。「あなたは悪い見本なんかじゃないわよ、ジョージアナ。ミリーとわたしは結婚したことがないけれど、夫がいないからって困ったことは一度もないわ」

「もちろん、殿方に不足していたわけじゃないわよ」ミリーが割って入った。「ただ、夫にふさわしい人がいなかっただけ。でも、結婚できなくて残念だなんてこれっぽっちも思っていないわ。この足のおかげでダンスができないのは残念だけれど」

「実は、わたしが来たのはそのためなんです」ジョージアナは身を乗り出し、深く息を吸った。いよいよだ。ゲーム開始の第一手。「動き回るのに手助けを必要とされておられるのではないかと。少しでもだれかのお役に立ちたいと思って、それでわたし――」

「まあ、いいわね！」エドウィナがさえぎった。「この家にもうひとり女性が増えるなんてすてきじゃない！　キャロウェイ家の男性連中が、そろいもそろって聖ヨハネの祝日までこの屋敷で過ごすのよ。品のいいコンパニオンがいてくれると思うとほっとするわ」

ジョージアナはほほえんでミリーの手を取った。「どうですか、ミリー?」

「痛風に苦しむオールドミスにくっついて歩くより、もっと楽しいことがあるでしょうに」

「そんなことおっしゃらないで。あなたがまた踊るところを見るのを自分の課題にします」

ジョージアナはきっぱりと言った。「そうしたいんです」

「お願いしなさいな、ミリー。そうなったらどんなに楽しいことか!」

ミリーは青白い頬を染めてほほえんだ。「じゃあ、お願いするわ」

ジョージアナは手を打ち合わせて、興奮の中に安堵《あんど》を隠した。「よかった!」

エドウィナが立ちあがった。「ドーキンズに部屋を用意させましょうね。兄弟がみんなここに集まっているものだから、あいにく西側の部屋は全部ふさがっているの。朝日は気になる?」

「いいえ、全然。早起きですから」悪魔のごときトリスタン・キャロウェイがひとつ屋根の下にいると思えば、ぐっすり眠ることなどできない。こんなことをするなんて、わたしはどうかしている。でも、わたしがやらなければだれがやるというの?

姉が慌ただしく部屋を出ていくあいだも、ミリーはやわらかい椅子でクッションに囲まれて座ったままだった。包帯を巻いた片足は、やはりやわらかい足のせ台にのせられている。

「あなたが住み込んでくれるなんて本当にうれしいわ」彼女は紅茶を飲みながら言った。磁器のカップの縁から、黒い瞳がじっと見つめる。「でも、あなたとトリスタンは見るからに折り合いが悪そうだったけれど。本当にいいの？」

「彼とわたしはたしかに仲がよくありません」ジョージアナは慎重に言葉を選んで答えた。デアが、あとでこの訪問についておばたちにあれこれ尋ねるのは間違いない。今から罠《わな》を仕掛けておかなければ。「でもそれは、あなたやエドウィナと一緒に過ごさない理由にはなりませんわ」

「あなたがそう言うならいいけれど」

「ええ。あなたのおかげで、わたしはまた目標を持つことができたんです。自分を役立たずだと思うのはいやなものですもの」

「あなたがここに住み込むことを許してくださるよう、おば様に手紙を書いたほうがいいかしら？」

ジョージアナはすばやく息を吸った。「そんな必要はありません。もう二四歳なんですよ。おばだって、わたしがあなたとエドウィナと一緒に住むと聞いたら喜ぶでしょう」ほほえんで立ちあがる。「おばに話してきます。ほかにもいくつか用がありますし。夜にはこちらへ来ましょうか？」

ミリーは笑った。「あなたったら、本当に自分が何をしようとしているのかわかっているのかしら？　でも、ええ、今夜来てくれたらうれしいわ。ミセス・グッドウィンに、もうひとり分の食事を用意するよう伝えておくわね」

「ありがとうございます」

ジョージアナはメイドを連れて、おばの馬車に向かった。

ミリー・キャロウェイは窓辺まで足を引きずって行くと、公爵未亡人の馬車が走りだすのを見守った。

「お座りなさいよ、ミリセント！」エドウィナが部屋に入ってきて叫んだ。「全部台なしになってしまうわ」

「心配しないで。ジョージアナは荷物を取りに帰ったし、トリスタンは馬市場よ」

「こんなにあっさりうまくいくなんて嘘《うそ》みたい」

ミリーは椅子に戻った。かすかな不安を覚えているにもかかわらず、姉の顔に浮かぶ真剣でうれしそうな表情にほほえまずにはいられなかった。「おかげで、わざわざフレデリカのところまで行って、社交シーズン中彼女を貸してちょうだいと頼まなくてすんだわね。でも、あまり期待しすぎないほうがいいわ」

「ばかばかしい。ジョージアナとトリスタンが喧嘩《けんか》したのは六年も前のことよ。あなた、トリスタンが作り笑いばかり上手な若い娘と一緒になればいいと思っているの？　あのふたりは最高のカップルだわ」

「ええ、まるで炎と火薬みたいにね」

「そのうちわかるわよ、ミリー」

「それが怖いのよ」

あまりにも簡単にことが運んだので、ジョージアナは自分があんなことをやってのけたのがなかなか信じられなかった。引っ越してくるともはっきり言わないうちに、ふたりがさっさと話を進めてくれた。だがホーソーン邸に帰る馬車の中で、現実が徐々によみがえってきた。

キャロウェイ邸に無期限で住み込むことに決めてしまった。デアと毎日顔を合わせることになる。最後までやりとげる勇気があるのかどうかもわからない計画の第一歩を踏み出したのだ。デアに身のほどをわきまえさせ、人の心を傷つけるとどうなるかを教える計画だ。

「彼ほどこの計画にぴったりな人はいないわ」ジョージアナはつぶやいた。

馬車の向かいの席に座っていたメイドが目をぱちくりさせた。「お嬢様?」

「なんでもないわ、メアリー。考えていたことが口に出てしまっただけよ。しばらく住まいが変わるけれど、いいわよね?」

「ええ、お嬢様。わくわくしますわ」

計画にメイドを巻き込んだのはいいが、おばを説得するのはまた別の話だ。

「ジョージアナ、いったいどういうつもり?」ワイクリフ公爵未亡人フレデリカ・ブラケンリッジは紅茶のカップを乱暴に置いた。湯気の立つ紅茶が、カップの縁からこぼれた。

「おば様はミリーとエドウィナのことがお好きだと思っていたわ」ジョージアナは心から驚いているふうを装って言った。

「好きよ。でも、あなたはデア卿を好きじゃないと思っていたけれど。六年間ずっと、賭けか何かのために唇を奪われたと文句を言っていたじゃないの」

ジョージアナはなんとか赤面しないよう努めた。「今になってみれば些細《ささい》なことよ。そう思わない？」彼女は軽く言った。「それにおば様はもうわたしを必要としていないし、両親なんてなおさらそうだわ。ミス・ミリーにはコンパニオンが必要なの」

フレデリカはため息をついた。「必要だろうとそうじゃなかろうと、わたしはあなたがそばにいてくれるのがうれしいの。わたしのコンパニオンをやめるのが結婚のためだったらよかったわ。あなたほどの収入があれば、自分にコンパニオンが必要になるまで、あちこちの年寄りのもとを渡り歩いてコンパニオンを続けなくてはいけない理由などないのに」

いいや、確固たる理由があった。でも、それはだれにも明かすつもりはない。絶対に。「結婚はしたくないの。それに軍隊や聖職に入るつもりもないわ。ぶらぶらして時間をつぶすのも性に合わない。友人のコンパニオンを務めるのが、いちばんましな仕事だと思うのよ。少なくとも、わたしに結婚する気がないことと、自分の時間とお金を慈善に注ぎ込みたいと考えていることを社交界が受け入れてくれる年齢になるまではそうしたいの」

「もう自分で計画を立てているのね。わたしは口出しできないわ」フレデリカは指をひらひらさせて言った。「じゃあ、行きなさい。ミリーとエドウィナによろしく伝えて」

「ありがとう、フレデリカおば様」

驚いたことに、おばはジョージアナの手を取ってぎゅっと握った。「帰りたくなったら、いつでも帰ってきていいのよ。それは忘れないで」

ジョージアナは立ちあがり、おばの頬にキスをした。「そうするわ。どうもありがとう」

木曜日のイボットソンの舞踏会で、アメリア・ジョンズと話をしなければならない。だが

それまでに、進めておかなければならない計画があった。

3

夕食のために一階へおりたトリスタンは、家の中が妙に静まり返っていることに気づいた。家族全員が食堂に集まっているせいもあるが、ふだんの、混乱がおさまったときの静けさとは違うようだ。

いや、違う。むしろ屋敷全体が息をひそめているような感じがする。ジョージアナ・ハレーの滞在で、トリスタンは上着を直し、食堂のドアを押し開けながら思った。ジョージアナ・ハレーの滞在で、わたしの感覚がおかしくなっているのだ。トリスタンは食堂に足を踏み入れて立ち止まった。

彼女が座っている。わが家のテーブルに座り、ブラッドショーの言葉に笑っている。驚きが顔に出てしまったらしく、ジョージアナがこちらを見て眉をあげた。

「こんばんは、デア卿」彼女の笑顔は変わらなかったが、グリーンの目は冷たくなった。

その変化に気づいた者はほかにいなかったようだ。トリスタンは口を閉じた。「レディ・ジョージアナ」

「兄さん、遅刻だよ」一番下の弟のエドワードが言った。「ジョージアナが、遅刻は無作法なことだって」

おチビが彼女に会うのはこれがはじめてだったはずなのに、すでにファーストネームで呼んでいる。トリスタンはテーブルの上座についた。愚かなことに、トリスタンのすぐ右手にジョージアナの席が用意されている。「招待されてもいないのに夕食をともにするんだな」

「招待されたのよ」ミリーが言った。

それを聞いてはじめて、ふたりのおばが何日かぶりで食堂にいることに気づいた。家族のことを一瞬忘れさせたジョージアナをひそかに呪《のろ》いつつ、トリスタンは再び立ちあがった。

「ミリーおばさん。混乱の中に戻ってきたんだね。おかえり」テーブルを回って、おばの頬にキスをする。「わたしを呼んでくれれば、ここまで抱きかかえて連れてきてあげたのに」

おばは赤面して彼を叩いた。「ばかなことを。ジョージアナが、戻ってくるときにあの車輪付きの椅子を持ってきてくれたのよ。それにわたしを乗せて、ドーキンズとふたりでここまで押してくれたの。なかなか楽しかったわ」

トリスタンは背筋を伸ばし、ジョージアナを見つめた。「戻ってくるとき?」

「ええ」ジョージアナがほほえんで言った。「わたし、ここに住み込むの」

トリスタンは開きかけた口を閉じた。「いや、だめだ」

「住み込むわ」

「そんなことは――」

「そうなのよ」エドウィナが言った。「ミリーの世話をしてくれるの。だから、あなたは黙って座りなさい、トリスタン・マイケル・キャロウェイ」

弟たちの忍び笑いを無視して、トリスタンはジョージアナに視線を戻した。彼女はまたほほえんだ。

どうやらこれまでたくさんの過ちを犯してきた分、早くから永遠の罰を受けなければならないらしい。トリスタンの場合、永遠でもまだ足りないだろう。好きにしろという笑みを顔に張りつけ、彼は椅子に腰をおろした。「わかったよ。ミリーおばさんが彼女がいると本当に助かるというなら、わたしは反対しない」

ジョージアナが顔をしかめた。「反対しない？　だれもあなたになんて——」

「だが、覚えておいてくれ。きみは五人の独身男性がいる家で暮らすことを自分で決めたんだぞ。そのうち三人は成人だ」

「四人だよ」アンドルーが顔を真っ赤にして口を挟んだ。「ぼくはもう一七歳だ。ロミオがジュリエットと結婚した年よりも上だよ」

「でも、わたしより若い。大事なのはそこだ」トリスタンは弟をにらんで言い返した。ふたんは平気で弟たちを甘やかすが、これ以上こちらを責める材料をジョージアナに与えるわけにはいかない。彼女はすでに充分すぎるほど材料を持っているのだから。

「わたしの評判のことは気にしないでちょうだい、デア卿」ジョージアナは言ったが、トリスタンと目を合わせないようにしている。「おば様がたが一緒だから、わたしの評判に傷がつくようなことはないわ」

どういうわけか、ジョージアナはここにとどまることを決めたらしい。理由はあとで、半ダースもの人間が彼女とわたしの言葉に耳を傾けていないときにゆっくり考えよう。「じゃあ、ここにいればいい」トリスタンは険しい顔で彼女を見た。「だが、わたしが警告したのは覚えておいてくれよ」

ジョージアナの魅力に無関心でいられるどころではないが、平気なふりをする能力は身につけている。腹黒さではひけをとらない二歳下のブラッドショーも、その点に関してはトリスタンの足もとにも及ばない。一方、正反対なのが二六歳のビット――ロバートで、その反応を見る限り、できればひとりで食事をしたいと思っているようだ。アンドルーはただ彼女に夢中になっているし、エドワードは突然、テーブルマナーを学ぶ気になったらしい。

トリスタンはなんとか卒中を起こさずに夕食を終えると、葉巻を吸いながら悪態をつくためにビリヤード室へ退散した。ジョージアナとのあいだにあったことはすでに終わっている。彼女はそれを何度もはっきり伝えてきた。何が起きているのかわからないが気に入らない。さらに気に入らないのが、その答えをミリーとエドウィナから聞き出せない場合は、ジョージアナから聞き出さなければならないことだ。おばたちもジョージアナの魅力に屈しているのは間違いなく、彼女が何か企んでいるなどとは疑ってもいない。

「彼女は寝室にあがっていったよ」

トリスタンは飛びあがった。ロバートが腕組みをしてドア枠にもたれかかっていた。トリスタンは眉をひそめた。いつからここにいたのだろう？　「どうした？　スフィンクスの異名を持つおまえが自分から口を開く気になったのか？　まるで奇跡だ。それとも何か問題でも起こそうとしているのか？」

「兄さんが隠れるのに飽き飽きしているかもしれないから、教えておいたほうがいいと思ったんだ。おやすみ」ロバートはドアから離れると廊下に出ていった。

「隠れているわけじゃない」

ジョージアナ・ハレーに関して、トリスタンは自分なりのルールを決めていた。彼女が攻撃を仕掛けてきたら、同じようなやりかたで返す。自分がすでに属しているグループに彼女が入り込もうとするのなら、それには反対しない。それから、手の甲を扇が壊れるほど強く叩かれるのもかまわない。どうやら彼女はわたしに触れたがっているようだ。触れるといっても、せいぜいこちらのしかめっ面を引き出すぐらいだし、そのおかげでこちらはジョージアナに新しい扇を贈ることができ、よけいに彼女をいらだたせることができる。

しかし、ジョージアナがこの家で暮らすとなると話は別だ。トリスタンのルールブックには、それに関する記述がない。何かが起きる前にルールを作らなくては。

トリスタンはあきらめて葉巻の火を消すと、二階へ向かった。

ジョージアナは閉じたままの本を膝にのせ、寝室の暖炉の前に座っていた。昨夜はまったく眠っていない。計画について考えるうちに目が冴《さ》えてしまい、夜明けまで部屋の中を歩き回っていた。でも、今夜はさらに眠れない。彼が同じ家に、おそらくは階ひとつ、あるいは廊下ひとつ分しか離れていないところにいるのだ。

だれかが静かにドアをノックした。ジョージアナは椅子から飛びあがりそうになった。「落ち着きなさい」小声で自分に言い聞かせる。執事のドーキンズに、温めたミルクを持ってくるよう頼んであったのだ。たとえ昼間であっても、デアがジョージアナの部屋を訪ねてくるはずがない。まして今は夜だ。「どうぞ入って」

ドアが開き、デアが寝室に入ってきた。「居心地はどうだい？」彼はそう言いながら、暖炉の前で足を止めた。

「いったい何を――出ていって！」

「ドアは開けたままにしてある」デアは低い声で言った。「だれかに聞かれたくなかったら、大きな声は出さないようにするんだな」

ジョージアナは深く息を吸った。彼の言うとおりだ。デアとふたりきりで部屋にいることでパニックを起こしたりしたら、自分の身の破滅にもなるし、どうしても学ぶべきことを彼に教えるチャンスもなくなってしまう。「じゃあ、もっと静かに言うわ。出ていって」

「まず、何を企んでいるのか聞かせてくれ」

嘘は昔から苦手だった。それにデアは、どう見てもばかではない。「どうしてわたしが何か企んでいるなんて思うのかしら？」ジョージアナは言い返した。「この一年でまわりの状況が変わったから、それで――」

「それで、まったくの親切心からおばたちの世話をするためにここに来たわけだな？」デアは片腕を炉棚にのせて言った。

「そうよ」なぜデアはわたしの寝室でこんなにくつろいでいるのだろう？　どうしてこんなに罪深い存在に見えるの？「わたしみたいな境遇の女に、ほかにどうしろというの？」

デアは肩をすくめた。「結婚すればいい。苦しめるのは自分の夫にして、わたしのことは放《ほう》っておいてくれ」

ジョージアナは本を横に置いて立ちあがった。その話題は避けたかった。そんな話を持ち出してほしくない。でも話題にしなければ、今後こちらがどんなに優しい言葉をかけても彼は信じないだろうし、まして恋に落ちたりしないだろう。「デア卿、わたしには結婚という選択肢はないわ。そうでしょう？」

デアはしばらく暗い表情でジョージアナを見つめた。「はっきり言うが、たいていの男にとって、きみが処女かどうかなんてことはきみの収入に比べればたいした問題じゃない。チャンスがあればすぐにでもきみと結婚したいという男はいくらでもいる」

「お金だけが目当ての人など必要ないし、欲しくないわ」ジョージアナは言い返した。「それにおば様がたと約束したの。わたしは約束を破ったりしないわ」

デアが背筋を伸ばした。記憶の中の姿よりも背が高く、ジョージアナは思わず一歩あとずさりした。引きしまった頰の筋肉をぴくりと動かしてから、彼はドアのほうに体を向けた。

「車椅子の請求書をくれ」デアが肩越しに言った。「払うから」

「いいのよ」ジョージアナは落ち着きを取り戻そうとした。「プレゼントだもの」

「施しは受けたくない。明日、請求書をくれ」

彼女はいらだちのため息を抑えた。「わかったわ」

ドアが閉まったあとも、ジョージアナは長いあいだその場を動かなかった。デアに処女を奪われた夜、彼女は自分が恋をしていると思っていた。翌日になって、ジョージアナのストッキングを片方手に入れるという賭けに勝つのがデアの目的だったと知り、深く傷ついた。なぜかデアは賭けに勝ったことを公にしなかったが、それでもジョージアナは彼を許せなかった。そして今、裏切られるのがどんなにつらいか彼に教えようとしている。そうすれば彼も、高潔であるというのがどういうことかわかって、アメリア・ジョンズのように純粋でうぶな娘にとっていい夫になれるだろう。

そんなことを考えながら、ジョージアナはベッドに入って眠ろうとした。アメリアには、このゲームのことを打ち明けておかなければならない。そうしないと、ジョージアナ自身がトリスタン・キャロウェイと同じく無情な罪人になってしまう。すぐに打ち明けたほうがよさそうだ。イボットソンの舞踏会まで待っていたら、デアにアメリアの人生を破滅させる時間を三日分よけいに与えることになってしまう。

翌朝ジョージアナが訪ねていくと、アメリアは驚いた顔を見せた。ブルネットの髪は美しくまとめられており、計算されたおくれ毛が首筋や頬をなでている。太陽の光のようなモスリンのドレスをまとった彼女は、まるでおとぎばなしの無垢《むく》なヒロインだった。「レディー・ジョージアナ」両手いっぱいに花を抱えたまま、アメリアは膝を曲げてお辞儀をした。

「ミス・ジョンズ、会ってくださってどうもありがとう。お忙しそうね。どうぞ、お仕事を続けてちょうだい」

「ありがとうございます」アメリアはほほえみ、花束を近くの花瓶の横に置いた。「母のお気に入りの薔薇《ばら》なので、しおれさせたくないんです」

「きれいね」座るように勧められてはいないが、せっかちに見られたくないので、広い居間の中央に置かれたソファーにゆっくり座った。

アメリアは花瓶の前に立ち、雪のように白い額にしわを寄せながら、花束をあちこちへ傾けてちょうどいい角度を探した。この娘では、デアの思いどおりになってしまうに違いない。

「お茶をいかがですか、レディー・ジョージアナ？」

「いいえ、けっこうよ。でも、ありがとう。あなたとちょっと話がしたいの。その……個人的な話なんだけど」ジョージアナは、ソファーのクッションをふくらませているメイドのほうをちらりと見た。

「個人的な話？」アメリアはかわいらしく笑った。「なんだか興味をそそられますわ。ハンナ、もうさがっていいわ」

「はい、お嬢様」

メイドが行ってしまうと、ジョージアナはアメリアの近くの椅子に移った。「とても奇妙に思われるかもしれないけれど、これから話すことにはちゃんと理由があるの」

アメリアは花を飾る手を止めた。「なんですの？」

「あなたとデア卿のこと。あなたたちのあいだには関係があるのでしょう?」

ブルーの大きな瞳に涙が浮かんだ。「わかりません!」アメリアは声をあげて泣いた。

ジョージアナは慌てて立ちあがり、彼女の肩に腕を回した。「それよ」彼女は精一杯の優しい声で言った。「わたしが恐れているのもそれなのよ」

「お……恐れている?」

「そうなの。デア卿が難しい人なのは有名だから」

「ええ、難しいかたです。わたしにプロポーズなさるのかと思うと、不意に話題を変えてしまわれて、わたしのことをお好きなのかどうかもわからなくなってしまうんです」

「でも、プロポーズされると思っているのね?」

「自分は結婚しなければならないといつもおっしゃっているし、ダンスのお相手には、だれよりも多くわたしを指名してくださいます。馬車でハイド・パークに連れていっていただいたこともあります。ええ、もちろんプロポーズされると思っています。家族全員がそう思っていますわ」ジョージアナがデアの意志を疑っていることに憤慨しているような口ぶりだ。

「ええ、それは当然よね」ジョージアナは顔をしかめたいのをこらえた。六年前、ジョージアナも同じことをされ、同じことを考えた。でもその結果どうなったかといえば、片方のストッキングを盗まれ、挫折《ざせつ》感と傷ついた心が残っただけだった。「それなら、あなたに打ち明けておきたいことがあるの」

アメリアはドレスによく合う、美しい刺繍《ししゅう》を施したハンカチで涙を拭《ふ》いた。「打ち明けておきたいこと?」

「ええ。ご存じかもしれないけれど、デア卿はわたしのいとこのワイクリフ公爵の親友でね。だからわたしはずいぶん前から、女性に対するデア卿のふるまいを見てきたのよ。それはひどいものだったわ」

「ええ、とても」

今のところうまくいっている。「だから、デア卿は女性との接しかたの手ほどきを受けるべきだと思うの」

アメリアの純真な顔にとまどいが浮かんだ。「手ほどき? どういうことでしょう?」

「わたしはデア卿のおば様の痛風を治すお手伝いをするために、しばらくのあいだキャロウェイ邸に滞在しているの。この機会を利用して、あなたに対してどんなにひどい態度を取っているか、彼に悟らせたいと思うのよ。ちょっと妙に見えるかもしれない。一瞬、デアがわたしに好意を持っているように見えるかもしれないわ。でもわたしの目的は、彼に教えるべきことを教えて、最終的にはあなたにプロポーズさせて、よい夫にすることよ」

論理的な説明に聞こえた。少なくとも自分ではそう思えた。アメリアも同じように思っているかどうか知りたくて、彼女の無邪気な表情を見つめた。

「わたしのためにやってくださるの? お互いのことをよく知らないのに」

「わたしたちはどちらも女性で、どちらもデアの態度をよく思っていない。それにひとりでもいいから男性にレディーの扱いかたを学ばせられれば、わたしは大満足なの」

「レディー・ジョージアナ」アメリアは色鮮やかな薔薇を再びもてあそびながら、ゆっくりと言った。「わたしとの結婚につながるような手ほどきを彼にしてくださるなら、とても助かります」言葉を切って、額にわずかにしわを寄せる。「正直に言うと、彼にはとまどわされることが多いんです」

「ええ、それが彼の得意なことですもの」

「あなたは彼のことをよくご存じですし、年齢も近いので、たぶんわたしよりいろいろなことがわかっておられると思います。ですから、あなたから彼に手ほどきをしていただけるなら、こんなにうれしいことはありません。早く始めていただくほうがいいですわ。わたしは彼と結婚することに決めていますから」

年齢のことを言われたのを気にしないようにして、ジョージアナはほほえんだ。「じゃあ、決まりね。さっきも言ったように、最初は妙な感じがするかもしれないけれど辛抱して。最後には全部うまくいくから」

ジョージアナは鼻歌を歌いながらメイドと一緒に貸し馬車に乗り込み、キャロウェイ邸に戻った。自分の身に何が起こっているのかデアが気づくころには、もう手遅れになっているだろう。すべてが終われば、彼は二度と若くて傷つきやすいレディーを相手に自分の気持ちを偽ったり、ベッドをともにしているあいだにストッキングを盗んだりしなくなるはずだ。これが終われば、彼は喜んでアメリア・ジョンズを妻とし、ほかに目を向けようなどと考えることもなくなるに違いない。

「それで、ビーチャム、話を聞かせてくれ」

弁護士はトリスタンの事務机の向かいに落ち着きなく腰かけたが、トリスタンはそれを悪い兆候とは思わなかった。ビーチャムが不安そうに見えないときなどないからだ。

「ご指示のとおりにいたしました」ビーチャムは書類の束をめくって目当てのものを探した。「最新の報告によりますと、アメリカでは大麦一〇〇ポンドあたりの売値がイングランドより七シリング高いそうです」

トリスタンはすばやく計算した。「一トンあたり一四〇シリングか。輸送費がトンあたり一〇〇シリングほどか？　たったそれだけの儲《もう》けのために時間と手間をかける必要はないと思うね」

弁護士は顔をゆがめた。「それは正確な数字とは――」

「ビーチャム、この話は終わりだ。次に行こう」

「はい、わかりました。で、次はなんの話を？」

「羊毛だ」

ビーチャムは眼鏡を外すと、ハンカチでレンズを拭いた。彼が眼鏡を外すのは、たいていの場合いい兆候だ。「コッツウォルド種以外の市場は停滞気味です」

「わたしが育てているのはコッツウォルド種だ」

眼鏡がビーチャムの鼻筋に戻った。「ええ、存じております」

「そう、みんな知っていることだ。進めてくれ。この夏の刈り取り分は、すべてアメリカ行きだ。こちらのほうがコストがかからない」

今回は眼鏡は外されなかった。考えてみれば、トリスタンはこれまで賭けにばかり時間を費やしていた。相手の弱点を探し、ミスを待つ。そしてこの一年、地所を守るための儲けは通常の方法よりも賭けによるもののほうが多かった。

「だいたい一三〇ポンドほどの利益が見込まれます」

「だいたい」

「そうです」

トリスタンは息を吐いたが、開いたままの事務室のドアの外を黄色と薔薇色のモスリンのドレスが通ると息をのんだ。「よし、では進めよう」

「時間と距離を考えると、どうしてもリスクが高くなりますが」

トリスタンは軽くほほえんで立ちあがった。「リスクは歓迎だ。たしかにわたしの今の状況では、この程度の利益は焼け石に水だろう。それでも傍目《はため》には儲けているように見える。大事なのはそこなのだ」

ビーチャムはうなずいた。「正直に申しあげまして、お父上もあなた様ぐらい収入について理解しておられればよかったのにと思います」

トリスタンの父が、蓄えておくべき金をつかい、がらくたを買うためにさらに金をかき集め、あげくの果てに債権者からも周囲の貴族たちからも警戒されるようになったのは、ふたりともよく承知している。その結果、とんでもない事態に陥ってしまった。

「わが家が雇った弁護士の中で、悪い噂を広めずにいてくれたのはきみだけだ」トリスタンはドアに向かいながら言った。「今もきみを雇っているのはそのためだよ。手紙を用意してくれるかい？」

「わかりました」

トリスタンは音楽室のドアの前でジョージアナに追いついた。「今朝はどこに行ってきた？」

ジョージアナは飛びあがった。美しい顔に、それとわかる罪悪感が浮かんでいる。「あなたには関係ないわ。あっちへ行って」

「ここはわたしの家だ」彼女の反応に興味を覚えたトリスタンは、それまで言おうと思っていたのと違うことを言った。「馬車なら、四頭立てと二頭立てを一台ずつ持っている。どちらも自由に使ってもらってかまわない。貸し馬車を使う必要はないよ」

「わたしのことをこそこそ探らないでちょうだい。わたしはしたいようにするわ」ジョージアナは、音楽室に入りたいが、トリスタンがあとをついてきては困るというようにためらった。「わたしは友人として、おば様がたのお手伝いをしているの。あなたに雇われているわけではないのだから、だれといつどこへ、どうやって行くかを決めるのはわたしよ。あなたじゃないわ」

「ただし、わたしの家の中では別だ」トリスタンは言った。「音楽室になんの用だ？　おば

驚いたことに、ジョージアナが一歩近づいてきた。「言葉を慎みなさい」そう言って息を吸い込む。「もっとわたしをいじめられると期待していた？」

このゲームの進めかたはトリスタンも承知していた。「がっかりした？」「わたしがきみに期待することは、すでにすべて満たされている。そうだろう？」彼はジョージアナの顔を縁取るやわらかい金色の巻き毛に指を伸ばした。

「じゃあ、ほかのことを期待させてあげるわ」ジョージアナは歯をくいしばって言った。いつのまにか彼女の手に握られていた扇がトリスタンの手の甲を叩いた。

「くそっ！　なんという女だ」トリスタンは慌てて手を引っ込めた。折れた象牙と破れた紙が床に落ちる。「あちこちで紳士をひっぱたいて回るとは」

「紳士を叩いたことはないわ」ジョージアナは鼻で笑い、音楽室の中に消えていった。

トリスタンは階段をおりた。痛む指をさすりはしなかった。〈ホワイツ〉での昼食を早めに切りあげて、新しい扇を買いに行かなければならない。苦い笑みを浮かべながら、彼は思った。財布の中身は乏しいが、ジョージアナに扇を買うのをやめるつもりは絶対にない。トリスタンからのプレゼントほど彼女をいらだたせるものはないのだから。

トリスタンはイボットソン邸の舞踏室の片隅に集まっている若い独身女性たちに目をやっ

た。その中でもさほど若くない者たちは、軽食が置かれたテーブルの近くに立っている。まるで食べ物の近くにいたほうが、輪になっている狼《おおかみ》の群れの気を引けると思っているかのようだ。トリスタンの知る限り、ジョージアナはまだ、そんな女たちの集団に加わったことはない。あってもそれは、その中に取り込まれてしまった気の毒なだれかと話をしているときに限られていた。

どんなに想像をたくましくしても、ハークリー侯爵のブロンドの娘が、もはや望みを失ったオールドミスのグループに加わるところなど思い描けない。六年前のトリスタンの行為のせいで、ジョージアナがそれを強いられるはずがない。彼女は聡明《そうめい》で、高い教育を受けていて、ウィットに富んでいて、背が高くて美しい。そのうえ、とてつもない金持ちだ。それだけでも、大勢の崇拝者を引きつけるのに充分だろう。

あのとき、父がデアの財産と名をこれほどまでに傷つけてしまうことがわかっていたら、もっと真剣にジョージアナの愛情を手に入れようとしたかもしれない。いや、していただろう。あの愚かな賭けのことがばれたおかげで、彼女にはそれだけが理由で近づいたと思われてしまった。そうでなければ、今ごろふたりの仲はもっと違っていたはずだ。

「あれはあなたのアメリアじゃないの？」エドウィナが横から言った。

「わたしのものじゃない。そこははっきりさせておきたいな」未来の婚約者とのあいだに一度でも誤解が生じれば、金銭的な苦境に立っている今、下手をしたら結婚できなくなるかもしれない。軽食のテーブルのそばに立つことになりそうなのは、ジョージアナではなくトリスタンのほうだ。

「じゃあ、別の人を見つけたのね？」おばはトリスタンの腕をつかんでつま先立ちになった。

「だれ？」

「だれでもないよ。縁結びに躍起になるのはいいかげんにしてほしいな」おばが傷ついた表情になったので、トリスタンはため息をついた。「たぶんアメリアになるだろう。でも、桃を選ぶ前に、いろいろな果物の入ったボウルをひととおり眺めたいんだよ」

エドウィナは笑った。「結婚に甘んじる気になったのね」

「なぜ？」

「先月は結婚を薬局と毒にたとえていたのに、今では果物のボウルと桃に変わっているんですもの」

「ああ、でも桃には種がある」

車椅子がトリスタンの足の上にのって止まった。「何に種があるんですって？」ミリーが尋ねた。

ミリーは太っている。その彼女の体重に車椅子の重さが加わり、トリスタンは目の前に星が飛んだような気がした。車椅子を押しているジョージアナが、グリーンの瞳をいたずらっぽく輝かせてほほえんでいる。トリスタンはその目を見つめたまま、彼女の手と車椅子の背を握って押しやった。

ジョージアナは殴られたかのように顔をしかめたが、車椅子は無事に足からおりて、トリスタンはやっと息を吸うことができた。足を踏まれるほうが扇で叩かれるよりはましかもしれないが、それはおばの巨体と大きな車椅子を計算に入れなかった場合の話だ。

「桃だ」トリスタンは言った。

「なぜ桃の話が出てきたの？」

「トリスタンは桃と結婚するのよ」エドウィナが言った。「ただ、種が怖いんですって」

「怖くなどない」トリスタンは言い返した。「ただ、分別の問題だよ」

「女性は果物なの？」ジョージアナが話に割り込んだ。「そうすると、あなたはなんなのかしら、デア卿？」

トリスタンは眉をあげた。「果物というのは言葉のあやだ」

「それのどこがおもしろいの？」

ジョージアナは機嫌がいいようだ。こんなときでなければ会話を楽しむところだが、あいにく今夜はひと晩かけて、アメリア・ジョンズという桃で我慢するよう自分に言い聞かせるつもりで来ている。そちらにかけるべきエネルギーをここで無駄にはできない。

「お楽しみの続きはあとにしないか？」トリスタンはそう言って、ミリーの肩を叩いた。

「ちょっと失礼するよ」

トリスタンは男を待つ女性たちの群れに向かった。中には莫大《ばくだい》な遺産を相続することになっている者もいて、その持参金と引き換えに一族に爵位をもたらそうと待ち構えている。アメリア・ジョンズはその中ではいちばんましなようだが、それでも作り笑いの得意な平凡な娘には変わりない。

「デア卿」

背後から声をかけられ、トリスタンは足を止めた。「レディー・ジョージアナ」彼は振り向いた。

「ひとつだけ、以前からあなたの得意なことがあったわね」ジョージアナは静かに言った。滑らかな頬がほんのりと赤く染まっている。

まさか、あの話を持ち出す気ではないだろうな。トリスタンは思った。「なんだって？」無視して再び手の甲を痛める危険を冒すよりは、ときき返す。

「ワルツよ」ジョージアナは早口でぶっきらぼうに言い、さらに顔を赤らめた。「あなたのワルツはよく覚えているわ」

トリスタンは頭を傾けて、彼女の表情を読もうとした。「わたしと踊りたいと言っているのか？」

「おば様たちのために、仲がいいふりをしなければならないと思って」

予想もしていなかったことだが、しばらく相手をしたくなった。「断られるのを覚悟できくが、レディー・ジョージアナ、一緒にワルツを踊ってもらえないか？」

「いいわ」

トリスタンは手を差し出しながら、彼女の指が震えているのに気づいた。「カドリールになるまで待つかい？　それでも仲よく見えるだろう」

「待たないわ。あなたのことなんて怖くないもの」

ジョージアナはトリスタンの指を取り、ダンスフロアに先導させた。トリスタンは彼女と向き合うと、手をしっかりと握り、腰にそっと腕を回してからためらった。ジョージアナはまた体を震わせたが、空いているほうの手をあげて彼の肩に置いた。

「怖くないなら、なぜ震えている？」トリスタンはささやいた。

「あなたが好きじゃないからよ。忘れたの？」

「きみが忘れさせてくれない」

ジョージアナは一瞬トリスタンの目を見つめてから、彼の首巻き《クラヴァット》に視線を戻した。部屋の向こう側に、彼女のいとこのワイクリフ公爵が見えた。驚いた顔でこちらを見ているが、トリスタンは肩をすくめてみせるしかなかった。

「ワイクリフが失神するかもしれないぞ」何か話さなければならないと思い、彼は言った。

「わたしたちは仲よくできるところをおば様がたに見せるために踊っているのよ。話をする必要はないわ」

話はできないにしても、ジョージアナと踊るのは楽しかった。六年前と変わらず、彼女は優雅で、ワルツの相手として文句なしだ。彼女が屋敷に滞在していることで問題なのはそこだった。彼女に対する欲望が完全に消えたことがないのだ。ジョージアナはひたむきで、真剣で、積極的で、情熱的だった。トリスタンは彼女のはじめての相手であることに屈折した喜びを感じていた。彼女のほうは、そのために一生苦しみを与え続けることにしたようだが、そんなことは気にならなかった。

「仲がいいふりをするのなら、そんなふうにぎゅっと唇を結ばないほうがいい」トリスタンはささやいた。

「唇を見ないでちょうだい」ジョージアナがにらみつけながら言った。

「じゃあ、目を見ようか？　それとも鼻？　それとも、そのかわいらしい胸がいいかい？」

ジョージアナは真っ赤になって顎をあげた。「左耳にして」

トリスタンは笑った。「わかったよ。たしかにいい耳だ。右と釣り合いがとれている。全体的にかなりいい感じだ」

ジョージアナの唇がゆがんだが、トリスタンは気づかないふりをした。それに今は彼女の耳を見ているのだ。ほかの部分は、見ていなくても感じることができた。空色のスカートがトリスタンの脚の横で揺れ、彼女の指がきつく、あるいは緩くトリスタンの指を握る。彼女をくるりと回すとき、腰が軽く触れ合った。

「そんなに抱き寄せないで」ジョージアナが、トリスタンの手を握る指に力を込めて言った。

「すまない」彼はふたりのあいだに適当な距離を置いた。「昔の癖でね」

「あなたと最後にワルツを踊ったのは六年前よ」

「きみを忘れるのは難しい」

氷のように冷たいエメラルド色の瞳が彼の目を見つめた。「それはお世辞かしら？」

「いいや、事実を言っているんだ。わたしたちが、その……別れてから、きみはわたしを叩いて一七本の扇を壊した。そのうえ今度は、わたしの両足まで踏みつけた。そう簡単に忘れられるものじゃないさ」

ワルツが終わり、ジョージアナは急いで体を離した。「仲よく見せるには、今晩はこれくらいで充分でしょう」そう言うと、お辞儀をして滑るように去っていった。

トリスタンはジョージアナの揺れるヒップを見送った。仲よく見えたかどうかはわからないが、彼女のおかげで、今日の最初のワルツはアメリアと踊らなければならなかったことをすっかり忘れてしまった。これでもう今晩は、アメリアはわたしを無視し続けるだろう。ジョージアナが踊っている人々の後ろに消えるまで、トリスタンはじっと見つめていた。わたしは片足を踏まれ、ワルツを一曲踊った。今日はそれでおしまいだ。わたしの疑いが正しければ、混乱はまだ始まったばかりだ。

4

ジョージアナがダンスフロアを出ると、すぐさま友人たちが寄ってきた。

「本当だったのね！」

「聞いたわよ、あなたが――」

「実行に移したのね、ジョージアナ。信じられない――」

「お願い」ジョージアナは言った。「外の風に当たらせて」

ルシンダとエヴリンは近くの窓まで、文字どおりジョージアナを引っ張っていった。ジョージアナは窓を開け、新鮮な夜の空気を存分に吸い込んだ。

「気分はどう？」エヴリンが尋ねた。

「だいぶよくなったわ。ちょっと待って」

「いいのよ、ゆっくりで。わたしだって、あなたがデアと踊っているのを見たあとでは、気持ちを落ち着かせる時間が必要だもの。しかも彼、あなたにほほえみかけたのよ」

「わたしも見たわ。もうあなたに恋しているの？」

「しいっ」ジョージアナはふたりを制し、窓を閉めてその下の席に座った。「恋してなどいないわよ。まだ彼の気を引くための罠を仕掛けているところ」

「あなたがキャロウェイ邸に移ったことをドンナ・ベントリーから聞かされたときは、まさかと思ったわ。どんな計画を立てたか、わたしたちに聞かせてくれると言っていたから」

ルシンダの声には非難が込められていたが、ジョージアナにはどうしようもなかった。

「そのつもりだったけれど、思った以上に早く話が進んでしまったのよ」

「そうでしょうね。だけど噂になるわよ」

「デアのおば様たちは、うちのおばの親友なのよ」ジョージアナは言い返した。「わたしはミス・ミリーの痛風がよくなるまで手助けしているの」

「そう考えればまったく問題ないわね」エヴリンがほっとしたように言う。「わたしもそれ以外の噂を聞いたことはないわ」

ルシンダがジョージアナの隣に座った。「あなた、本当に進めるつもりなの？　たしかに三人でリストを作ったけれど、それがこんなに現実的になるなんて」

「それに、あなたがデアを嫌っていることはだれもが知っている」

そしてだれもが、ジョージアナがデアを嫌っているのは、彼にキスされたあとで、それが賭けに勝つためだったとわかったからだと思っている。だれも真実は知らない。おばも、友人たちも、上流社会の貴族たちも。知っているのはトリスタン・キャロウェイただひとりだ。

それを変えるつもりはない。

「だからこそ、彼に学ばせたいのよ」

「そうなんでしょうね。でも危険かもしれないわよ。彼は子爵で、広い領地をいくつか持っているし、それなりの名声だってあるわ」

「わたしだって、ワイクリフ公爵のいとこで、ハークリー侯爵の娘よ」

六年前のあのとき、デアはその気になればジョージアナの評判を汚すことができたが、そうはしなかった。でも彼が今回のジョージアナの計画を知ったら、話は別だ。彼女は身震いした。デアにフェアプレーの精神が少しでもあれば、何も起こらないだろう。

「たしかにある意味、わくわくするわね」エヴリンがジョージアナの手を取った。「ほかのだれも知らないあなたの計画を知っているんだもの」

「そしてほかのだれにも知られちゃだめなのよ、エヴリン」ルシンダが、だれかに聞かれるのを恐れるように後ろを振り返った。「これがゲームだと知られたら、ジョージアナは大変なことになるわ」

「だれにも言わないわよ」エヴリンが言った。「わかっているでしょう?」

ジョージアナはエヴリンの手を握り返した。「そんな心配はしていないわ。あなたたちはわたしの親友だもの」

「ただ、ごまかしをするのはわたしたちらしくないわね」

エヴリンの言うとおりだ。ジョージアナはほほえんだ。「あなたたちも次に同じことをやるのよ。忘れないで」

「あなたがうまくやりとげられるか見守るわ」ルシンダの口もとはほほえんでいたが、目は真剣だった。「とにかく気をつけてね、ジョージアナ」

「ええ」

「レディー・ジョージアナ」

隣の広間から現れた男性はデアとは正反対のタイプで、ジョージアナはほっとした。デアのような男とまた一戦交える元気はまだない。「ウエストブルック卿」安堵の笑みが浮かんだ。

侯爵はお辞儀をした。「こんばんは、ミス・バレットにミス・ラディック。ご機嫌いかがですか？」

「こんばんは、ウエストブルック卿」

「新しい仕事を引き受けたようですね」彼は穏やかなブラウンの瞳を再びジョージアナに向けた。「キャロウェイ家はあなたの援助に感謝していることでしょう」

「お互い様ですわ」

「今夜のダンスをわたしと踊っていただけるなどと考えるのは楽観的すぎるでしょうか？」

ジョージアナは、栗《くり》色の髪をしたハンサムな侯爵をしばし見つめた。デアの心を奪うためにはこちらも彼を愛しているふりをしなければならないが、ジョージアナはウエストブルック侯爵ジョン・ブレアのことが気に入っている。彼はジョージアナに群がる求婚者の中でもひときわ――あの下品なデア子爵よりもはるかに――紳士的だった。「ちょうど、次のカドリールのお相手が決まっていませんの」

ウエストブルックはほほえんだ。「では、すぐに戻ります。みなさん、お話し中に申し訳ありませんでした」

「あの人には何も教える必要はないわね」ルシンダは人込みに消えていく彼の姿を目で追った。

「どうしてまだ独身なのかしら?」エヴリンが言う。

ルシンダがジョージアナをちらりと見た。「たぶん意中の人がいて、その女性が自分のほうを向くのを待っているのよ」

「ばかなこと言わないで」ジョージアナはそう言うと、ミリーとエドウィナを探しに行くために席を立った。

「じゃあ、なぜあなたったら赤くなっているの?」

「赤くなってなどいないわ」それにウエストブルックにはジョージアナの財産など必要ない。お金に引かれているのではないのだから、もしデアとの過ちを知れば、わたしのことなどこれっぽっちも魅力的だと思わなくなるだろう。「一緒に来て、ミス・ミリーとミス・エドウィナとおしゃべりしましょうよ。あのふたり、女性との上品な会話に飢えているんですって」

「あら、わたしたちの得意とするところじゃないの」ルシンダが言い、ジョージアナの腕を取った。

「どこに行くんだ？」

翌朝、ミリーを車椅子に座らせているときに声をかけられて、ジョージアナは飛びあがりそうになった。ミリーを車椅子ごと両側から持ちあげて階段をおりた召使たちは、息を切らしている。ジョージアナはミリーの腰と悪いほうの脚の下に毛布をたくし込むと、上体を起こしてデアと向き合った。

「公園を散歩するのよ」ジョージアナは召使に目で礼を言い、車椅子をドアのほうに向けた。いつものように黒い服を着たエドウィナが、ドーキンズから黒のショールとパラソルを受け取り、一緒に出かける準備をしている。「わたしの行動をいちいち探るのはやめてほしいと言ったでしょう」

デアの視線がジョージアナの頭からつま先まで、そしてまた頭まで移動した。すばやいが、何ひとつ見落とすまいとする視線だ。まるで男としての本能を抑えられなくて、顔だけでなく全身を見つめてしまうかのようだった。

「ほら」一瞬の間を置いた後、デアはコートのポケットから細長い箱を取り出した。「きみにだ」

ジョージアナには何が入っているのかわかった。もう六年近く渡され続けている。「こんなふうにわたしに武器を与え続けていいの？」デアの指に触れないよう注意しながら、箱を受け取って開けた。扇は淡いブルーで、広げてみると薄い紙に鳩《はと》の絵が描《か》いてある。彼が常に好みどおりのものをくれるのが腹立たしかった。

「こうしておけば、少なくとも自分を襲う武器が何かわかる」デアは答えると、おばたちを見つめてからジョージアナに視線を戻した。「それはそうと、今朝は四人乗り四輪馬車《バルーシュ》を使ったほうがいいんじゃないか？」

「運動をしたいのはあなたの馬ではなくてわたしたちよ」

「じゃあ、一緒に運動しよう」

ジョージアナは真っ赤になった。デアのおばたちの目の前なので、彼に仕返しすることはできない。いまいましいことに、彼もそれを承知のうえで言っているのだ。「そうなると、あなたは痛い思いをすることになるわね」顔をしかめ、扇を開いたり閉じたりしながらそう言うのがやっとだった。

「試してみるよ」デアは明るいブルーの瞳を愉快そうに輝かせて、居間の戸口にもたれかかった。「あの車椅子を押してハイド・パークを歩くんだから、きみも思っている以上の運動になるだろうね」

「お気づかいありがとう。でも心配いらないわ」愛想よく。ジョージアナはそう自分に言い聞かせた。

デアは体を起こした。「わたしも一緒に行こう。気づかい不要と言われては、わたしの面目が丸つぶれだ」

「そんなこと――」

デアの八歳の弟、エドワードが階段をおりてきた。「ハイド・パークに行くならぼくも一緒に行く。新しい馬に乗りたいんだ」

デアの頬が引きつった。「それはあとにしよう、エドワード。乗馬を教えながらミリーおばさんの車椅子を押すことはできない」

「乗馬はぼくが教えるよ」ブラッドショーが上から声をかけた。

「おまえは騎兵隊ではなくて海軍に入ったものだと思っていたが」

「馬に関しては、もう騎兵隊で習うことなどないからさ」

デアがいらだちを見せ始めたので、ジョージアナはにっこりしてみせた。「いつだって大勢のほうが楽しいわ」そう言って横にどき、車椅子を押すようデアに合図した。

玄関の短い階段を、エドワードと彼の馬、それにブラッドショーが待つ私道までなんとかおりたころにはほかの兄弟も出てきて、一行は八人になっていた。デアは肩越しに振り返り、軽やかにおりてくるアンドルーと、軽く足を引きずってそのあとに続くロバートを見た。

「ブラッドショーが乗馬を教えるんだ」おばの車椅子を押して石畳の道を歩きながら、デアはぼやいた。「なんだっておまえたちまで来たんだ?」

「ぼくはブラッドショーを手伝うのさ」アンドルーは楽しげに言うと、エドワードの隣についた。

「ビット、おまえは?」

キャロウェイ家の三男は一行の最後尾についたまま言った。「散歩だ」

「すてきだわ」ミリーが手を叩いた。「家族全員で散歩に出かけるなんて。みんなが小さいやんちゃ坊主だったときみたい」

「ぼくはやんちゃじゃないよ」エドワードがグレーのポニーの上から言った。「それにジョージ皇太子《プリンス・ジョージ》だってそうさ」

「おまえの意見に反対する人もいるだろうが……」デアはかすかな笑みを浮かべた。「でもプリニーはおまえに信頼されて、とても――」

「ぼくの馬の名前はプリンス・ジョージだよ、トリスタン」キャロウェイ家の末っ子は言った。

「それは考え直したほうがいいかもしれない。ただのジョージにするとか」

「でも――」

「トリスタンと呼んだらどう？」ジョージアナは、ふたりのやり取りに笑いださないようこらえた。「去勢してあるの？」

ブラッドショーがむせた。「兄さんの言うとおりだよ、エドワード。未来の王様の名前を動物につけたりしたら、人から後ろ指をさされる」

「じゃあ、なんていう名前にしたらいい？」

「キングは？」アンドルーが提案した。

「デーモンはどうだ？」とブラッドショー。

「嵐雲《ストームクラウド》は？」ジョージアナは言った。「色もグレーだし」

「植民地のインディアンみたいな名前でいいね。ストームクラウドって気に入ったよ」

「そうだろうよ」デアがつぶやいた。

気をよくしたジョージアナは、かがんでミリーの毛布を直した。「ご気分はいかが?」

「あなたたちのだれよりもいい気分だわ」ミリーは笑った。「居眠りをしてしまいそうなくらい」

「だめだよ、外出を楽しんでほしいからね」デアは上体をかがめておばの頬にキスをした。

「太陽の光と新鮮な空気がおばさんを元気にしてくれる。居眠りはのんきな連中に任せておけばいい」

ジョージアナはデアの横顔を見つめた。彼はごく自然に年老いたおばたちにキスをし、彼女たちをからかった。あんなふうに気軽に愛情を見せる人だったなんて。デアのことは、傲慢で自己中心的な皮肉屋としか思っていなかった。わけがわからない。感情や思いやりがあるのなら、あんな恥知らずなやりかたでわたしを利用するはずがない。でもデアが変わったと考えるのは、もともと彼に心があったと考えるよりもさらにばかげている。

ハイド・パークに着いた一行はかなり目立っているはずだった。ハンサムな独身男性が三人に少年がふたり——うちひとりはポニーに乗っている——年配の女性がふたり、それに女性のコンパニオン。これに輪をくぐる犬と象が加わればサーカス団ができそうだ。

「ジョージアナは馬を持ってる?」エドワードがきいた。

「ええ」

「彼の名前、なんていうの?」

「彼じゃないわ、雌なの」女性の数は多いほうがいい。そんなことを思いながら、ジョージアナは訂正した。「名前は――」

「シバ。大型の黒いアラブ種だ」デアが言った。

「すごいや。ロンドンにいるの？」

ジョージアナは腕組みをしてデアを見た。「お兄さんにきいてごらんなさい。わたしの代わりに話すのがとても上手みたいだから」

デアは車椅子を押したまま、乗馬用道路に沿った道に入った。「ああ、シバはロンドンにいる。ブラケンリッジ邸の馬小屋に、ワイクリフ公爵の馬と一緒にいるんだ。もっとも、きみがうちにいるあいだは、シバもこっちに移したほうがいいだろうね」

「そうだよ」エドワードが目を輝かせ、鞍《くら》の上で体をはずませた。「そうすれば乗馬ができる。ぼくがエスコートするよ」

「で、おまえのエスコートはだれがするんだ？」

「エスコートはいらない。ぼくは勇敢だからね」

デアの目が笑った。「そんなふうに体をはずませていたら、尻があざだらけになるぞ」

「あぶみを縮めよう」ブラッドショーが言った。「ジョージアナ、馬に乗りたくなったら、ぼくとエドワードがいつでもエスコートするよ」

ジョージアナは、デアが一瞬、顔をしかめてからすぐに素知らぬ顔に戻ったことに気づいた。「いいね」彼は言った。「男と女と子供が仲よく馬に乗っているなんて。格好の噂の種だ」

「そのときは、わたしを馬で引っ張っていって」ミリーが笑った。「それで世間体が保てるわよ」

その光景を頭に思い浮かべると、ジョージアナは笑いをこらえることができなかった。「世間体のために犠牲になるのも厭《いと》わないなんて、本当にありがたいわ。でも、わたしはあなたを助けるためにいるんですよ。あなたの命を危険にさらすためではなく」

笑ってはいるものの、ジョージアナにはデアが彼女の評判を気にかけているのが意外だった。でもおそらく、家族が必要以上に彼女にわずらわされるのをいやがっているだけなのだろう。けれど、ジョージアナの狙《ねら》いは家族ではない。彼の家族のことは好きだ。わずらわせたい相手はデアしかいない。

ハイド・パークからの帰り道、トリスタンは、エドウィナと腕を組んでみんなとしゃべったり笑ったりしているジョージアナを見つめた。この数年、彼女は少なくともトリスタンの前では絶対に楽しそうな顔をするまいと決めていたようだ。しかし今日の彼女からは、温かさとユーモアが伝わってくる。

わけがわからない。昨夜のワルツ。そして今日は、こちらが罠にかけて彼女の真意を引き出そうとしているのに、家族みんなが邪魔をして計画を台なしにする。

ジョージアナが暇つぶしをしたいだけなら、コンパニオンを必要とする年配の女性が上流社会にはほかにもいる。トリスタンとひとつ屋根の下では居心地がいいはずもないし、気分がいいはずもない。何しろ、イングランドでも指折りの裕福な家の娘なのだ。トリスタンの家もまだ社会的地位を保っているが、父の死とともに、食べきれないほどのごちそうや贅《ぜい》を尽くした夜会は姿を消した。

トリスタンはこの機会を利用することに決めた。「忘れるところだった。セイント・オーバン侯爵が、今夜のオペラのボックス席に招待してくれたんだ。四席あるんだが、だれか行くかい？　たしか『魔笛』だったはずだ」

アンドルーが鼻を鳴らした。「それで侯爵は辞退したんだね。兄さんは行く気なの？」「賭けで負けたか何かしたのかい？」ブラッドショーが尋ねた。

ブラッドショーのやつ、ジョージアナの前で賭けのことなど持ち出すとは。「行きたかったら手をあげてくれ」

予想どおりブラッドショーとアンドルーが、次いでエドウィナとミリーが手をあげた。ジョージアナはオペラが好きなはずだが、あげなかった。だが、はったりが得意なのはお互い様だ。

「よし、この四人で決まりだ。あまり大げさすぎるふるまいはしないでくれよ。わたしの評判に傷がつく」

「あなたは行かないの？」ジョージアナが、彼の意図は読めてきたという目で尋ねた。

トリスタンは眉をあげた。彼女の裏をかいてやったと思うと気分がいい。「わたしが？

「オペラに？」

「でも、ミリーには手助けが――」

「アンドルーとぼくで大丈夫だ」ブラッドショーが愛想よく請け合った。

「おばさんと椅子を馬車の後ろにつけて引っ張っていくよ」

「まあ、なんてこと！」短い私道の入り口に向かいながら、ミリーは笑った。「わたしを殺すつもり？」

そう言いながらも、おばの頬は薔薇色で黒い瞳は澄んでいる。こんなに元気そうなのは何週間ぶりだろう。トリスタンは笑みを抑えきれないまま、階段の下でブラッドショーと一緒に車椅子からおばを抱えあげて居間に運び込んだ。そのあとから、アンドルーと召使が車椅子を運ぶ。あの車椅子というのはなかなか優れた代物だ。それだけを考えれば、ジョージアナが来てくれたことも歓迎できる。

女性陣は居間に戻り、トリスタンは廊下の先の事務室へ向かった。金の勘定は嫌いだが、現在のような苦境にあっては、自分でしっかりと金銭管理をしていかなければならない。エドワードのポニーの代金と、ジョージアナに立て替えてもらった車椅子の代金で、今月分の臨時支出の予算はすべて使いきってしまった。今月に入ってまだ七日だというのに。羊毛の売り上げでなんとか補填《ほてん》できるだろうが、それが入ってくるのは早くても二、三カ月先だ。

ジョージアナの馬をここへ連れてくるように言ったのは間違いだった。すでに馬車馬四頭と兄弟の乗用馬に加え、エドワードのポニーの餌代《えさ》も新たにかかるようになっている。元気のいいアラブ種なら、ストームクラウドの二倍は食べるだろう。トリスタンは小さく悪態をつき、予想される費用を書き込んだ。

爵位を欲しがる裕福な家庭の娘を見つけろというおばたちの忠告を聞き入れることに決めたのは、このためだった。本心は逃げたくてしかたがないのに、アメリア・ジョンズに言い寄っているのもこのためだ。

トリスタンは顔をしかめ、机を押しやるようにして立ちあがった。この数日間、アメリアとはほとんど口をきいていない。最後に話したのは、何があっても彼女のおぞましい独唱会には出ないことを伝えるためだった。もっと思いやりを見せなければ。そうしないと金に困ったどこかの伯爵に横取りされ、こちらはもっと作り笑いのうまい小娘を見つけて、また一から同じことを繰り返さなければならない。

ドーキンズが引っかくようにドアを叩いた。「ご主人様、郵便です」そう言って、手紙がのった銀のトレーを差し出す。

「ありがとう」ドーキンズが出ていくと、トリスタンは手紙の山をより分けた。例によってアンドルーの友人からたくさんの手紙が届いているほかに、二箇所の領地からは週次報告が来ていた。ありがたいことに請求書はたった二通で、どちらも予想していたものだ。そしてもう一通、ジョージアナ宛《あて》に香水つきの手紙が来ている。

いや、香水ではない。トリスタンはさらによくにおいをかいで思った。男物のコロンらしい。手紙にコロンをつけるとは、とんだ洒落《しゃれ》者だ。手紙を裏返すと、きついにおいにくしゃみが出た。差出人は書かれていなかった。

ジョージアナの知り合いが、キャロウェイ邸に手紙を送ってくることは意外ではなかった。彼女がここにどれだけの服を運び込んだか、そして朝食に何を食べたかまで、ひと晩のうちに社交界全体に知れ渡ったようだ。だが、まさか崇拝者からの手紙を彼女に手渡すことになるとは予想していなかった。

「ドーキンズ！」呼ばれるのを見越していたらしく、執事はすぐにドアの隙間《すきま》から頭を突き出した。「アンドルーとレディー・ジョージアナに、手紙が来ていると伝えてくれないか？」

「承知いたしました」

まずアンドルーが駆け込んできて、自分宛の手紙の束を持って出ていった。数分後にジョージアナが現れた。彼女が部屋に入ってくると、トリスタンは計算書から目をあげた。手紙の差出人ばかりが気になって、計算にはさっぱり集中できていなかった。

何よりも避けたいのが関心を持っていると思われることなので、トリスタンはにおい付きの手紙を鉛筆で押しやってから、数字の走り書きを再開した。だが、ジョージアナが部屋を出ていこうとすると目をあげた。「だれからだ？」彼女の兄弟からだろうと、アメリカの大統領からだろうと気にしないというふりをして尋ねる。

「さあ」ジョージアナはほほえんだ。

「開けてみればいい」

「あとでね」そう言うと、彼女は出ていった。

「くそっ」トリスタンはつぶやき、書き散らした数字を消しゴムで消した。

ドアの外では、ジョージアナが笑いをこらえながら手紙をポケットにしまい込んでいた。自分自身に手紙を送るなんていかにも子供じみているが、どうやらうまくいったらしい。

5

全員が夕食を終え、四人がオペラに出かけていくと、ジョージアナはキャロウェイ家のおばたちへの奉仕を考え直したくなった。夜会や舞踏会よりもミリーとエドウィナの相手をするのを優先すべきだと思い、今夜はなんの約束も入れていなかった。

だが、そのふたりが出かけてしまった今、デアとともに広い屋敷に残されているのを意識する以外、することがなくなってしまった。

デアは傲慢でどうしようもない男だ。何よりもいやなのが、アメリア・ジョンズがなぜ彼に惹かれるのか、今でもわかってしまうことだった。どれほどひどい目に遭ったかを少しのあいだ忘れられたら、彼に抱かれているところまで想像できてしまう。彼の腕の中で、巧みな手と唇に……。

「ジョージアナ」デアを避けてこもっていた図書室に、エドワードが駆け込んできた。「〝二一〟の遊びかた知ってる？」

「もう何年もやっていないわ」

「レディー・ジョージアナの邪魔をしてはいけないよ」デアの低い声が戸口のほうから聞こ

えてきた。「読書中なんだから」

「でも、四人いなきゃできないよ！」

ジョージアナは無理やり笑みを浮かべたが、頬に血がのぼるのがわかった。「でも、あなたとわたしではふたりにしかならないわ」

「ううん、ビットとトリスタンとぼくで三人だ。あなたに入ってほしいんだよ」

「そう、入ってほしいんだ」デアが繰り返した。

何か下心があるのならやり返そうと、ジョージアナはデアの表情を探ったが、明るいブルーの瞳の奥で彼が何を考えているのかはわからなかった。

エドワードの誘いを断れば、臆病者《おくびょう》の気取り屋に見えてしまうだろう。紳士とは言いがたいデアのことだから、その一方、あるいは両方をジョージアナの呼び名にするかもしれない。ふたりのうちのどちらかが、この場をうまく切り抜けなくては。それがデアであるよりは、自分であるほうがいい。「わかったわ」ジョージアナは本を閉じて立ちあがった。「喜んで入れてもらうわ」

客間に行くと、ジョージアナはエドワードとロバートのあいだに座ることになった。つまりひと晩中、デアのわけ知り顔の視線を正面から受け止めなければならないわけだ。

エドワードがトランプを配るあいだ、ジョージアナはデアを見ないですむようロバートに顔を向けた。キャロウェイ家の三男のことはよく知らないが、昔はおしゃべりで機知に富んでいておもしろかった。彼が戦争で死にかけたことはだれもが知っている。戦地から帰還して以来、彼を公の場で見かけることは滅多にない。でも外から見る限り、わずかに足を引きずっている以外は前と変わらず健康そうだ。

「どんなふうに説得されてゲームに加わることになったの？」ジョージアナはほほえみながら尋ねた。

「巡り合わせさ」

「差し支えなければ教えてほしいんだけれど」ロバートはあまり話をしたくなさそうだが、ジョージアナはかまわず続けた。「どうしてビットというあだ名がついたの？」

「ぼくがつけたんだよ」エドワードが、残ったカードの山を置いて自分の手札を調べながら言った。「ぼくが小さいときにそう呼んでたんだ」

エドワードから見れば、ジョージアナや兄たちは年寄りみたいなものなのだろう。「ほかのお兄さんたちにもあだ名があるの？」

少年は濃いグレーの目を細めて考えた。「トリスタンはデアで、ときどきトリスとも呼ばれる。ブラッドショーはショー。アンドルーのことは、ときどきドルーと呼ぶんだけど、本人は気に入っていないんだ」

「なぜ？」

「女の子の名前だからだって。アンドルーがそう言うと、ショーがドルーシラって呼ぶんだよ」

ジョージアナは笑いだしたいのをこらえた。「そうなの」

「ぼくはおチビって呼ばれてる」

「それはひどいわ！」ジョージアナはデアをにらんだ。自分の家族の一員にそんな失礼なあだ名をつけるなんて、いかにも彼らしい。

「でも、ぼくはチビだもの！　気に入ってるんだ！」エドワードは脚を折り曲げて座ったまま、長身の兄に対抗するように背筋を伸ばした。

「こいつは気に入っているんだよ」デアがそう言って、テーブルの中央の山からカードを一枚取ってジョージアナの前に置いた。

「どうしてだかわからないわ」彼女は鼻であしらうように言った。

「二一」ロバートが言い、みんなに見えるように手札を広げた。

トリスタンは明るいブルーの瞳を躍らせて弟をにらんだ。「黙っているやつは信用できないな」

またただ。折に触れて家族に向ける、あの穏やかな顔。ジョージアナは咳払《せきばら》いをした。兄弟たちの仲のよさと気安さにとまどいを覚えるのが意外だった。デアに優しい面があるらしいことにいらだちを覚える。

どういうわけか、そういう姿を見ると惹かれてしまうのだ。誘惑しているのはわたしのほうよ、と自分に言い聞かせる。誘惑されるためにここにいるわけではない。「今日はどこのクラブにも行かないなんて驚きだわ。トランプの腕前を生かすなら、クラブでやったほうがいいでしょうに」

デアは肩をすくめた。「こちらのほうがおもしろい」オペラを観《み》たり、社交場に出かけたり、女性のもとを訪れたりといった夜の過ごしかたよりも、八歳の弟や無口な弟を相手にトランプをするほうが楽しいらしい。だが、家族を大事にしていることをジョージアナに見せつけて感心させたいなら、無駄な努力だ。これからの人生でデアが何をしようと、彼女が感心することはない。彼が本当はどんな人間なのか、よく知っているのだから。

「今日の手紙がだれからなのか、白状するつもりはないのかい？」トランプを始めて一時間ほど経《た》ったころ、デアが尋ねた。

「署名がなかったの」ジョージアナはカードを集めて言った。

「謎《なぞ》だな」デアはブランデーグラスに手を伸ばした。「心当たりはあるのか？」

「そうね、心当たりなら」ジョージアナはカードを二枚ずつ表向きにして配りながら、あいまいに答えた。男だらけのキャロウェイ家の要塞《ようさい》を崩そうとする崇拝者がいることをにおわせたかっただけなのに、尋問されるとは思ってもいなかった。

ロバートがもう一枚カードが欲しいと合図し、デアは肘をついて顎を手で支えながらジョージアナを見つめた。「だれなんだ？」

ジョージアナは、あなたには関係ないと答えようと思った。でも、デアの心をとりこにするのが狙いだ。そのためには、再三にわたって彼を侮辱するのはやめなければならない。

「間違っていたら困るから」ずるく聞こえないよう注意して言う。「もっとはっきりした証拠が現れるまでは答えを保留にしておくわ」

「もっとはっきりした証拠？　その相手自身のことか？　ぜひとも訪ねてくるよう伝えてくれ」

ジョージアナは顔をしかめた。「あなたを訪ねてなんか――」

「二一！」エドワードが飛びあがって叫んだ。「そんなふうにうっとり見つめ合っていたら、ふたりとも絶対に勝てっこないよ」

ロバートが抑えた笑い声を漏らした。

「そうね」ジョージアナはロバートよりも口が重くなった気がしたが、かろうじて応えた。「あなたのおかげで、勝てる見込みがまったくなくなったわ。今日はこれで失礼するわね」

ジョージアナが席を立つと、三人も立ちあがった。堂々と見えるように出ていく彼女に向かって、デアはぎこちなくうなずいてみせた。廊下に出ると、ジョージアナはスカートをつかんで階段を駆けあがった。

「ジョージアナ！」

デアの低い声に、彼女は踊り場で足を止めた。

エドワードの言葉を冗談にしてしまおうと心に決めて振り返る。「あれには驚いたわね」

「まだ八歳だからな」デアが階段をあがってきた。「もう少し経てば、あんなことは言わなくなるさ。子供の言うことなど気にするな」

「わたし……」ジョージアナは咳払いをした。「わたしは、今も言ったように驚いただけ。

気にしてなどいないわ。本当よ」

「気にしていないんだな」疑うように見つめながら、デアは言った。

「ええ」

「よかった」彼は顔をしかめ、黒い髪を指で梳《す》いた。かつてジョージアナは、その仕草をとても魅力的だと思っていた。「本当ではないからな。それをきみに知っておいてほしかった」

その真剣な口調に、ジョージアナは手すりにもたれかかった。「何を知っておいてほしいの？」

「きみを見つめているわけじゃないということさ。それどころか、わたしは結婚するつもりなんだ」

来たわ。「そうなの？　お相手は？　お祝いを言わないと」

「それはやめてくれ」デアは慌てて言った。表情が険しくなる。

ジョージアナは笑みをこらえた。「どうして？」

「まだきちんとプロポーズしていないんだ」

「まあ、そう。とにかくはっきりさせてくれてよかったわ。おやすみなさい」

階段をあがりながら、背中にデアの視線が感じられた。気の毒なアメリア・ジョンズ。他人の夢や心をもてあそばないよう教えるためにも、トリスタン・キャロウェイの心を傷つけてやるべきだろう。

部屋に戻ると、ジョージアナはルシンダ宛の手紙を大急ぎで書きあげ、別のペンでもっと乱雑な字で書いた自分宛の手紙を同封した。コロンに関しては、ルシンダにはもっと保守的になってほしいところだ。一通目のにおいは、まだ室内に漂っている。暖炉に投げ込んだときは、間違いなく炎が青色に変わったはずだ。

ジョージアナは早い時間に目覚めた。彼女が日課としている運動に都合よく、ミリーもエドウィナも朝は遅いほうだ。まして昨夜はオペラを観に行ったのだから、起きだしてくるのは昼ごろだろう。メアリーを呼んで乗馬服に着替えると、ジョージアナは階下へ急いだ。いとこの馬丁が外で待っており、その横には鞍をつけたシバがいる。

「おはよう、ジョン」馬に乗せてもらいながら、彼女はほほえみかけた。

「おはようございます、レディー・ジョージアナ」ジョンは自分のグレーの馬にまたがった。

「今朝のシバは走る気満々のようですよ」

「それはよかった。シャルルマーニュもそうだからな」見事な鹿毛《かげ》の馬に乗ったデアが、屋敷の角を回ってきてジョージアナの隣に馬を止めた。「わたしも同じだ。おはよう、ジョン」

「おはようございます、デア卿」

不愉快に思いつつも、ジョージアナは彼の姿に目を見張らずにはいられなかった。よく磨かれた黒いブーツは鏡のようで、赤錆《あかさび》色の上着は浅黒い肌と明るいブルーの瞳とあいまって、デアをまるで中世から抜け出てきたように見せている。黒いズボンはしわひとつなく、シャルルマーニュにまたがる姿は、馬の背に乗って生まれてきたみたいだった。母親が彼を身ご

りしてしまう。

「今朝は早起きなのね」新鮮な空気で頭をはっきりさせたい。デアの前だと、いつもぼんやりしてしまう。

「眠れなかったからあきらめたんだ。行こうか？　リージェント・パークはどうだい？」

「ジョンがついてきてくれるから、あなたのエスコートはいらないわ」

「ジョンにはわたしのエスコートも頼むんだよ。わたしが鞍から落ちて首の骨を折ったりしたら困るだろう？」

皮肉な答えを返したかったが、議論が長引けば、そのぶん乗馬の時間が減ってしまう。

「わかったわ。どうしても一緒に行きたいというなら、行きましょう」

鞍の上から深くお辞儀をすると、デアはシャルルマーニュに合図した。「誘われたら断るわけにはいかない」

ふたりは数メートル後ろにジョンを従え、リージェント・パークに向かって馬を進めた。媚《こび》を売りなさい。ジョージアナは自分に言い聞かせた。何か気のきいたことを言うのよ。でも、何も頭に浮かんでこない。「ブラッドショーはまだ海軍に残るつもりなの？」やがて彼女は口を開いた。

「本人はそう言っているが、自分で船を持って艦長になりたくてうずうずしているんだ。近いうちになれなかったら、海賊になって船を盗むんじゃないかとわたしたちは思っている」

穏やかな声だったので、ジョージアナは思わず笑いだした。「それ、彼に話した？」

「エドワードが話したよ。おチビは一等航海士になりたいんだ」

「ロバートは陸軍に戻るの？」

デアの引きしまった顔が、一瞬悲しげになった。「いや、そうはさせない」

彼らしくない言葉の選びかたに、ジョージアナは何も言えなかった。トリスタン・キャロウェイが持つふたつの顔を受け入れるのが困難になってきている。弟やおばたちには深い思いやりを示す一方で、アメリアのような女性に対しては冷酷な態度を見せる。

どちらが本当のデアなのだろう？　わたしは答えを知っているのに、なぜこんな疑問が心に浮かぶの？　彼はわたしの心を傷つけ、将来の夢を台なしにした。しかも、それに対して一度も謝っていない。

一方のトリスタンは、自分の愚かさを嚙《か》みしめていた。ジョージアナとの会話は順調に進み、笑わせるのにも成功したのに、ロバートのことでつい本音を漏らしてしまった。

彼女が何を企んでいるのか知らないが、わたしに愛想よくするのがその企みの一部らしい。それにはこちらとしても異論がない。だが、ジョージアナがどれだけ自分を嫌っているかよくわかっているので、彼女が気を変えた理由がわからなかった。

ジョージアナへの欲望が、いまだにトリスタンの思いや会話に影響を及ぼしていた。それさえなければ、彼女がどんなゲームを仕掛けているのか見破るのはもっと簡単だろう。六年という歳月も、彼女の肌の感触や唇の味を忘れさせてくれなかった。途切れなく現れる恋人や愛人たちも忘れさせてくれないであろうことを、トリスタンはとうの昔に悟っていた。

「きみが来てから、ミリーおばさんの調子はよくなっている」興奮した頭があとで悔やむようなことを言わせる前に、話題を変えたかった。

「それはうれしい――」

「ジョージアナ！　レディー・ジョージアナ！」

トリスタンは通りの前方を見た。ハンサムで気取り屋のラクスリー男爵が、こちらに向かって馬を走らせてくる。急ぐあまりに、途中でオレンジを積んだ荷車を引っくり返してしまった。ジョージアナがもったいぶって受け取っている手紙の差出人が、あの男であるわけはない。この首を賭けてもいい。彼には知性のかけらもないのだから。

ジョージアナの視線が、通りに転がるオレンジからラクスリーの顔へと移った。「おはようございます」ふだんはトリスタンにしか向けない冷ややかな声で言う。

「レディー・ジョージアナ、あなたはまるで天使のようだ。お会いできて本当によかった」

ラクスリーはあちこちのポケットを探し始めた。「あなたにあげたいものがあるんですよ」

ジョージアナは表情を変えずに片手をあげて制した。「あのオレンジの売り子にもあげるものがあるんじゃないかしら？」

「えっ？　なんですって？」

好奇心をそそられて見つめるトリスタンの前で、ジョージアナは引っくり返った荷車の脇に立ったまま、道を行き交う馬車に踏みつぶされてオレンジ色のかたまりになっていく商品を見て泣いている老女を指し示した。「あそこです。デア卿、最近のオレンジの値段はどれくらい？」

「ひとつ二ペンスだと思うね」トリスタンは実際の三倍の値段を告げた。

ジョージアナは、わざと高く言っているのを承知したようにトリスタンを見てから、男爵に注意を戻した。「あの女性に最低でも二シリングはお支払いになるべきではありませんこと？」

ようやくラクスリーは老女を見た。「あのオレンジ売りですか？」彼の唇が不愉快そうにゆがむ。「そんな必要はないでしょう。通りの真ん中に荷車を置いておくのが悪いんです」

「わかりました。わたしもあなたからは、何もいただきたくありませんわ」ジョージアナは冷たく言い放つと、ポケットから一ポンド金貨を取り出した。シバに合図を送り、驚きのあまり顔を真っ赤にしているラクスリーの脇を通り過ぎて、身をかがめて金貨を老女に渡す。

「ああ、ありがとうございます」老女は手袋に包まれたジョージアナの手を握り、自分の頬に押しあてた。「神様のご加護がありますように」

「レディー・ジョージアナ。言わせていただきますが、一ポンドは多すぎます」頭に血がのぼったラクスリーが言った。「甘やかしては――」

「レディー・ジョージアナは自分がしたいようにしたのだと思うが」トリスタンは、ふたりのあいだにシャルルマーニュを割り込ませた。「では失礼、ラクスリー」

トリスタンとジョージアナは、ぽかんと口を開けたままのラクスリーをその場に残し、再び通りを進み始めた。しばらく沈黙が続いたあと、彼女が青いボンネットの縁から横目でトリスタンを見た。「あそこで割って入ってくれてよかったわ、トリスタン。でないとわたし、彼を叩いていたかもしれない」

「喧嘩になってきみたちを引き離さなければならなくなったりしたら、こちらが怪我《けが》をするからね。それに気の毒なラクスリーの身も心配しなければならない」

ジョージアナのグリーンの瞳に笑みが浮かんだ。「そうね」

なんと、今朝だけで彼女は二度もわたしに笑顔を見せた。そのうえ、この六年ではじめてファーストネームで呼んでくれた。アメリアとピクニックの計画を立てるために外出するところだったのが幸いだった。そうでなければ、朝の時間をジョージアナと過ごすこともできなかっただろう。

あのストッキングを今もマホガニー材の箱に入れてドレッサーのいちばん上の引き出しにしまってあると知ったら、ジョージアナはどう思うだろう？　人々が知る限り、トリスタンは彼女の唇を奪って賭けの前半に勝ったが、後半部分は手ひどく失敗したことになっている。彼の沈黙のおかげでジョージアナの評判は守られたが、ふたりのあいだに芽生えたかもしれない特別な感情は守られなかった。

トリスタンは我に返った。「行こうか？」そう言って、シャルルマーニュの脇腹を膝で打つ。

笑い声とともに、ジョージアナとシバが弾丸のように隣を走り抜けた。「木のところまで競走よ！」彼女は叫んだ。ボンネットが風にあおられ、金色の巻き毛があらわになる。

「かわいい悪魔だ」トリスタンはその光景に目を奪われてつぶやいた。シャルルマーニュはシバよりも強く足も速いが、今日は勝ちに行くのではなくあとをついていく日だとわかっているようだった。

彼女が何かゲームをしているのなら、なんともおもしろいゲームだ。

先に木まで到達したのはジョージアナだった。勝利の喜びに笑いながら、彼女は隣に馬を止めるトリスタンに顔を向けた。「デア卿、わたしに勝ちを譲ってくれたんでしょう?」

「なんと答えるべきかな」トリスタンはシャルルマーニュの首を叩いた。「ひとつ言えるのは、きみとシバは相性が最高にいいということだ」

ジョージアナは繊細な眉をあげた。「今のはお世辞ね。あなたのお行儀のよさに感心するわ。でも今度わたしと競走するときは、もっと真剣に走って」

トリスタンはほほえんだ。「じゃあ、きみは最後の勝利を楽しんだことになる」

「わたしなら、いつだってレディー・ジョージアナに賭けるがね」木々のあいだから声が聞こえ、グレーの牡馬《ぼば》に乗ったウエストブルック侯爵が頭上の枝をよけながら道に出てきた。

ジョージアナの笑みが消えた。「わたしは賭けには加わりません」声がかすかに震えている。

ウエストブルックは瞬《まばた》きひとつしなかった。「それなら、あなたを信じると言うだけにとどめておきましょう」

その如才ない返答にトリスタンは目を細めた。侯爵はジョージアナに関するトリスタンの賭けのことを知っているはずだ。だれでも知っている話なのだから。非礼を承知で言ったのだ。

「ありがとうございます、ウエストブルック卿」

「ジョンでいいですよ」

ジョージアナはほほえんだ。「ありがとう、ジョン」

ふたりはトリスタンがそこにいることも忘れてしまったようだ。彼は手綱を緩め、右足を動かした。シャルルマーニュが一歩右に寄り、ウエストブルックの馬を押した。

「申し訳ない」侯爵の馬がよろめくと、トリスタンは言った。

「自分の馬はきちんと管理しておきたまえ」ウエストブルックは迷惑そうに言い、馬を回転させた。

「シャルルマーニュはシバに負けるだろうと言われたのが気に入らないんだわ」ジョージアナがトリスタンをちらりと見た。わざとやったとわかっているのだろう。だが、彼女はそれをばらしたりはしなかった。

「シャルルマーニュが気に入らないのは見えすいたお世辞だよ」トリスタンはそう言って、ウエストブルックを見つめた。

「きみの馬には自分が馬であることを思い出させなければならないな。動物は身のほどをわきまえなければ」

腹が立った。相手の侮辱に血が熱くなる。「レディー・ジョージアナも言ったように、シャルルマーニュはちゃんと身のほどをわきまえているさ。わたしはそう信じている」

「わたしはレディー・ジョージアナが気をつかっただけだと思うがね。その馬が劣っていることは彼女もわかっているはずだ」

「ウエストブルック卿、よろしければ、自分の言いたいことは自分で伝えさせていただけませんか？」ジョージアナが言った。

気の毒に。早くもジョンからウエストブルック卿に逆戻りか。さらにだめ押しをしたいところだが、そうしてこちらまでジョージアナの不興を買うのはごめんだ。一本取られたと悟ったウエストブルックがにらみつけてきたが、トリスタンはただほほえんだ。そして彼女がこちらを見たときには、その笑みを消した。

「失礼しました、レディー・ジョージアナ」ウエストブルックが言った。「怒らせるつもりはなかったんです」

「わかっていますわ。デア卿はふだんから、人に悪い影響を与えがちなんです」

「そのとおりだ」トリスタンは同意した。ジョージアナの説明は、これまで自分について彼女の口から語られた中で、もっとも控えめなものだった。

ジョージアナはトリスタンを横目で見てから、ウエストブルックに視線を戻した。「キャロウェイ邸に帰らなければならないので失礼しますわ。そろそろ、デア卿のおば様がたが起きていらっしゃるので」

「では失礼します。ごきげんよう、レディー・ジョージアナ。失礼、デア」

ウエストブルックの姿が見えなくなったとたん、ジョージアナはシバを公園の出口に向かわせた。「どういうつもり？」道を見つめたまま尋ねる。

「ああ」

「わたしはいやな男なんだよ」

彼女の唇が引きつった。「そうらしいわね」

6

「まだだれも死んでいないのか？　驚きだな」ワイクリフ公爵グレイドンは、美しく並んだ椰子《やし》の鉢植えの横に立って言った。

トリスタンは、レスディン伯爵の息子のトーマスとカントリーダンスをしている、ワイクリフの小柄な新妻に目を向けた。「エマは元気そうだな。きみの母上とはうまくいっているんだろう？」

「わたしが結婚しようとしているのを母が知った瞬間から、うまくやっている」ワイクリフは低い声で答えた。「話をすり変えるなよ。ジョージアナはきみのところで、いったい何をしているんだ？」

「ミリーおばの相手役を買って出たんだ。感謝しているよ。おばはずいぶんよくなった」

「感謝しているだって？　ジョージアナに？　何年か前の夏には、きみを日傘で刺しかけた相手だぞ」

トリスタンは肩をすくめた。「きみが言うように、だれも死んでいない。怪我もしていないよ」手の甲とつま先にちょっとした痛みをこうむったことを除けば、ジョージアナの滞在は彼にとって驚くほど平和だった。

ワイクリフが背筋を伸ばし、トリスタンの肩越しに向こうを見つめた。「振り返るなよ。彼女がこちらに歩いてくる。傷つけ合いが始まるぞ」

ジョージアナが近くにいるときの緊張感がトリスタンを襲った。彼女にはいつも用心する必要がある。今はなおさら複雑だ。彼女が和解しようとしているなら、喧嘩など始めたくない。

「グレイドン」ジョージアナはつま先立ちになって、いとこの頰にキスをした。「あなたがた、噂話なんかしているんじゃないでしょうね？」

「実を言うと」ワイクリフがふたりの確執を話題にする前に、トリスタンは言った。「トーマス卿の上着を褒めていたんだ。今日は肩も首もあるように見える」

ジョージアナは彼らの視線を追った。「お気の毒よ。お父上にうりふたつなのは彼のせいじゃないのに」

「レスディンは遺伝子を残すべきではなかったな」ワイクリフが言った。「ちょっと失礼。エマを救い出してくる」

ダンスフロアに向かういとこを見送って、ジョージアナはため息をついた。「幸せそうでしょう？」

「彼には結婚が合っているんだな。きみは友達とおしゃべりしていると思っていたよ」

「わたしを追い払おうとしているの？　そうしたら、あなたはここにひとりぼっちで立っていることになるわよ。そんな気の毒なこと、わたしにはできないわ」

トリスタンは一瞬凍りついた。レディー・ジョージアナ・ハレーがわたしをからかっている。よりにもよって、このわたしを。

「それなら、また踊るのはどうかな？」手ひどい侮辱を受けるか、あるいはどこかに雷が落ちるのを覚悟して身構えた。

「喜んで」

トリスタンはジョージアナの手を取り、ダンスフロアへ導きながら表情をうかがったが、彼を傷つけようとしているふうには見えなかった。ドレスの淡い紫色が、グリーンの瞳をいつもより濃いエメラルド色に見せている。神よ、もしも同情してくださるならば、次のダンスはワルツにしてください、とトリスタンは祈った。

楽団がカドリールの合図をした。どうやら神にはユーモアのセンスがあるらしい。「踊ろうか？」

ふたりが踊りに加わると、ほかにも一〇組ほどのカップルが早足でフロアに出てきた。父の金銭管理のお粗末さが社交界の隅々まで知れ渡る前だったら、人々が自分目当てに集まってくるのだと思っていただろう。かつては、トリスタンの歓心を買おうと女性たちが争ったものだ。今夜、積極的に集まってきたのは男たちで、どうやらジョージアナが目当てらしい。

彼女が一八歳になったときから、ずっとこんな調子だった。ここ数年、トリスタンはジョージアナが伴侶《はんりょ》に選ぶ相手は気の毒だと公言してはばからなかった。心の奥の感情は、自分にさえはっきりわからなかった。しかし今夜、彼女に対する男たちの視線に、トリスタンは大いにいらだった。

ジョージアナがすれ違い、向きを変えながらトリスタンの手を握った。「ほかにもあなたのつま先を踏んだ人がいたの？　ずいぶんご機嫌が悪そうだけれど？」

「わたしがつま先を踏ませるのはきみだけだ」トリスタンはそう答えると、笑みを浮かべて再び彼女と離れた。

わたしはどうかしてしまったらしい。ジョージアナが何かよからぬことを企んでいるのはわかっている。この六年間の彼女を見てきたが、わたしの不誠実で卑劣な行為を急に許す気になったとは思えない。それなのに今、わたしはジョージアナが自分のものであるかのようにほかの男たちをにらみつけている。彼女にお世辞を言ったというだけで、ウエストブルックを叩きのめそうとしたぐらいだ。

トリスタンは次の相手の手を取って目をしばたたいた。「アメリア」

「デア卿。今夜のあなたはとてもすてきですわ」

「それはどうも」怒っていないのだろうか？　一週間近くのあいだ、彼女のことはまったく忘れていた。しかも今のところまだ、ハイド・パークでのピクニックと乗馬の予定を立てていない。「きみもきれいだ」

「ありがとうございます」

アメリアは踊る人々の波にさらわれていき、トリスタンの隣にはジョージアナが戻ってきた。頬が上気していて、笑いだしたいのを必死でこらえているように見える。「なんだい？」彼は尋ねた。

「なんでもないわ」

それだけでは引きさがれない。「何があった？」ふたりが踊る番が来た。トリスタンはほかの人たちが作る輪の中央で回りながら、ジョージアナを見つめて再びきいた。

「どうしてもというなら言うけれど」彼女はひと息入れて言った。「レイモンド卿にプロポーズされたの」

トリスタンは振り返り、そのろくでなしが自分の半分ぐらいの年齢の女性と腕を組んでいるのを見つけた。「今か？」

「ええ。そんなに驚いた顔をしないで。よくあることよ」

「だが、わたしは――」

ジョージアナの顔から笑みが消えた。「それ以上言わないで」いらだった声で言う。

「じゃあ、あとで聞かせてくれ」どういうことだ？　絶対に結婚できないと言っておきながら、男たちからひっきりなしにプロポーズを受けるとは。

ダンスが終わり、トリスタンはジョージアナに腕を差し出した。驚いたことに、彼女はそれを受けた。ふたりのおばは、部屋の隅にある大きな暖炉の脇で友人たちと話している。彼はそちらに向かった。

「説明してくれ」まわりに人が少なくなってくると、トリスタンは言った。

「どうして説明しなければならないの?」

「きみはわたしを非難しているから――」

「わたしが結婚できるとしたら、相手はわたしのお金がすぐに必要な人だわ」ジョージアナは低く厳しい声で言った。「そんな理由では結婚しないとあなたに言ったわよね。そして、愛のために結婚することはできない」

「きみを愛する男ならわかってくれるさ」

彼女は紙のように真っ白な顔で立ち止まり、トリスタンの腕から手を離した。「わたしを愛しているなんて言う人のことは絶対に信じないわ。前にも聞いたせりふだから」

そう言い捨てると、ジョージアナはおばたちの輪に加わり、トリスタンは軽食のテーブルの横にひとり残された。彼がジョージアナから奪ったのは処女だけではなかったようだ。自分の心を、そして他人の心を信じる力も奪ってしまったらしい。

「酒がいるな」トリスタンはつぶやいた。


テーブルに近づいてウイスキーを注文するデアは、ひどくふさぎ込んで見えた。ジョージアナは顔をしかめた。今夜は媚を売るだけのつもりだったのに、またしても彼と言い合いをしてしまった。それにすっかり慣れているので、喧嘩をしないようにするのは難しかった。

「トリスタンとあなたはお似合いのカップルね」ジョージアナの腕を引っ張って暖炉の隣の椅子に座らせながら、エドウィナが言った。「おせっかいを焼くつもりはないけれど、仲よくなっているみたいだから、何が起こってもおかしくないわ」

「まさか」ジョージアナは信じられないというふうに笑ってみせた。彼女たちはなぜ、これほど暖炉に近い場所を選んだのだろう？　踊ったあとなので暑くてしかたがない。

「前に喧嘩をしたのは知っているわよ。でも、あのときはあなたもまだ子供だったし、トリスタンは手に負えなかったわ」

「ええ、とてもたちが悪かったわね」ミリーが会話に加わった。「オリヴァーが亡くなって窮地に立たされたことで変わったのよ」

「わたしは……」そのとき、部屋の向こうからアメリアが合図を送ってきた。「ちょっと失礼してもいいですか？」ジョージアナは早口に言うと立ちあがった。二重の意味で、その場から離れられるのがうれしかった。

「もちろんよ。お友達と話していらっしゃい」

「すぐに戻ります」

デアのほうをうかがってこちらを見ていないのを確認してから、アメリアのあとについて部屋の端を回り、廊下に出た。アメリアも何も考えていないわけではないらしい。ふたりが一緒にいるところをデアが見たら、何かあると疑うだろう。それは避けたかった。やっとのことで、あの鈍感な男の注意を引き始めたのだから。

「どうしたの？」

「本当にわたしのためになっているんですか？」アメリアはブルネットの巻き毛を引っ張り

ながら口をとがらせた。「この一週間、彼にはほとんど無視されどおしです」

「ほかの人間にも感情というものがあって、それを自分の都合で踏みにじってはいけないと今教えているところよ」ジョージアナはアメリアに近づいて声をひそめた。「ダンスのあいだ、あなたを見てふだんと違う態度を見せた？」

「一瞬、申し訳なさそうな顔になりました。たしかに今までそんなことはなかったわ」

「じゃあ、すでに効果が出ているのよ。信じてちょうだい、ミス・ジョンズ。すべて終わったら、彼は何をおいてもあなたと結婚し、いい夫になりたいと願うようになるから」

「わかりました」アメリアはゆっくりと言った。「でもあなたには、彼といるときにあれほど楽しそうな顔をしてほしくないんです」

ジョージアナは青ざめた。なんですって？　わたしが楽しそうな顔をしている？　そうだとしたら大変な間違いだ。あるいはアメリアが純真さのあまり、目にしたものを読み違えたのかもしれない。きっとそうだろう。

「できるだけ気をつけるわ」ジョージアナはアメリアの手を握りしめてから舞踏室に戻った。デアは二杯目のウイスキーを飲んでいるところらしい。絶対にうまくいかない。すでにしゃべりすぎてしまった。自分がどんなに傷ついたかも言うつもりはなかったのに。彼に対してどれほど好意を持っていたか知られたくない。ジョージアナは肩をそびやかして、デアのいるテーブルに向かった。「ここ数日いろいろと動き回っていたから、ミリーおば様はお疲れみたいよ」思いきって話しかけた。

デアはグラスを召使に渡してうなずいた。「じゃあ、もう連れて帰るよ。きみは残りたかったら残るといい。わたしとエドウィナでなんとかなるから」

「いいえ」ジョージアナは、おばたちのほうに向かう彼を追いながら言った。「わたしも帰ろうと思うの」

デアは歩調を緩めた。「本当にいいのか？　これ以上、きみの何かを台なしにしたくないんだ」

「うぬぼれないで。わたしは自分のしたいようにするわ」

「うぬぼれか。はじめて言われたな」

彼についてひとつ感心できることがあるとしたら、常にジョージアナの言葉に注意を払う点だった。「同じことを二度も言わせないで」

ミリーは舞踏会をあとにするのを喜んでいる様子で、ジョージアナは罪悪感をのみ込んだ。おばたちからは一度も不当な扱いを受けたことがない。もっと彼女たちに注意を向けなければ。一瞬たりとも、あのふたりを口実に利用してはならない。そんなことをすれば、わたしもデアと同類の邪悪な心の持ち主になってしまう。

玄関に着くと、デアがミリーを抱きあげて馬車に乗せるあいだ、ジョージアナは車椅子が動かないように押さえていた。ミリーは小柄とは言いがたいが、彼はいつも軽々と抱きかかえる。ぴったりした黒い上着の下で筋肉が盛りあがる様子は……ジョージアナは慌てて息を吸い込み、目をそらした。

わたしも今夜は疲れているようだ。そうでなければ、デアの筋肉のことや、だれも信じられないと漏らしてしまったときの彼の瞳の変化のことが頭に浮かんでくるはずがない。

「先に乗ってちょうだい」

エドウィナに押され、ジョージアナは開いている馬車の扉に向かった。デアがおりてきて、手を差し出した。

「本当に残らなくていいのか?」彼女の指を握って尋ねる。

ジョージアナはうなずいた。頭の中で警鐘が鳴り響く。暗くて魅力的なデアの瞳。以前にも、彼の瞳がこんな色をたたえるのを見たことがある。危険な目。処女を奪われたのはそのときだ。ジョージアナは馬車の片隅に座り、膝の上で両手を組んだ。向かいには彼がエドウィナと並んで座った。帰りの道中、デアはいつになく静かで、ジョージアナには、暗闇《くらやみ》にまぎれて彼がこちらを見つめているのが感じられた。

少しばかり媚を売り、そのあとは集中力を失ってデアに嚙みついたというのに、どうしてこんなふうにわたしのことを気にするのだろう? 彼は喜び、ふたりのあいだがもっとうまくいくようになるはずだった。それなのになぜ口の中が乾き、心臓が激しく打っているの?

「わたしたちのせいで、ひどく疲れたんじゃないか?」キャロウェイ邸の前で馬車が止まると、デアがミリーに言った。

「ちょっと疲れたけれど、なんだか何年かぶりでおしゃべりをしたような気がするわ。楽しかったわよ」ミリーは笑った。「わたしの足が治らないうちに、あなたたちはわたしにうんざりしてしまうでしょうね」

「まさか」ジョージアナは言った。「わたしはあなたが踊るところをまた見たいんです。覚えてます?」

召使たちが車椅子を運ぶあいだに、デアはミリーを抱えて短い石段をのぼった。ジョージアナはエドウィナと一緒に屋敷へ入ったが、エドウィナが階段の下で不意に足を止めた。

「わたしは疲れていないの。一緒に図書室へ行かない? ドーキンズにお茶を運ばせるわ」

ベッドにもぐり込んでデアが部屋に立ち寄らないことを祈るより、そのほうがよさそうだ。エドウィナの前では、彼もややこしい話を持ち出したりはしないだろう。「すてきだわ。ミリーのお手伝いが終わったら、すぐにおりてきます」

「わたしの手伝いはいらないわよ」ミリーが肩越しに言った。「ちゃんとメイドがいるんだから。お茶を飲みなさい。また明日ね」

「おやすみなさい」

ジョージアナとエドウィナは図書室に入った。だが、手に取った本を読めるようになるまで平静を取り戻すには数分かかった。デアは自分も行くとは言わなかった。それよりは、よく顔を出すクラブのどれかに出かけていく可能性が高い。彼の基準からすれば、まだ夜も浅い時間だ。出かけてくれれば廊下でばったりでくわす心配もなく、安心して階上に行くことができる。

ジョージアナは顔をしかめた。わたしったら、なんて愚かなのかしら。すべてが計画どおりに進んでいるというのに。今夜のデアは愛想がよかった。わたしのほうが、まだそれに慣れていないのだ。

「読んでいないみたいだね」

髪に向かって暖かい風が吹いたような、ささやき声が聞こえた。ジョージアナは椅子から飛びあがり、悲鳴をのみ込んでデアと向き合った。「やめて！」

「静かに。エドウィナおばさんが起きてしまう」デアは笑った。

ジョージアナは振り返った。エドウィナは頭をのけぞらせて、口を開けたまま眠っていた。息を吐くたびに、小さないびきが聞こえてくる。ジョージアナは眉をひそめた。「じゃあ、出ていってちょうだい」

「なぜ？」デアは椅子の背を回って彼女に近づいた。

「だって付き添い役《シャペロン》が眠っているんですもの」

「シャペロンが必要なのか？　もうぼくのことを恐れていないはずだと思っていたが」

「あなたを恐れたことなどないわ」

デアは腕組みをした。「よし。それならおしゃべりをしてもいいはずだ」

「おしゃべりなんてしたくない」ジョージアナは戸口のほうにあとずさりした。「もう寝たいの」

「悪かった」

彼女は足を止めた。心臓が早鐘を打つ。「何が？」

「きみに誤解させたことだ。わたしは――」

「聞きたくないわ。六年遅いわよ、トリスタン」

「六年前のきみだったら、耳を貸そうとしないだろう。そしてわたしも浅はかだった。だからせめて今、謝りたいんだ。受け入れてくれなくてもいい。受け入れてもらえるとは思っていないから」

「それはよかったわ」

ジョージアナはくるりと向きを変えて図書室を出た。だが歩き始めたとたんに肩をつかまれて、彼のほうを向かされた。

「何を――」

デアは身をかがめてジョージアナの唇に唇を触れると、去っていった。彼女は壁に寄りかかり、へなへなと床にくずおれて、呼吸を整えようとした。一瞬のことだったが、まだ彼の唇のぬくもりが感じられる。

再びあんなふうに触れられたら、肉体的な痛みを覚えるものと思っていた。でも今のキスは……心地よかった。とても。もう長いこと、キスなどされたことがない。

ジョージアナはゆっくりと立ちあがり、階段をあがって寝室に向かった。自分の計画が自らにこれほど大きな影響を与えるとは思っていなかった。幸い、心よりも理性を信じるだけの分別は持ち合わせている。特にトリスタン・キャロウェイに関することでは。

それでも、ベッドにもぐり込む前に寝室のドアに鍵《かぎ》をかけた。一分後にまた起きあがり、今度は重い椅子をドアの前に置いた。「これでいいわ」そうつぶやいてベッドに戻った。

図書室では、エドウィナが階上から音が聞こえなくなるのを待っていた。ジョージアナが無事にベッドへ入ったと思えるようになると、体を起こして本を読み始めた。

ミリーはトリスタンとジョージアナの仲を取り持つことに不安を抱いているかもしれないが、エドウィナはまったく心配していなかった。ジョージアナがこの家にいるのをみんなが喜んでいるし、彼女は思いやりがあり、ウィットに富んでいて優しい。トリスタンが義務感から追い回している作り笑いの上手な若い女たちよりもずっといい。

エドウィナはほほえんだ。六年前にふたりのあいだに何があったにせよ、今は和解しつつあるようだ。ミリーがあと数日、我慢してあの車椅子に座っていてくれれば、だれもが喜ぶカップルを誕生させることができるだろう。

7

世間はそう思っていないようだが、トリスタンは貴族院の議会に出るのが好きだった。爵位を継ぐまでは浮ついた生活を送ってきた自分が、人前で、政治の場で、愚者たちに立ち向かってこの国の将来を決めるのだと思うと自信が持てる。

しかし今朝は、ワイクリフ公爵と、滅多に顔を出さないセイント・オーバン侯爵のあいだに座りながら、自分が投票しようとしているのがどの国に対する関税引き上げ案なのかも忘れてしまうほど集中できずにいた。アメリカでないといい。ちょうどアメリカに羊毛を売ろうとしているところだから。ワイクリフに脇腹をつつかれ、手をあげて〝賛成〟と言ったが、それ以外はずっとジョージアナのことばかり考えていた。

前は彼女にキスをすることしか考えていなかったが、常に分別がそれを押しとどめていた。だが昨夜は、ジョージアナの甘くやわらかい唇の味がよみがえってきて、どうしようもなくなった。そして六年ぶりにキスをしてしまった。驚いたことに、彼女はそれを許した。

「ミス・ジョンズへの求愛は首尾よく進んでいるのか?」トーリー党の議員たちが貿易協定について議論を始めると、椅子に背中を預けたワイクリフが小声で尋ねた。隣ではセイント・オーバンが、大声で怒鳴っているハントフォード公爵が妻のお気に入りのナイトガウンを着ている姿を絵に描き始めた。

「相変わらず、いつか彼女に興味をそそられるようになるんじゃないかと待っているんだが」トリスタンはため息とともに答えた。はじめて会ったときは、あれほど退屈な相手だとは思わなかった。もっとも、今ではどんな女性も死んでいるも同然に思える。ただひとりを除いては。たぶんそれが問題なのだろう。アメリアとジョージアナを比べるのはやめなければならない。うぶで礼儀正しい小娘が見劣りするのは当然だ。

「彼女を追っているのはおまえだけじゃないんだぞ。たいした財産持ちだからな」

「わたしが執着するのもそのためだ」トリスタンは顔をしかめた。「父がもう二、三年早く死んでくれていれば、わたしも惨めな自己犠牲など払わずに家族を泥沼から引きあげることができたのに」

セイント・オーバンが絵から目をあげて笑った。「弟たちを売り払うというのはどうだ?」

「それも考えたよ。だが、だれがブラッドショーを欲しがる?」

「たしかに」

「ところでおまえはここで何をしているんだ、セイント?」ジョージアナのしなやかな体から思いをそらしたくて尋ねた。「ふだんは議会になど出てこないじゃないか」

「今期の頭に投票の申請をしたんだ。たまには顔を出さないと、死んだものとして財産を没収されかねない。厄介なものだよ」

「今日は〈ジェントルマン・ジャクソンズ〉に行くんだが、一緒に行くか？」ワイクリフが言った。

トリスタンは首を振った。「この一週間、アメリアをピクニックに誘おうとしているんだ。今日こそ誘うつもりだ」

「なぜ誘えない？」

ジョージアナのせいだ。「自衛本能だろうな」

「そんなに怖《お》じ気《け》づいているなら、ふだんよりも慎重に行動したほうがいい。彼女の評判を傷つけたら結婚しなければならなくなる。逃げ道はないぞ」

「それは肝に銘じているよ」

ワイクリフは妙な顔をしてトリスタンを見たが、ジョージアナとのあいだで実際にあったことをもっとも隠しておきたい相手がひとりいるとしたら、それは巨体でボクシング好きの彼女のいとこだった。それにしても、なぜジョージアナとのあいだはそういう具合にいかなかったのだろう？　賭けのことを知ったとき、彼女は激怒し、トリスタンとしてはすべてを秘密にしておくことしか考えられなかった。世間にばらしていれば、今ごろふたりは結婚していただろう。もちろん、とっくに銃や毒で彼女に殺されていた可能性もあるので、その点は疑わしいが。

午前中の会議が終わると、トリスタンはボンド・ストリートに寄ってから、ピクニックの準備をさせるために帰宅した。今日、公園で食事をしようと考えている独身男性は彼だけではないはずだ。五回のノックで、ようやくドーキンズが玄関のドアを開けた。日中はドアに鍵をかけ、夜にかけないのはキャロウェイ家の執事くらいだろう。

「みんないるのか？」トリスタンは帽子と手袋を外しながらきいた。気になるのは〝みんな〟ではないのだが、ジョージアナはいるのかと尋ねたりすれば、ドーキンズが太い眉毛をつりあげるのは間違いない。

「ブラッドショー様、アンドルー様、エドワード様は乗馬にお出かけです」執事は答えた。「ほかのみな様はおられます」

いちばん乗馬のうまい者が屋敷の奥深くに閉じこもっているのだ。だが、いずれロバートも元気を取り戻すだろう。そう願いたいものだ。「そうか。ミセス・グッドウィンに、ふたり分のピクニックランチを用意させてくれ」

「承知いたしました」

トリスタンは二階にあがって着替えた。

自室から出たところで、廊下を歩いてくるジョージアナとでくわした。「おはよう」彼女を壁に突き飛ばしてしまわないよう、手を伸ばしながら言う。

「おはよう」

トリスタンの勘違いでなければ、ジョージアナの顔は上気し、グリーンの瞳は彼の口もとに釘《くぎ》づけになっているようだ。まさかと思うが、あのキスを喜んだのだろうか？　だが、それ以外は考えつかない。仲直りのしるしに買った扇が、ポケットの中で手に当たった。これを使わずにすむとは思ってもいなかった。「わたしを探していたのかい？」

ジョージアナは咳払いをして、一歩あとずさりした。「実はそうなの。今朝ミリーと話したら、公園を散歩してみたいって言うの。彼女がそういう気になったのを祝って、公園でピクニックをしたらどうかと思って」

トリスタンは眉をひそめたが、気づかれる前に表情を戻した。「どうしてピクニックなど思いついたんだ？」

「今日はお天気がいいから」

彼がじっと見つめると、ジョージアナはサイドテーブルの花瓶に視線をそらした。彼女は昔から嘘をつくのが下手だった。「つまり、わたしがすでにほかの人とピクニックを予定していたこととは関係ないわけだな？」

ジョージアナは眉をあげた。「もちろんよ。知らなかったの。だれかおば様よりも大事な人と約束があるというなら、ぜひそちらに行くべきだわ」

「まったく油断がならないな。きみはおばのことを心配しているのか、それともわたしをアメリア・ジョンズから遠ざけようとしているのか、どちらなんだ？」

「アメリア……あなたが追いかけているのは彼女なのね、かわいそうに。好きなようにしたらいいわ、デア」彼女は向きを変えると、大股で階段に向かった。「あなたはいつだってそうなんだから」

実に見えすいている。そしてジョージアナらしくない。わたしがだれを追いかけているか、すでに知っていたはずだ。ロンドン中が知っているのだから。おそらく、わたしをアメリアから遠ざけようとしているのだろう。彼女をわたしの毒牙《どくが》から守るのが自分の義務だと思っているのだ。その一方で、もしかしたら――もしかしたらの話だが――嫉妬《しっと》もしているのかもしれない。

「ドーキンズ」トリスタンは階段をおりて呼びかけた。「ピクニックのランチは四人分に変更してくれ。今日はハイド・パークでピクニックをする」

「承知いたしました、ご主人様」

どうせアメリアと午後を過ごすのは拷問みたいなものだ。ジョージアナと過ごすのも別の意味で拷問のようなものだが、少なくとも楽しみに思えるたぐいの拷問だった。

一行はデアの四頭立て馬車で出かけた。彼の所有する馬車のうち、ふたりのおばとデア、ジョージアナ、それに昼食と召使と車椅子を一度に運べるのはそれだけだったのだ。気の毒なアメリアがこんな気持ちのいい午後に家に閉じこもっていなければならなくなったことを思うと、ジョージアナは罪の意識を覚えた。その一方で、まったく懲りないデアのせいで屈辱的な一生を送らなければならないところを助けてやっているという気持ちもある。半日くらい寂しい思いをさせても、罰は当たらないだろう。

もっとも、懲りないデアもそんなに悪いものではない。彼に恋心を抱かせるためなら、一度や二度のキスぐらいは我慢できる。

ジョージアナはデアを見た。彼はエドウィナの手芸道具を入れた籠《かご》を膝にのせ、だれが議会を欠席していたかをおばたちに話している。こんな彼を想像したことはなかった。家庭とトリスタン・キャロウェイは対極にあるものだと思っていた。今の姿にはどこか惹かれるものがある。あの優しいキスを考えるとなおさらだ。

「あなたに言おうと思っていたのだけれど……」エドウィナに声をかけられて、ジョージアナは彼女を見た。「そのドレス、はじめて見たわ。とてもすてきね」

ジョージアナはシルバーとグリーンのモスリンを見おろした。「シーズンのはじめに、〈ウィロウビーズ〉で見つけた生地なんです。レディー・ダンストンの手から奪い取らなくてはならなかったわ。マダム・ペリスの腕はたいしたものだと思いませんか?」

「作る人がいいのか、着る人がいいのか、どちらかしら?」ミリーが言った。「そう思わない、トリスタン?」

デアは笑みを浮かべてうなずいた。「きみの瞳の色によく似合っている」

「わたしもマダム・ペリスのドレスにずっと憧《あこが》れているのよ」エドウィナがため息をついた。

「青がいいわ」

ジョージアナは身を乗り出したデアと目が合った。「青? 青と言ったのかい、エドウィナおばさん?」

「愛する雌虎《タイグレス》が死んでもう一年になるし、ジョージアナはいつもきれいでしょう。わたしもおしゃれがしたくなってきたのよ」

「タイグレス？」ジョージアナは言った。

「猫だよ」デアがささやく。

ジョージアナはうなずいた。「ねえ、エドウィナおば様、ルシンダ・バレットの黒猫が子猫を産んだところなの。よければ何匹か譲ってもらえるかきいてみましょうか？」

エドウィナはしばらく黙り込んでから答えた。「考えておくわ」

馬車が止まった。「いいかい、ミリーおばさん？」デアは立ちあがれるよう、手芸道具の籠をジョージアナに渡して言った。

「ええ。外は込んでいる？」

召使のナイルズがドアを開け、踏み段をおろした。デアが先に外へ出て、エドウィナがおりるのに手を貸した。「人の少ない場所を探しておくよう、ギンブルに命じておいたんだ」彼は馬車の中に体を入れて言った。「池の向こうで数人が乗馬をしているほかは、子供たちが女性の教師と一緒に家鴨《あひる》にパンを投げているだけだよ」

「じゃあ、いいわ」

ジョージアナが後ろから、デアと召使が左右から支えて、ミリーを芝生におろした。「ちょっと待って。ジョージアナとおばさんの杖をおろすから」彼はそう言って、ミリーの手をエドウィナに託した。

ジョージアナは籠とミリーの杖を渡した。デアの手を取って馬車をおりると、彼が笑いかけた。彼女も思わずほほえみ返した。「うまくいくといいわ」ああ、うっかり彼にほほえみかけてしまうなんて。「ミリーをがっかりさせたくないの」

「がっかりなどしない人だよ」デアはジョージアナの手を軽く握ったまま応えた。

「約束があったのに、こちらに引っ張り込んでごめんなさい」彼女は手を抜きながら言った。

「いいんだ。こんな美女と一緒なら」

頰が熱くなった。これが一、二週間前だったら、何か辛辣《しんらつ》な言葉を返したところだ。でも今は、なんと応えたらいいのか見当もつかない。

長らく敵対してきたデアの口から好意的な言葉やお世辞が飛び出したりすると、こちらの考えや計画を見透かされているような気がする。単に調子を合わせているだけで、そのうち、きみとなんか恋に落ちるわけがないと言いだすのではないだろうか？　そんなことを考えるなんて、救いようのない愚か者だと言うのでは？

「ジョージアナ？」

彼女は身震いした。「何？」

デアの目に、これまで見たことのない考え込むような表情が浮かんでいた。ジョージアナは身構えた。「何を考えていたんだ？」

彼女は肩をすくめてデアから離れた。「もう過ちを繰り返すまいとしているのを思い出していたのよ」

「わたしもだ」どういう意味だろうとジョージアナが考えているうちに、彼はおばたちのほうを振り返った。「じゃあ、行こうか？」

片手に杖を持ち、もう一方の手でデアの腕をしっかりつかみながら、ミリーは震える足を一歩芝生に踏み出した。ジョージアナとエドウィナは、ナイルズとギンブルとともに声援を送った。ミリーは二歩、三歩と進んだ。

「できると思っていたわ!」ジョージアナは笑った。

「あなたが勧めてくれたおかげよ」エドウィナがほほえみながら言った。「奇跡だわ」

デアはジョージアナに鋭い視線を送ってから、おばに手を貸して馬車のまわりを大きく回らせた。やがてミリーが疲れたと言ったので、車椅子を出して木の下に置いた。ジョージアナがミリーの世話をしているあいだに、ナイルズが敷物を広げて食事の用意をした。

「ランチの用意ができました」ナイルズがお辞儀をして告げた。

一行はミリーを囲んで半円に座った。ナイルズはマディラワインとサンドイッチを配った。ギンブルが見つけた一角は実に静かな場所だった。こんな静かなところで座り、笑っておしゃべりできるのが、ジョージアナにはうれしかった。いつものように大勢の男性がこちらを見つめたり、大胆に馬を乗り回して注意を引こうとしたりといったこともない。

「治ったら、最初のダンスのお相手はだれにします?」ジョージアナはエドウィナからオレンジを受け取りながら尋ねた。

「ウェリントン公爵にお願いしようかと思って。プリンス・ジョージも考えたけれど、わたしに夢中になられても困るしね」

「もしまだもらえるなら、子猫を一匹欲しいわ」エドウィナが言った。

「あとでルシンダに手紙を送っておきますね」ジョージアナは約束した。

ナイルズが昼食の片づけをし、ミリーとエドウィナが刺繍を始めると、デアが立ちあがった。「おばさんたちの調子がいいようなら、わたしは少し散歩をしてくるよ」グレーのズボンについた葉を払いながら言う。「ジョージアナ、一緒に来ないか?」

本や裁縫道具を持ってくることは考えもしなかった。ここで断って、芝生に座ったまま自分の手を見つめて過ごすのは間抜けか臆病者と見られかねない。「いいわね」ジョージアナは彼の手を借りて立ちあがった。

デアが腕を差し出したので、ジョージアナはためらいながらもつかまった。「そんなに遠くまでは行かないから」おばたちに言うと、彼は池のほとりの小道に向かった。

「エドウィナに子猫の話をしたの、大丈夫だったかしら?」繰り返さないようにしているのはどんな過ちなのか、なぜ脅しをかけてまでピクニックに誘い込んだのかときかれる前に、ジョージアナは言った。「前にも猫がいたわけだから、新しい子が来ても気にしないんじゃないかと思ったんだけど」

「四人も弟がいるんだ、猫などちっとも気にならないよ。どうしてわたしをピクニックに誘った?」ジョージアナの努力もむなしく、デアは尋ねた。「昨夜のことを謝らせたいのか?」

彼女は体中が熱くなった。「ゆうべのことはほとんど覚えていないわ。遅かったし、お互い疲れていたから」

「わたしは疲れていなかったし、きみにキスをしたかった。きみだって覚えていないはずはないと思うが」デアはポケットから箱を取り出してジョージアナに見せた。「だから今日はこれが必要になると思ったんだ」

ジョージアナは箱を開けた。前のよりもさらに美しい扇だった。白地に象牙の骨に沿って黄色い花が散らしてある。デアは彼の手に叩きつけて壊してきた扇が、どれも彼からもらったものではないことに気づいているのだろうか？　もらったものはすべて引き出しにしまって、忘れたふりをしている。「トリスタン、困るわ」今度は本当のことが言えてうれしかった。

ふと気づくと、おばたちから見えない楡《にれ》の木立の陰にいた。あたりにはだれもいない。

「困ることはない」デアはつぶやき、ジョージアナの顎を持って上に向けさせた。

突然のパニックに襲われて息を詰まらせ、ジョージアナはあとずさりした。最初のキスはデアの責任にできるが、もう一度キスをしてしまったら、彼だけでなく自分の責任にもなる。

「お願い、やめて」

デアはゆっくりと一歩前に出て、ふたりの距離を縮めた。「わたしのワルツの踊りかたを覚えているなら、ほかにも覚えていることがあるはずだ」

それが問題なのだ。「本当に思い出させたいの？　わたしに……」

デアが顔を近づけ、はじめてのキスのようにそっと唇を重ねた。ジョージアナはため息をつき、彼の波打つ黒髪を指に絡ませた。ずっとこうしたいと思ってきた。ずっと彼が恋しかった。体に回される彼の力強い腕。探るような、誘うような唇。デアはさらに深いキスをした。彼の胸の奥から小さな音が聞こえてくる。

わたしったら、いったい何をしているの？ ジョージアナは体を引いた。「やめて！ やめてちょうだい、デア！」

彼はジョージアナを放した。「だれも見ていない。ぼくたちだけだ」

「前もあなたはそう言ったわ」ジョージアナはあえぎながら、ショールを直してデアをにらんだ。もらった扇は美しいけれど、それで彼の頭を叩きたくてしかたがなかった。

「そしてそのときも、きみは従った」デアはかすかに笑みを浮かべた。「わたしだけを責めることはできないよ。ひとりではできないことだからな。それに考えてみれば……」

怒りのあまり思わずうめき声を漏らし、ジョージアナは前に踏み出してデアの胸を突いた。

「何をするんだ！」彼はバランスを崩して、背中から池に落ちた。

デアは慌てて立ちあがった。水は腰の高さまであり、片方の肩からは睡蓮《すいれん》の葉が滑り落ちている。彼は今にも火を噴きそうなほど怒りをたぎらせていた。ジョージアナはスカートの裾をつかんで走りだした。

「ナイルズ！」みんなのもとに戻って叫んだ。「ギンブル！ デア卿が池に落ちたわ。助けてちょうだい！」

トリスタンがやっとのことで池から這《は》いあがったところに、召使たちが小道をばたばたとやってきた。「大丈夫ですか？」ギンブルがそう言いながら急に足を止めたので、三人とも池に落ちそうになった。「池に落ちたとレディー・ジョージアナからうかがいましたが？」

怒りがおさまらぬまま、トリスタンは召使の手から逃れた。「大丈夫だ。放っておいてくれ」

ジョージアナのおかげで欲望が静まった。トリスタンはナイルズとギンブルを従えて馬車に戻った。彼女がそこに立っていた。彼の失態をおばたちに説明しているらしい。トリスタンの姿に気づくと、彼女は青くなった。

真っ先に考えたのは、池のほとりまで引っ張っていって突き飛ばしてやろうということだった。それでおあいこだ。「荷物をまとめて馬車に乗せろ。帰るぞ」トリスタンは命じた。

エドウィナが尋ねた。「大丈夫なの、トリス――」

「大丈夫だよ」そう答えてジョージアナをにらむ。「落ちたんだ」

ミリーの車椅子を馬車に向かって押すジョージアナの瞳に驚きの色が浮かんだ。彼女が何を覚悟していたか知らないが、トリスタンには、ジョージアナにキスをして池に突き落とされた顛末《てんまつ》を一から説明する気はまったくなかった。

トリスタンは足を止めた。ほかの女性だったら、彼が抱きしめれば喜ぶはずだ。ジョージアナがしたことはある意味、安心の種となるのかもしれない。何か企んでいるのなら、池に突き落として怒りを買うような危険を冒したりしないだろう。過去のことを考えれば、下腹部に膝蹴《げ》りを食らわされても不思議ではない。池に突き落とされるくらい、ましな反応ではないだろうか。彼女はわたしが好きなのだ。

「屋敷に戻ってくれ」ミリーを助けて馬車に乗せながら、トリスタンは落ち着きを取り戻した声で指示した。彼がミリーを座らせているうちに、ジョージアナも乗ってきた。トリスタンは深く腰かけると、びしょ濡れのグレーの上着を絞った。

「本当に大丈夫なの？」エドウィナが彼の濡れた膝を叩いて言った。

「ああ。たぶん自業自得だね。家鴨をからかったりしたから」トリスタンは目から水をぬぐった。「ばかな家鴨たちには、こちらには傷つけるつもりなどないのがわからなかったんだな」

下手な言い訳だったが、うまくいったようだ。ジョージアナは握りしめていた両のこぶしを緩めた。しかし帰りの道中も、家に入るあいだも、用心深げな視線を彼から離すことはなかった。

ミリーを部屋まで運び終えると、トリスタンは着替えるために居間を出た。ジョージアナが戸口に立っていた。彼は速度を落として脇を通り抜けながら、ジョージアナの耳もとでささやいた。「何か言いたいことがあるなら言ってくれ、答えるから。次回は先に許しを得るようにするよ」

ジョージアナは向きを変えてあとについてきた。「次回は」彼女が声をかけてきたので、トリスタンは驚いて足を止めた。「たぶんあなたも、自分が別の人を口説いているのを思い出すでしょうね。アメリア・ジョンズだったわよね？」

トリスタンは彼女と向き合った。「それしか言うことはないのか？　アメリアにはまだ何も言っていない。今も若い娘たちを相手に、自分の忍耐力を試しているところだ」

「でも、彼女は何を期待しているかしら？　それを考えたことがある？　あなたは自分以外の人のことを考えたことがあるの？」

「いつもきみのことを考えているよ」

最初の勢いはどこへ消えたのか、ジョージアナは階段をあがって寝室に向かうトリスタンを無言で見送った。おもしろい。とにかく、彼女に考える材料を与えることができた。

彼は含み笑いをしながら上着を脱いだ。召使が部屋に飛び込んできて、台なしになった服を嘆いた。池に突き落とされるのがいいことだなんて、だれが思うだろう？


ミリーは居間を歩き回った。「ほらね。あなたったら、ふたりが散歩しに行ったとき、ロマンティックだなんて言ったけど」

油断なくドアを見つめながら、エドウィナは椅子に戻るよう妹に合図した。「事故だってふたりとも言っていたじゃないの。それにあのふたりは何年も前に喧嘩しているのよ。多少の衝突はしかたがないわ」

「たしかにうまく進んでいるように見えたけれど、今日の出来事で勢いをそがれたわね」

「たいしたことないわ。あせってはだめよ」

「一日中座っているのに飽きてきたわ」

「ミリー、あなたがその椅子に座っていてくれないと、ジョージアナにいてもらう口実がなくなってしまうのよ」

ミリーはため息をつき、椅子にどすんと腰をおろした。「はいはい。すべてが終わる前に、また痛風の発作が起きないよう祈るわ。それから、彼女のところに来ている匿名の手紙のことはどうするの？」

「なんとか突き止めましょう」

ミリーの顔が輝いた。「そうね」

8

デアはわたしのことを考えている。まさに、わたしが意図したとおりになっている。でも、彼がわたしに好意を持っているかどうかは疑わしい。この遊び人の魅力に屈しない人間がいるとしたら、それはわたしだ。

彼はアメリア・ジョンズに何も言っていないつもりらしいが、彼女のほうは言われたも同然だと思っている。アメリアとのことをまじめに考えているにしろいないにしろ、次にデアが傷つけるのが彼女の心なのは間違いない。だからジョージアナは、経験豊かな子爵のキスを思い出すと腕に震えが走るものの、自分がキャロウェイ邸に来た目的を忘れまいとしていた。男性に関しては、二度と理性を感情に支配されないようにするつもりだ。

一日の興奮が過ぎ去り、ジョージアナはエドウィナとミリーとともに居間に座った。もしまだフレデリカのホーソーン邸にいたとしたら、午後の時間は公爵未亡人であるおばのところに来る手紙の整理や、毎日届く山のような招待状への返事に忙殺されていただろう。一時間も二時間も読書ができるなんて、もったいないほどだ。

「一日中ここで時間をつぶさなくてもいいのよ」ミリーが沈黙を破った。

ジョージアナは目をあげた。「えっ？」

「あなたがここにいてくれるのはうれしいし、一緒にいると楽しいけれど、年寄りふたりと過ごすのはお友達と過ごすのに比べるとひどく退屈でしょう？」

「とんでもない！　ここにいるのが楽しいんです。信じてください。買い物やダンスなんて、すぐに飽きてしまいますもの」ジョージアナは不安を覚えて背筋を伸ばした。もしかしたらふたりはデアが池に落ちたのはわたしのせいだと知って、わたしを送り返すもっともらしい理由を考えようとしているのかもしれない。「もちろん、おふたりがわたしを追い払いたいというのでなければの話ですけど」わざと冗談めかして言う。

エドウィナが慌てて立ちあがり、ジョージアナのそばに来て手を握った。「そんなわけないじゃないの！　ただ……」そう言って妹を見た。

「ただ、なんです？」ジョージアナの心はさらに沈んだ。

「あなた宛に男の人から手紙が来ているとトリスタンに聞いたから。ここは男性が大勢いるでしょう、その人が恐れをなしているんじゃないかと思って」

「怖くてわたしを訪ねてこられないということですか？」ジョージアナはほっとした。「もし本気なら、そんなことおかまいなしに訪ねてくるはずです」

「じゃあ、本気じゃないのね？」ミリーが言った。

謎の求愛者の正体を知りたがっているのはおばたちなのか、それともデアなのかしら？　はっきりするまでは危険を冒さないほうがいいだろう。ジョージアナはため息をついた。

「ええ、残念ながら」

「いったいだれなの？　わたしたちが諭してあげましょうか？」

ジョージアナはふたりを順に見つめた。デアに対する計画を明かすわけにはいかない。彼女たちを傷つけてしまうだけでなく、大好きなふたりから嫌われてしまうだろう。「ごめんなさい、その話はしたくないんです」

「そう。ただ……」エドウィナは言葉を切った。

「なんです？」ジョージアナは好奇心に駆られて尋ねた。

「なんでもないわ。ええ、本当に。ただの戯れなのね。それもたまにはいいものよね」

不意におばたちの真意が読めた。仲を取り持とうとしているのだ。よりにもよって、デアとの仲を！「もちろん戯れは始まりにすぎません」ジョージアナは紅茶を飲みながら言った。「そこからどう発展するかはわかりませんわ」

ふたりともがっかりした顔になった。「そうね、わからないわね」

ジョージアナは罪の意識を抑え込んだ。デアのせいよ。彼が始めたことなのだから。すべては彼の責任だわ。

たまに彼を好ましく思うことがあるにしても。


だが、その日の夕食でキャロウェイ家の人々と同席したときのジョージアナは、それほどデアを好ましく思わなかった。池でずぶ濡れになったにもかかわらず、彼の瞳は見間違いようがないほど輝いていた。椅子を引いてくれるデアに、何をにやにやしているのかとききたくなったが、おそらくはキスが関係しているのだろう。そうだとしたら、にやけた顔で見られるほうが、みんなの前で話題にされるよりはましだ。

「トリスタンにも見てほしかったよ」ドーキンズと召使たちがローストチキンとポテトを配るあいだ、エドワードが得意げに言った。「ストームクラウドに太い丸太を飛び越えさせたんだ！　すごかったよね、ジョー？」

ブラッドショーは口の中のものをのみ込んで答えた。「太い丸太どころかちっぽけな小枝さ。でも、それ以外はおチビの言うとおりだ」

「小枝じゃないよ！　あれは……」エドワードは助けを求めるようにアンドルーを見た。

「かなりの太さの枝だったよ」アンドルーは笑った。「しかも、裂けて上に突き出している部分が何箇所かあった」

「やまあらしみたいにね」エドワードは胸を張って言った。

「すごいじゃないの、エドワード！」うれしそうなエドワードに、ジョージアナはほほえみかけた。「やまあらしといえば、トリスタンも今日は野生動物と触れ合ったのよ」

「そうなの？」

「聞かせてくれよ」ブラッドショーが言う。

「ジョージアナ――」

「わたしたち、ハイド・パークを散歩していたの」ジョージアナはデアの厳しい視線を無視して続けた。「そのとき、池の端で葦《あし》に引っかかって動けなくなった家鴨を見つけたのよ。お兄さんはそれを助けて――」

「自分が池に落ちてしまったの！」ミリーがあとを継いだ。

ロバートを除く家族全員が笑いだした。

「池に落ちたの？」エドワードが笑いながら言った。

デアはジョージアナから視線を外した。「ああ、そうだ。それだけじゃないぞ」

「何？」

「ジョージアナのところに、秘密の求愛者から香り付きのラブレターが届いている」

彼女はあんぐりと口を開けた。「そんな……そんな意味深な言いかたしないで」

デアはポテトを口に運んだ。「間違いなく意味深だよ。それにとてもにおう」

「そんなことないわ！」

「じゃあ、だれからなのかみんなの前で言ったらどうだ？」

頬が熱くほてった。キャロウェイ家の兄弟五人全員がこちらを見つめている。うち四人は、ユーモアと好奇心のまじった顔をしていた。残るひとりの視線に、ジョージアナの注意は釘づけになった。胸の鼓動が速まる。

「トリスタン・マイケル・キャロウェイ」彼がまだお尻を叩けるくらい幼かったら、とでも言いたげにエドウィナがとがめた。「謝りなさい」

デアはジョージアナを見つめたまま唇を曲げた。「なぜだい？」

「ジョージアナがだれと手紙をやりとりしようと、あなたには関係ないわ」この数秒のあいだで、ジョージアナは考えをまとめることができた。「あなたの手紙のことを話しましょうよ。それとも、自分がラブレターを受け取っていないから寂しいのかしら？」

「寂しいのはぼくだよ」ブラッドショーがそう言ってビスケットに手を伸ばした。

「ぼくもだ」エドワードも言ったが、みんながなんの話をしているのかわかっている様子はなかった。

「たぶんそれは、わたしが個人的なことは秘密にしているからだろう」デアがさらに厳しい表情で言った。

「それなのに、わたしのことはおおっぴらに話すわけね」ジョージアナは言い返してから青くなった。

デアは眉をつりあげただけだった。「秘密にするだけの価値があることを話してくれたら、わたしだって秘密を守るよ」夢中になって聞いている家族に目をやってから、赤ワインのお代わりをドーキンズに合図する。「それまではくさい手紙の話で満足しよう」

またしても自分を信用させようとしているのだろうか？　それともわたしから何か聞き出そうとしているの？　これ以上、運に任せる覚悟はまだできていない。ジョージアナは週末に開かれるデボンシャーの舞踏会に話題を変えた。今シーズンの目玉と言われている舞踏会だ。「おふたりはいらっしゃる予定ですか？」彼女はミリーとエドウィナに尋ねた。

「まさか。そんな大勢が詰めかけるところへ行ったら、車椅子で相手かまわず足を踏みつけてしまいそう」

「わたしもミリーと一緒にうちにいるわ」エドウィナがきっぱりと言った。

「きみは行くんだろう？」デアがきいた。意地悪そうな表情は消えている。

「おば様たちと一緒に残るわ」

「ばかなこと言わないで、ジョージアナ」ミリーが優しく言う。「エドウィナもわたしも、ダンスが始まるずっと前に寝てしまうわよ。だから行ってちょうだい」

「ぼくは行くよ」ブラッドショーが言った。「ペンローズ少将もいるはずだから、そこで……」

「自分の船を持ちたいと頼むんだろう？」アンドルーとエドワードが声をそろえた。

ジョージアナはデアの顎がこわばるのに気づいたが、ほかのだれもが気づかないうちにその表情は消えた。艦長になるにしろ、自分で船を買うにしろ、多額の金がかかる。キャロウェイ家が困窮しているのはジョージアナも知っていた。それは周知の事実だ。だが、その重荷も解決もデアの肩にかかっている。

ジョージアナは我に返った。たしかに彼は、アメリア・ジョンズのような裕福な家の娘と結婚する必要があるだろう。それにしても、もっとうまいやりかたがあるはずだ。たとえ本物の愛を感じていないとしても、かわいそうなアメリアに惨めな思いをさせるのは残酷すぎる。

「では決まりだ」デアが言った。「ブラッドショーとジョージアナとわたしはデボンシャーの舞踏会に出る」彼はテーブルの向こう端に黙って座っているロバートを見た。「ビット、おまえはどうする？　おまえも招待されているぞ」

広い肩を震わせるようにして、ロバートは首を振った。「忙しいんだ」そう言って席を立つと、軽く頭をさげてから部屋を出ていった。

「まったく」デアが小声でつぶやいた。視線は弟が出ていったドアに向けられている。

「ロバートは何があったの？」まわりが舞踏会の話で盛りあがり始めると、ジョージアナは尋ねた。

デアのブルーの瞳がこちらを向いた。「銃で殺されかけたこと以外に？　わからない。話してくれないんだ」

「そう」

彼はジョージアナの皿に残っているビスケットを指さした。「食べるかい？」

「いいえ。なぜ？」

デアは手を伸ばしてビスケットを取った。「きみが舞踏会に行くことにしてくれてよかった」ビスケットを割って口に放り込む。

「どうして？」ジョージアナはだれにも聞かれていないのを横目で確かめながら尋ねた。「その機会を利用してあなたを苦しめるだけなのに」

「きみに苦しめられるのが好きなんだ」デアもテーブルを見渡してから彼女に視線を戻した。

「それに、この家にきみがいてくれるのも」

計画はうまく進んでいるようだ。心臓が早鐘を打っているのは、満足感のなせるわざに違いない。「わたしもときどき、ここにいるのが好きになることがあるわ」ジョージアナはゆっくりと言った。あまり簡単に態度をやわらげてしまうと、彼の疑いを招き、また最初からやり直さなければならなくなる。

「ときどき？」デアは彼女のビスケットをもうひと口食べて、おうむ返しに言った。

「あなたがわたしの手紙のことや、自分がどんなに秘密を守りたいかをあんなふうにみんなの前で言ったりしないときよ」

「だが、わたしときみのあいだには秘密がある。そうだろう？」

ジョージアナは目を伏せた。「思い出させないほうがいいわよ」

「なぜだい？　忘れられない思い出だ。きみだって忘れるつもりはないはずだ。それを結婚しないことの言い訳にしているじゃないか」

彼女は目を細めた。「いいえ、結婚しないのはあなたのせいよ。男の人からあんなひどい目に遭わされたあとで、結婚したいと思うわけがないじゃない」ぴしゃりと言う。「わたしが男性に……」そこで言葉を切り、顔を赤らめた。

その言葉にデアは飛びついた。「男性に？」

ジョージアナは立ちあがった。「失礼するわ。外の空気を吸ってくるから」

ほかのみんなが驚いて見つめるなか、彼女は急いで部屋を出た。ドーキンズが玄関にたどり着く前に自分でドアを開けて、短い石段を駆けおりる。たとえメイフェアであろうと、夜のロンドンをひとりで歩き回るような愚かなまねをするつもりはないので、屋敷の東側にある小さな薔薇園に向かった。

ジョージアナは小声で毒づき、楡の木の下にある石のベンチに腰をおろした。「ばか、ばか、ばか！」

「これほど互いに嫌っている理由をだれかにきかれたら、どう答えるんだ？」

薔薇園の正面の暗がりから、デアの静かな声が聞こえた。彼はゆっくり近づいてきて、木の横で足を止め、幹に寄りかかった。

「あなたならどう答えるの？」ジョージアナは応酬した。

「キスまでしたところで、賭けのためにストッキングを手に入れるのが目的だったことがばれたと言うよ。そして、賭けの対象になるのをきみがいやがったと」

「わたしもそれと同じようなことを言うわ。ただ、あなたが嘘をつこうとしたので顔を引っぱたいたこともつけ加えるけれど」

デアはうなずき、淡い月明かりを受ける薔薇園に視線をさまよわせた。「六年前のことだよ、ジョージアナ。許してもらえる確率はどれぐらいだ？」

「わたしの前で確率とか賭けとかいう言葉を口にしているあいだは、果てしなく低いわね」

ジョージアナは鋭く言い返した。「どうしてもわからないのだけれど、なぜあなたはそんなに冷酷なの？　わたしだけじゃなく、だれに対しても」

一瞬、目が合った。デアの瞳は暗く、何を考えているのかわからなかった。彼は背筋を伸ばした。「中へ入ろう。外は寒い」

ジョージアナはつばをのみ込んだ。たしかに薄いイヴニングドレスでは夜風が肌を刺すが、今夜は何かが起こっている。この六年間ではじめての、デアとのあいだの礼儀正しくて正直な会話とは別の何かが。近づいて腕を差し出す彼の引きしまった横顔を見つめたいと思わせる何かが。

デアに触れたくならないよう体の前で両手を組んだまま、ジョージアナは立ちあがって先に屋敷へ向かった。怒りがわいてこないのが自分でも落ち着かず、次に何を言えばいいのかわからなかった。

「もう一度謝ったら、何か変わるだろうか？」後ろから、デアが静かに言った。

ジョージアナは彼と向き合った。「何を謝るの？　わたしのことを気にかけていると思わせたこと？　それとも、嘘をついているのを見つかったこと？」

デアの目に怒りがよぎった。これでいいわ。敏感で思いやりのあるときの彼は扱いにくい。

「つまり、答えはノーということだな」そのまま歩き続けるよう合図して、デアは言った。「だが、もし謝ることで何かが変わるとしたら、あの晩、きみを傷つけるつもりはまったくなかったんだと言いたい。そんなつもりではなかったんだ。それを謝りたい」

「出だしは好調ね」玄関に続く石段をあがりながら、声が少し震えた。「もしわたしがあなたを信じるとしたらの話だけれど」

翌日、再びジョージアナ宛に手紙が来た。トリスタンは気乗りしないまま手紙のにおいをかいだ。だれだか知らないが、このにおいをつけた人物は、最初の数通でコロンをまるまるひと瓶使いきったに違いない。

ドアに目をやってから、封蠟《ふうろう》をはがして手紙を開いた。「〝愛《いと》しいかたへ〟」彼は読んだ。

「〝この手紙に書いていることをお伝えし始めて数日が経ちます。あなたは……〟」

「ご主人様？」

トリスタンは飛びあがった。「なんだ、ドーキンズ？」手紙を膝におろして尋ねる。

「ピクニックの用意ができております。ご指示のとおり、二頭立て馬車も待機しております」

「すぐに行く。ドアを閉めてくれ」

「かしこまりました」

再び手紙を手に取り、最後の署名を見た。ウエストブルック。たしかに手紙は男性の知人からのものだった。ジョージアナが自分で送っているのではないかと半ば疑っていたのだ。開封してしまったからには、最後まで読んでもかまわないだろう。「〝あなたはリージェント・パークでのふるまいに対する謝罪を受け入れてくださいましたが、わたしとしては、もっときちんと説明したいと思います。あなたが以前からデア卿を嫌っておられるのは知っています。彼があなたにひどいことを言ったとき、わたしはあなたを守りたくて、敏感に反応しすぎてしまったようです〟」

トリスタンは目を細めた。「ひどいことを言った？　わたしは愛想よくしていたぞ」つぶやいてから読み進む。「〝どうかわかってください。わたしが口を挟んだのは、あなたを大事に思っているためです。これからもその気持ちは変わりません。あなたの僕《しもべ》、ウエストブルック侯爵ジョン・ブレア〟」

どうやらジョージアナには、持参金に興味のない求愛者がいるらしい。ウエストブルックのことはよく知らないが、〈ホワイツ〉や〈ソサエティー〉で何度か見かけたことはある。彼の賭けかたはトリスタンよりも保守的で、一、二度すれ違ったのを除けば、滅多に会うことはなかった。政治信条も違う。だが、ひとつだけ共通点があるようだ。

トリスタンは長いこと手紙を見つめてから、また折りたたんだ。立ちあがり、手紙の隅をデスクランプのガラスの下に差し入れる。手紙は煙をあげながら、炎の中で丸まった。完全に燃え尽きるとそれをごみ箱へ放り込んで、その上に近くにあった花瓶の中身を投げ入れた。

トリスタンは暗い笑みを浮かべた。何が進行中であろうと、ジョージアナを勝たせるつもりはない。恋と戦は手段を選ばない、ということわざがあるではないか。これは間違いなく、恋か戦のどちらかだ。

トリスタンは二頭立て馬車の車輪の脇に立って、アメリア・ジョンズがおりるのに手を貸した。一週間以上もおざなりに機会をうかがい、その途中でジョージアナとのあいだに予想

約束をしたのだ。外の駆け引きがあったりしたが、ようやくジョンズ邸におもむき、アメリアとピクニックの

「まあ、すてきなところ」アメリアはささやき、足首まである芝生の上で黄色いモスリンのスカートをさっとひるがえした。「わざわざこの場所を選んでくださったの?」

トリスタンは馬車の後部から籠を運び出した。馬丁は馬と馬車を少し離れた場所まで引いていった。「もちろんだ。きみが雛菊《ひなぎく》を好きなのを知っているからね」

小さな空き地の縁にまとめて植えられている花を見て、アメリアは言った。「ええ、きれいだわ。それにわたしのドレスに合っているとお思いになりません?」彼女は笑った。「ピンクのドレスを着てこなくてよかったわ。それでは効果が薄れてしまいますもの」

「そのときは薔薇園に連れていくさ」トリスタンは毛布を広げて芝生の上に敷いた。「座って」

アメリアは優雅に腰をおろした。スカートが芸術的なまでに美しく広がる。練習したのだろうか? おそらくそうだろう。彼女はなんでも上手にこなす。

「雉《きじ》のローストと桃が好きだといいんだが」籠を開け、グラスとマディラワインを取り出す。

「あなたの選んでくださるものならなんでもいいわ、トリスタン」

アメリアは彼の言うことすべてに賛成した。ジョージアナとは正反対でほっとする。こちらが空が青いと言えば、ジョージアナは屈折光線による錯覚だと言うだろう。そう、アメリアと過ごす午後は、間違いなくいい気分転換になる。

「今日は母が一階の花のアレンジを全部わたしに任せてくれました」アメリアがナプキンとグラスを受け取りながら言った。「花を飾るのがとても上手だと褒めてくれるんです」

「きみならうまいだろう」

「あなたのお花はどなたが飾るんですか?」

「わたしの花?」トリスタンはしばらく考えた。「さあ、だれかな。メイドか家政婦のミセス・グッドウィンだと思うが」

アメリアは驚いたようだ。「まあ、だれか得意な人に飾ってもらわなければなりません。とても大事なことですわ」

彼はワインをひと口飲んだ。「なぜ?」

「お花がきれいに飾られていれば、その家庭がうまく管理されていることになるからです。母がいつもそう言っています」

「なるほど」だからわたしはだれが花を飾ろうと気にならないし、自分がつけた火を消すためにその花をごみ箱に放り込むのにためらいを感じないわけだ。〝管理されている〟という言葉はキャロウェイ家には無縁だ。

「お宅で中心にしているのは薔薇ですか? アイリスですか? それとも雛菊かしら?」

トリスタンはとまどいながらもうひと口ワインを飲もうとして、すでにグラスが空になっているのに気づいた。「百合だ」ワインを新たに注ぎ、ぼんやりと答える。ジョージアナが前に、百合がいちばん好きだと言っていた。彼女の好みや服のセンスは完璧《かんぺき》だから、こう答えておけば安全だろう。

アメリアが口をとがらせた。唇に注意を引きたいのだろう。去年、エマ・ブラケンリッジの女学校を訪れたときにその小細工を知ったから、アメリアの意図は簡単に読める。

「雛菊ではないんですか？」まつげをしばたたいて彼女は言った。

これも小細工だ。うまくやっているが見えすいている。「ああ、きかれたから答えたんだが」

「わたしにキスをなさりたい？」

トリスタンははっとした。「なんだって？」声が詰まらないようにしてきき返す。甘いワインがさらに一杯、胃の中に消えていった。

「もしキスをなさりたいなら、なさってけっこうですわ」

驚いたことに、アメリアとのキスなど一度も考えたことがなかった。結婚したら、ときどきはしなければならないだろう。それだけでなく、もっと親密な行為も……。トリスタンは彼女をじっと見つめた。かつては、だれを相手に選ぼうとセックスは喜びだった。だがここのところ、手に入れにくい相手を切望している。過去に一度しか味わったことのない相手だ。そしてそれはアメリアではない。「キスはまずいだろう」

「でも、あなたにわたしを好きになってほしいんです、トリスタン」

「きみのことは好きだよ、アメリア。キスをする必要はない。雉を楽しんでくれ」

「あなたがお望みなら、キスを受けますわ。あなたはとてもハンサムだし、子爵ですもの」

ジョージアナは一八歳のときだって、これほど純真ではなかった。アメリアとの結婚を確実なものにするために、リージェント・パークの真ん中で今すぐのしかかり、スカートをまくりあげたとしても、彼女は文句ひとつ言わないだろう。ジョージアナだったら、肉切りナイフでわたしの内臓をえぐり出し、体を池に投げ捨てるだろうが。

トリスタンは忍び笑いをしたが、アメリアがこちらを見たので咳払いをしてごまかした。

「すまない。そしてありがとう。きみは本当にかわいい人だ」

「いつでも最高の自分を見せようとしています」

「それはまたなぜ？」

「もちろん未来の夫を引きつけるためですわ。女性はそのために生きているんですもの。最高の自分を見せようと努力する女性が、相手を見つけられるんです」

おもしろい話だ。ぞっとするが。「じゃあ、結婚していない女性は……」

「努力が足りないか、もとが悪いのです」

「結婚しないことを選んだ場合は？」独身を謳歌《おうか》しているおばたちを侮辱されたのに、考えていたのはジョージアナのことだった。もとが悪いどころではないし、そもそも彼女が、女性はそのために生きているのだと言って未来の夫を引きつけようとするなんて、考えるだけで笑える。

「結婚しないことを選ぶですって？　ばかげています」

「わたしのおばたちは結婚していないが？」

「おふたりはお年寄りですもの」アメリアは桃を食べながら言った。

「それはそうだ」トリスタンは同意した。彼女と議論しても不毛だ。蕪《かぶ》に議論を吹っかけるほうがまだましだろう。

今までは、これほどアメリアを退屈で作り笑いばかりだと思ったことはなかった。それがなぜ変わったのか、理由はわかっている。ジョージアナだ。これまでずっと、彼女を頭の中から追い出せなかった。そして今、哀れなアメリアとの空虚な会話のひとつひとつを、ジョージアナとの刺激的な会話と比較している。

しかし、問題は依然として変わらない。秋の収穫の前に金持ちの娘と結婚しなくては。それができないと、限嗣相続の対象になっていない土地を少しずつ売り始めなければならない。窮状を脱するためだからといって、子孫の財産に手をつけるつもりはない。ジョージアナは金持ちの娘だし、わたしがこれまで交際しただれよりも興味深い相手だ。だが、わたしを嫌っている。

それでも考えると興味をそそられる。わたしのほうはジョージアナが嫌いではない。それどころか、彼女を見つめるたびに全身を駆け抜ける欲望を隠すのが次第に難しくなっている。彼女は少し態度をやわらげてきているが、わたしにはさらに三、四カ月も待つ余裕がない。

「トリスタン？」

彼は我に返った。「えっ？」

「あなたのおば様がたが劣っていると申しあげるつもりはなかったんです。とてもすてきなかたたちですわ」

「ああ、そうだ」

「ときどき、あなたに対して腹を立てるべきなのではと思うことがあるんです」

「腹を立てる？」妙なことを言う。わざわざピクニックに連れ出してやったというのに。

「ええ。だってあなたはいつも、わたしにほとんど注意を払ってくださらないんですもの。でも、今日はましみたい。あなたのレッスン、効果が出ているみたいですね」

トリスタンはアメリアを見つめた。不意に退屈さから解放された。なんとも興味深い言葉じゃないか。レッスンだって？　彼女はわざとその言葉をつかったように見える。しかも、ただのレッスンではなく〝あなたのレッスン〟と言った。何か理由があって、だれかがわたしにレッスンを授けていると考えているのだろうか？　授けているのはアメリアではない。彼女は結婚するためにわたしといる。それだけだ。

だれなのかはわかる気がする。だが、わたしですら気づかなかったジョージアナの企みに、どうしてアメリアが気づいたのか皆目わからない。たぶん彼女は一般的なレッスンのことを言ったのに、言いかたが下手だったせいで、こちらが疑いを抱いてしまっただけなのだろう。

一方で、疑いを抱いたがために深刻なトラブルから救われたことがこれまでに一度ならずある。トリスタンはアメリアからさらに聞き出そうとして言った。「頑張って学んでいるよ」

彼女はうなずいた。「わかります。いつもなら絶対に耳を傾けてくださらないのに、わたしの話を聞いてくださっていますもの」

「ほかにも、わたしがいつもよりもうまくやっていることはあるかい？」

「まだこんなお話をするのは早すぎますが、あなたにはとても期待しているんです。もし結婚することになったら、ちょっとは愛想よくしてください」

トリスタンは身震いを抑えた。今こそ、その件について父上と話をするつもりだと言うべきだ。家族のためにそうしなければならない。だが、頭の中を別の思いが駆け巡っている。あと三カ月あるという思い。そして、同じ屋根の下で寝起きしている女性への思い。アメリアほどうるさくはなく、彼女よりもずっとトリスタンを刺激し、いらだたせる女性。

「では、これからも愛想よくするよう努めよう」彼は予防線を張った。この問題に白黒つけるのはやめよう。結婚の話を持ち出せば約束したも同然になり、束縛されてしまう。三カ月後もまだアメリアが最有力候補だったら、そのときは結婚の話をしなければならないだろう。

「それでも、あなたにキスをしていただいたらすてきだろうなと思いますわ」

若いころのわたしにどんな評判が立っていたかを、アメリアは考えたことがあるのだろうか？　あるいはキスしているところをだれかに見られたらどうなるかを？　いや、それが彼女の狙いなのかもしれない。

「きみとの友情を大事に思っているから、それを壊したくないんだ」彼は籠の中に手を入れた。「アップルタルトはどうだい？」

「ええ、いただきます」華奢《きゃしゃ》な指で受け取ると、アメリアは片隅をかじった。「明日のデボンシャーの舞踏会には行かれます？」

「ずうずうしいお願いですけれど、一緒に踊っていただけますか？　最初のワルツはいかがかしら？」

「ああ」

「喜んで」

ピクニックは二時間で終わらせる予定だった。そろそろ切りあげる時間だろう。そう思って懐中時計を開くと、アメリアの屋敷の玄関まで迎えに行ってから三五分しか経っていなかった。トリスタンはため息をこらえた。あと一時間半、持ちこたえられるだろうか？　家族は感謝してくれるだろう。ジョージアナもどこかで退屈な時間を過ごしながら、わたしが何を企んでいるのか思いを巡らしているといいのだが。

9

「じゃあ、ひとつききたいんだけれど」ルシンダはジョージアナのベッドの上に座り込み、手で顎を支えた。とてもくつろいで見える。

ジョージアナはこれまでも、ルシンダがいらだっているところなど見たことがなかったが、改めて彼女の落ち着きをうらやましく思った。おそらく、優秀で立派な経歴を持つ将軍を父に持つせいだろう。妻亡きあと、将軍は自分の受けた教育と富を余すところなく娘に注ぎ込むことにしたのだ。

ジョージアナのほうは、全身の神経の末端が火に焼かれているみたいな気分だった。どんな音が聞こえてきても飛びあがり、どんなにやわらかなシルクにも肌を引っかかれるような感じがする。この二〇分で五回も着替えたのもそのせいに違いない。

「何がききたいの？」彼女は向きを変えて、姿見に背中を映しながら言った。ブルーは悪くないが前にも着た。このドレスを着た姿は、すでにデアに見せている。

「どこまでやるつもり？」

またしても全身に緊張が走った。ジョージアナは背中のボタンを外すようメアリーに合図した。「別のを着てみるわ」

「グリーンのですか？」

「ええ」

「でも、さっきあれは……」

「品がないと言ったわ。だけど、ほかのはどれもぴんと来ないのよ」

「ジョージアナ？」

「聞こえたわよ、ルシンダ」ジョージアナは鏡に映るメイドを見た。ドレスのボタンを外すことに没頭している。メアリーのことは信頼しているが、悪い噂が立ってしまったら将来に影響する。「メアリー、ミセス・グッドウィンにミントティーを持ってくるよう伝えてきてくれる？」

「承知しました」

メイドが部屋を出てドアを閉めると、ルシンダは立ちあがってジョージアナがドレスを脱ぐのを手伝った。「本気なのね？」

「ちゃんと学ばせないと、すべてが無駄になってしまうわ。彼はわたしを傷つけたのよ。ほかのだれかに同じことを繰り返さないよう教えなきゃ」

「そこまで詳しく説明してくれたことはなかったわね」ルシンダはジョージアナの顔を見つめた。「でも彼にレッスンを授けるために、あなたがまた傷つく危険を冒す必要はないと思うけれど」

ジョージアナは無理に笑った。「どうしてわたしが傷つくなんて思うの？　トリスタン・キャロウェイに関する限り、わたしは学ぶべきことは学んだわよ」

「怒りと決意に満ちているようには見えないけど」

「じゃあ、どんなふうに見えるの？」

「そうね……興奮しているように見えるわ」

「興奮している？　ばかなこと言わないで。デボンシャーの舞踏会に行くのはもう六年目よ。お祭り騒ぎはいつだって楽しいものだし、わたしがダンスを好きなのはあなたも知っているでしょう？」

「キャロウェイ家の人たちと行くの？　それとも、おば様の馬車が迎えに来るの？」

「おば様よ。ミリーとエドウィナは行かないの。トリスタンとブラッドショーと三人で人前に出るわけにはいかないわ」

「ほんの数週間前まではデアとしか呼ばなかったのに、またファーストネームで呼ぶようになったのね」

「わたしは彼を誘惑しようとしているのよ、忘れた？　あるいは彼にわたしを誘惑させようとしているの。だから愛想よくしなければね」

「トリスタンの好きな色は？」

「グリーンよ。それがいったい……」ジョージアナはルシンダが背中を留めてくれているドレスを見おろした。シルクのドレスはエメラルド色に、さらに明るいグリーンをあしらっている。スカートと袖《そで》はグリーンの繊細な紗《うすぎぬ》で覆われていた。これまで着てきたものよりも襟ぐりが深いが、鏡の前でくるくる回ってみると、自分が美しくなった気がした。新しい黄色と白の扇も、このドレスならぴったりだろう。「グリーンは好きだわ」

「ふうん」

ジョージアナは回るのをやめた。「自分のしていることはわかっているわよ。あなたはあのリストをただの暇つぶしだと思っていたかもしれないけれど、アメリア・ジョンズのことを考えたり、トリスタンがどれだけ彼女を傷つけるかを考えたりするとき、わたしはとても真剣なの。信じて」

ルシンダは少しさがってジョージアナとドレスを見た。「信じるわ。でも、目的は彼に学ばせることよ。あなたが傷つくことじゃない」

「そんなことにはならないわよ。一度目で懲りているもの」ジョージアナはほほえんで再び回った。「これに決めたわ」

「間違いなく彼の注意を引くでしょうね」

ジョージアナも同感だった。友人が帰ったあと、三〇分も寝室をいらいらと歩き回った。ひとりになると、トリスタンに惹かれていないと断言するのが難しくなる。一八歳のときは彼に注目されるのがうれしく、その魅力と外見に圧倒された。だが彼のせいで、今のジョージアナは当時とは変わってしまっている。

それでも、気持ちはいまだにトリスタンに惹かれていた。六年が経った今、彼は以前よりも思慮深くなったし、まわりの人間のことも考えるようになった。そして大人になった。彼が家族にあれほどの愛情を見せるとは思ってもいなかった。何よりも大きな変化は、彼が謝ったことだ。すでに二度も謝罪された。自分がどんなにひどい仕打ちをしたかわかっていて、心から後悔しているかのようだ。少なくとも、ジョージアナには後悔していると思われたいのだろう。

八時半に召使がドアをノックした。「馬車が到着しました」

「ありがとう」深くため息をつき、部屋を出て階下に向かう。

濃紺と白の海軍の制服を着たブラッドショーが、玄関広間で厚手のコートをはおろうとしていた。ジョージアナが広間に入ってくると、目をあげて手を止めた。「きれいだ……ジョージアナ、頼むから、ぼくがペンローズ少将に話しかける前に彼の目に留まらないでくれ。きみを見たら、少将はぼくなどに注意を向けてくれなくなる」

かすかに自信を覚えながら、ジョージアナはほほえんだ。「できるだけそうするように気をつけるわ。でも、あなたもとてもすてきよ」

ブラッドショーがほほえみ返してお辞儀のまねをした。「きみほどではないが、とにかくありがとう」

背後の空気が動いた。ジョージアナはスカートのしわを伸ばしたいという衝動と闘いながら振り向いた。トリスタンはチャコールグレーの上着に黒のズボン、もみ革の胴着の上に白いクラヴァットといういでたちだ。装飾品は何もつけていないが、そんなものは必要なかった。黒い髪が襟のあたりでカールし、ジョージアナの全身を見つめるブルーの瞳はサファイヤのごとく輝いている。

興奮が踵《かかと》から頭のてっぺんまで駆けのぼっていく。体がトリスタンに反応してしまうとは思ってもいなかった。そう、いまだに彼のキスが好きだった。人を引きつけずにはおかない男らしさには、もう免疫がついていると思っていたのに。とまどいを隠そうと、ジョージアナは膝を曲げてお辞儀した。「こんばんは」

トリスタンは唇をなめたかった。だが、そうする代わりにうなずいた。ジョージアナのほっそりした体に、もう一度視線を走らせずにはいられない。彼女は輝いていた。ほの暗いランプの明かりを受ける紗が、エメラルドのような光を放っている。明るい舞踏室に入ったら、どれだけの効果を発揮するだろう？ 彼女が深い息をつくたびに、大きく開いた襟のラインが動き、丸く滑らかな胸の曲線がトリスタンを誘った。

ジョージアナの頬が赤く染まり、彼は我に返った。何を考えているんだ、わたしは。何か言わなくては。「きれいだ」

彼女は首を傾けた。「ありがとう」

ドーキンズが咳払いをして、ジョージアナに象牙色のレースのショールを差し出した。トリスタンはさっと前に出ると、あっけにとられている執事の手からショールを奪い取った。「わたしにやらせてくれ」彼女に見つめられながら近づき、ゆっくり息を吸う。「あちらを向いて」

夢から覚めたようにはっとして、ジョージアナは言われたとおりにした。ドレスは肩と肩甲骨があらわになるデザインだった。トリスタンはその肌に触れて、記憶の中にあるとおり温かくて滑らかなのか確かめたかった。けれどもそうはせず、肩にショールをかけ、彼女が端を引っ張って胸を覆うと、急いで後ろにさがった。ジョージアナが再び振り向いたとき、やわらかな金色の巻き毛がトリスタンの頬をなでた。

「わたしの馬車が来ているの」彼女はわざわざ言った。

「見送るよ」

ドーキンズが玄関のドアを開け、トリスタンはジョージアナに腕を差し出した。彼女は袖の上からその腕につかまった。厚い上等な上着を通しても、彼に導かれて石段をおりるジョージアナの指が震えているのがわかった。

「ジョージアナ、デア卿」馬車の中から女性の声がした。「どちらかがどちらかに殺されたんじゃないかと思い始めていたところよ」

トリスタンはお辞儀をした。「申し訳ありません。ここでお待ちだとは知らなかったもので」

「わたしもよ、フレデリカおば様」ジョージアナは顔を赤くして手を離し、馬車に乗り込んだ。「知っていたら絶対に待たせたりしなかったわ」

「わかっているわ。デアのせいだということにしましょう」

「そうしてください」フレデリカの向かいに座ったジョージアナの視線をとらえると、トリスタンは言った。「あとでまた」

走り去る馬車を見送ったあと、コートと手袋を取りに屋敷の中へ戻った。ブラッドショーが帽子を手渡し、自分も海軍の三角帽を黒髪の上にのせた。

「あれはいったいなんだ？」ブラッドショーが静かに言った。

「何が？」

「兄さんたちだよ。こっちは腕に鳥肌が立った」

トリスタンは肩をすくめた。「天候のせいだろう」

「それなら、嵐《あらし》に巻き込まれないようにしたいものだ」

トリスタンの馬車がやってきて、ふたりは乗り込んだ。せめてエドウィナだけでもと思い、誘ってみたが断られた。今日、ジョージアナの友人のルシンダ・バレットが子猫を連れてきたおかげで、ジョージアナと同じ馬車に乗ろうというトリスタンの計画は見事に打ち砕かれてしまったのだ。

残念だが、ドラゴンと名づけた黒猫を手に入れて幸せそうなエドウィナに文句を言う気にはなれなかった。トリスタンには猫というよりも鼠《ねずみ》に見えたが、そんなことを口に出すつもりはない。ジョージアナがその毛皮のかたまりを顎の下に抱いてなだめていたのだから、なおさらだ。

「おチビから聞いたけど、昨日ピクニックに行ったんだって？」

トリスタンは瞬きをした。「ああ」

「アメリア・ジョンズと一緒だったとか」

「そうだ」

ブラッドショーは兄をにらんだ。「まるでビットみたいな答えかただな。ランチはどうだった？　ひと言ですませないでくれよ」

「とても楽しかったよ、おかげさまで」

「ひどい男だ。生きる価値もない」

「そうなったら、おまえが子爵になってミス・ジョンズと結婚できるぞ。これはおもしろい」

「むしろ恐ろしいね」ブラッドショーは足首を交差させた。「じゃあ、ミス・ジョンズにしたんだな？　これで決まりなんだな？」

トリスタンはため息をついた。「最有力候補だ。金持ちで、美人で、爵位が欲しくてたまらない」

「兄さんとジョージアナが仲よくないのが残念だ。それとも仲よくなったのかい？　どうも険悪な空気が流れていてとまどうよ」

「なぜ残念なんだ？」トリスタンは弟がなんと言うか知りたくて尋ねた。「彼女は背が高すぎるし、頑固だし、剣みたいに辛辣だ」もちろん、その三つこそ彼が何よりも気に入っている点だった。

「兄さんは金持ちの美人を探しているんだろう？　彼女はぴったりじゃないか。父親が侯爵だから爵位を欲しがってはいないだろうけど。どちらにしろ、彼女がそんなものを追い求める姿など想像できない」ブラッドショーはポケットをいじりながら言った。「金に飢えた連中にまじってウエストブルックが追いかけているのでなければ、ぼくも彼女を追いかけようかと考えるところだ。彼女の金と影響力を借りれば、三五になる前に大将になれる」

またしてもウエストブルックか。あの男がすでに舞踏会の会場でジョージアナを待っているのは間違いない。「そんなに簡単だと思っているのか？　女はそういうものだからといって、おまえが決めたことに彼女が素直に従い、それでふたりが一生幸せに暮らせると？」

ブラッドショーがトリスタンを見つめた。「アメリアに断られたのかい？」

「まだ申し込んでいないんだ。希望を捨てられないんだろうな、奇跡が起こるかもしれないという期待を」

「金に関しては奇跡なんて期待しちゃだめだ。父さんは集められるだけの金をすべてつかいきってしまった」

トリスタンはため息をついた。「世間体というものがあるからな」そこが重要だ。余裕がなくても金をつかうことで、一家に財産があるように見せることができる。

「父さんに同情するなんて言うなよ。父さんのせいで、兄さんはこの四年間大変な思いをしてきたというのに。今だってそうだ」

「父さんが生きているとき、わたしは何もしなかった。もっと財産に関心を持つべきだったんだ」

「兄さんは自分の道を進んでいた。ぼくは自分たちが破滅に近づいているなんて、手遅れになるまで気づかなかった。兄さんがこんな状況を予想できたはずがないよ」

「でも、わたしは跡継ぎだった。それを真剣に考えていなかったんだ」

「でも、今は考えている。父さん以上にね。父さんが死んだときに債権者たちが噂を流したりしなければ、父さんがあんなひどいことになっていたなんて、だれひとり考えもしなかっただろう」

「父さんは用心深かった」

「違う。用心深かったのは兄さんだ。それは今も変わらない」

トリスタンはほほえんだ。「今日はずいぶん褒めてくれるんだな。ペンローズに口添えしてほしいんだろう？」

ブラッドショーは笑った。「違う。その逆だよ。兄さんには、できるだけ少将に近づかないでほしい。少将は賭けで兄さんに二〇〇ポンド負けたことをまだ覚えているからね。何度少将から〝あの恐ろしく幸運な兄上〟のことを言われたか」

「運は関係ないんだが」

ブラッドショーはため息をつき、トリスタンの膝を叩いた。「兄さんが金のために結婚するのをどれだけいやがっているかわかってるよ。感謝している。それを知っておいてほしかった」

「今日のおまえは堂々として見えるから、どこかの金持ちの娘を見つけられるんじゃないか？　そうすれば、わたしはまた女優やオペラ歌手の尻を追いかけることができる」

「ありえないね」ブラッドショーは笑った。

「わたしがオペラ歌手とつき合うことが？　それともおまえが結婚することが？」

「どちらもだ」

おそらくブラッドショーの言うとおりだろう。爵位という餌がない分、弟はトリスタンよりさらに結婚できる見込みが低い。

トリスタンにもこれまで相手がいなかったわけではないが、女性とのつき合いには用心深くなった。愛人は彼を求めるものの、それは金のためではなかった。それでもときどき、角を失った牡鹿《おじか》のような気分になることがある。女たちは喜んでトリスタンとベッドをともにしたがるが、それは彼女たちにとって自慢の種になることではない。わかってはいても、気に入らなかった。

そんな理由から、デボンシャーの舞踏会のような集まりを恐れるようになっていた。だが今夜は、期待でうずうずしている。アメリアとダンスの約束をしたからではない。エメラルド色のドレスを着たジョージアナを見つめ、腕に抱けるかもしれないからだ。ダンスの相手はすべて決まっていると彼女に言われたら、その相手を痛い目に遭わせてしまうかもしれない。

ブラッドショーと一緒に舞踏室へ足を踏み入れた瞬間、ジョージアナが目に入った。ドレスは思ったとおりだった。シャンデリアの明かりを受けて、彼女はこの世のものとは思えない光をまとい、トリスタンの、いや、全男性の注目を集めているようだ。だが、たとえぼろをまとっていても、トリスタンはやはり彼女に目を留めただろう。

「兄さんのアメリアが注意を引こうとしているよ」

「彼女はぼくのものでは――」

「ペンローズ少将がいる。行くよ」

どんな夜会でもジョージアナのまわりに独身男性が群がっている光景には慣れっこだし、その中に加わろうとしたことは一度もなかった。彼女とトリスタンのあいだには常に緊張感が漂っている。せいぜい彼女を捕まえてすばやく侮辱の応酬をしたり、夜遅く手を叩かれたりするぐらいだが、それでも彼女を間近で見たいという自虐的な満足をかろうじて得ることができた。しかし今夜は群れの中に加わりたかった。彼女と踊りたかった。

「トリスタン、最初のワルツはあなたと踊るつもりで、ほかの人とは約束しませんでした」

アメリアが近づいてきた。ピンクと白のドレスが天使のようだ。

「最初のワルツはいつだい？」

「このカドリールのあとです。今日はどなたもすてきだと思いません？」

「ああ、そうだな」トリスタンは楽団に目をやった。数分後にはアメリアと一緒にフロアへ出るだろう。そしてワルツが終わるころには、ジョージアナのダンスの相手はすべて決まっていて、さらにその相手が失敗するのを待ち構えて十数人が控えているに違いない。いまいましい。「ちょっと失礼」

アメリアの美しい顔が傷ついたようにゆがんだ。「わたしとおしゃべりしたいのではないかと思ったのですけれど」

お次は涙だろう。この展開は前にも見たことがある。「もちろんおしゃべりはしたい。ただ、レディー・ジョージアナにおばたちからの伝言があるんだ」

「あら、それならかまいませんわ。でも、すぐに戻ってきてくださいね」

「そうするよ」かわいい悪魔め。まだ結婚を申し込んですらいないのに、もうわたしがだれとつき合うか指図しようとしている。今後数週間でどんな結果が出るにしろ、このようなことはもうさせまい。

トリスタンは後ろを振り返りもせずに、舞踏室の端を歩いてジョージアナを囲む男たちの群れに近づいた。彼女は男たちの中でもひときわ背の高いトリスタンにすぐ気づいた。ジョージアナがほほえんだので、彼は驚くと同時に怪しんだ。

「デア卿、そこにいらっしゃったのね。あなたの番をほかの人に譲るところだったわ」

彼女はわたしと踊るつもりでいたのだ。「それはすまなかった」

ハルフォード侯爵が、ふたりを囲む小さな空間に踏み込んだ。「特別扱いですか、レディー・ジョージアナ？」

「お気をつけにならないと、あなたの番もほかのかたに回ってしまうわよ」彼女は侯爵を冷ややかに見つめた。「今夜はみんな仲よくしましょう」

がっしりした体格のハルフォードは、ちらりとトリスタンを見てからジョージアナにお辞儀をした。「美しい女性とはけっして議論をしないようにと習いました」

「なんとばかなことを言ったものだ」トリスタンはあざけった。「これでどんな女性とも議論ができなくなった。議論などしたら、相手は自分が醜いと思われていると考えるだろうかrらな」

男たちの中から抑えた笑い声があがった。ハルフォードの顔が真っ赤になったが、彼が言い返す前にジョージアナがトリスタンの腕をつかんで軽食のテーブルのほうに連れていった。

「やめてちょうだい」

「いいや。ばかげた発言だ。きみだってそう思うだろう？」

「男性はいつだってばかなことを言うものだわ」ジョージアナは小声で言い返した。

カドリールが終わり、トリスタンは肩越しに振り返った。アメリアが期待を込めてこちらを見ている。ワルツのあいだもジョージアナと話を続けていたいが、アメリアとの約束がある。

「準備はいい？」ジョージアナが手を差し出した。

「なんの準備だ？」

「ワルツよ」

トリスタンは低い声で言った。「ジョージアナ、わたしは……」ワルツが始まり、彼は息を吸った。「だめだ」

彼女の口が開き、また閉じた。「あら」

「このワルツはミス・ジョンズと踊ると昨日約束したんだ」

ジョージアナはトリスタンの肩越しにアメリアを見た。その表情は読めなかった。そして彼女はうなずいた。「じゃあ、彼女と踊っていらっしゃい」

彼女が向きを変える前に、トリスタンは腕をつかんだ。「怒らないでくれ。きみを軽く見ているわけではない」

エメラルドの瞳に驚きが走った。「怒っていないわ。ただ、あなたと……」

「わたしと踊りたかったんだな」トリスタンはほほえんで言葉を継いだ。「では、あとでそうしよう」

彼女は顔をしかめた。「どうしてそんな――」

「もう行くよ」

トリスタンはジョージアナを放して、アメリアをダンスフロアに導いた。ジョージアナはふたりが踊るのを見つめた。アメリアはワルツが上手だし、彼は昔からひときわたくましくて優雅だ。適度な距離を保ってフロアを動いているふたりは魅力的なカップルだった。

トリスタンはアメリアとの約束を守った。喜ぶべきなのに、ジョージアナは喜べなかった。

ウエストブルック卿が近づいてきた。「レディー・ジョージアナ。あなたが最初のワルツを踊らないなんて信じられません」

「あなたを待っていたんです」ジョージアナは手を差し伸べてほほえんだ。

「では、わたしの謝罪を受け入れてくださったんですね」侯爵はそう言うと、ジョージアナの手を取って甲に唇をつけた。

彼女は目をしばたたいた。「謝罪？　ああ、あの公園でのこと。もちろんです。悪いのは完全にデア卿ですもの」

「それなのになぜ、彼のそばにいることにまだ耐えているのですか？」

自分でも説明がつかなかった。「彼はわたしのいとこの親友なんです」ジョージアナはいつもの答えを返した。「それに彼のおば様がたはとても魅力的ですし」

「いいえ、ジョージアナ。魅力的なのはあなただ」

無意味なお世辞や褒め言葉には慣れているが、ウエストブルック卿はそれらの言葉を軽々しくは言わなかった。それに彼は、トリスタン・キャロウェイは別として、一度も――少なくともまだ――プロポーズしてこない数少ない紳士のひとりだ。「本当にお優しいのね、ウエストブルック卿」

「何日か前にはジョンと呼んでくださったのに」

「それでは、ジョン」ジョージアナはほほえみかけた。「あなたにワルツのお相手がいないなんて、どういうことかしら？」彼ほどの富と爵位の持ち主なら、ジョージアナと同じく大勢に言い寄られそうなのに。

「今夜は踊るつもりがなかったんです」

「あら、ごめんなさい。わたしったら……」

「あなたの相手がもうすべて決まっていると思ったからです。間違いだとわかってうれしいですよ」

フロアの向こうから、アメリアを腕の中で回転させながらトリスタンがこちらを見ているのがわかった。彼の暗い瞳にジョージアナは驚いた。結婚する予定の相手と踊っているというのに、それよりもジョージアナを巡ってウエストブルック卿と言い争いをしたいと言わんばかりだ。

トリスタンが嫉妬するなんてはじめてのことだ。もしあれが嫉妬ならばの話だけれど。公園でも侯爵と言い争っていたが、それはいつものつむじ曲がりのなせるわざだと思っていた。やはり計画はうまくいっているらしい。予想以上に。それがうれしいと同時に怖くもあった。

10

ワイクリフ公爵未亡人の馬車がキャロウェイ邸の前に止まったのは、午前二時を過ぎたころだった。制服姿の馬丁が扉を開けると、ジョージアナは疲れた足を最後にもう一度さすってから立ちあがった。

「ミリーが回復に向かっていてうれしいわ」フレデリカが言った。「わたしがそう言っていたと彼女に伝えてね」

「わかったわ」ジョージアナはおばの頰にキスをした。「おやすみなさい」

「もっとたびたび、わたしに会いにいらっしゃいな」

ジョージアナは肩越しに振り返った。「ずっとここにいるわけじゃないのよ。ミリーおば様はもうすぐひとりで歩き回れるようになるわ。そうしたらフレデリカおば様には、またわたしにうんざりする日々が戻ってくるのよ」

「あなたにうんざりしたことなんてないわよ」

日中でさえ起きていられないドーキンズが、午前一時以降まで起きていられるはずがないので、ジョージアナは自分で屋敷の中に入った。トリスタンとブラッドショーは、かなり早い時間に姿を消していた。デボンシャー公爵が五、六室用意していた賭博室《とばく》のどれかに入ったのは間違いない。せめてジョージアナがだれと踊っているか見るためだけにでも舞踏室へ立ち寄ってほしかったが、トリスタンは来なかった。アメリアも彼を探しただろうか？　ジョージアナはそう思ったが、すぐにその考えを打ち消した。アメリアは少なくとも彼とワルツを踊ることができた。

玄関広間にはまだランプがひとつ灯《とも》っていた。階段の上にもひとつ。これだけで充分寝室まで行くことができる。メアリーには先に寝ていいと言ってあるので、なんとか自分で背中のボタンを外すか、ドレスのまま寝るか、どちらかにしなければならない。でも、ドレスを脱ぎたくはなかった。

こちらを見たときのトリスタンは、文字どおりむさぼるような目をしていた。その目を見て、かつておなじみだった熱さがジョージアナのみぞおちを襲った。六年前は、自分が彼の注意を引いたこと、彼が自分だけに興味を示したことに興奮した。なんと愚かでうぶだったのだろう。それなのに、いまだに彼のお世辞と飢えた視線にこんな気分になるなんて。

「ジョージアナ」

暗い客間から聞こえてきたささやき声に、ジョージアナは息をのんだ。「トリスタン？　いったい……」

「おいで」

ジョージアナは眉をひそめながら、客間の戸口に向かって廊下を横切った。暗がりの中で、トリスタンの瞳だけが光っている。彼に人の心を読む力がなくてよかった。

トリスタンはジョージアナの手を取ると室内に引き入れ、ドアを閉めた。「動かないで」彼がささやくと、温かな吐息がこめかみに当たった。「明かりをつけるから」

すぐにテーブルランプに火がつき、部屋全体に金色の揺れる光が広がった。トリスタンは手袋とコートを脱いだ以外はまだ正装のままだった。ランプの上でかがみ込んでいた彼が上体を起こした。その瞳は黒く光っている。

「もう遅いわ、トリスタン」ジョージアナは低い声で言った。「言いたいことがあるなら早く言って。寝たいんだから」

彼がほほえんだ。ゆっくりと曲線を描く唇を見ていると、口の中が乾いてきた。「そのドレスはどこで買ったんだ？」

「マダム・ペリスのところよ。わたしを見たかったのはドレスのため？」

「まるで妖精《ようせい》が蜘蛛《くも》の糸と露から紡ぎ出したみたいだな」

ひと晩中お世辞を聞かされてきたが、これほど心に響く言葉はなかった。「はじめて見たとき、わたしもそう思ったわ。ありがとう」

トリスタンが一歩近づいた。「わたしと踊ってくれ。ワルツを踊る約束をしただろう」

「音楽は？」

「きみが望むならわたしが歌ってもいいが、お勧めしないな」

ジョージアナは笑った。「必要なら、わたしがカウントを取るわ」

今のトリスタンはとても機嫌がいい。一瞬、アメリアにプロポーズして承諾されたのかと思ったが、それが彼をほほえませる理由になるとは考えにくかった。あのふたりの踊りかたは、愛し合っているというにはぎこちなかった。今のところは。

トリスタンとアメリアが一緒にいるところを想像すると、パニックに近い感覚に襲われた。ジョージアナは深く息を吸った。ばかげているわ。何も起こっていないのに。彼にはまだ結婚する準備ができていない。わたしがまだ準備をさせていないから。わたし自身、彼がほかのだれかと結婚することに対する心の準備ができていない。そう認めたくはないけれど。

「こちらへ来てくれ」トリスタンが手を差し出した。

「ミス・ジョンズとのワルツはどうだった？」ジョージアナは手を後ろで組んだまま尋ねた。この何年かで、だいぶ賢くなった。それは自分でもわかっている。なのに、どうして彼に抵抗できないのだろう？

「きみと踊りたかった」トリスタンは低い声で言った。「ぼくの手を取ってくれないのかい？　きみとワルツを踊る約束だった」

「前にも約束をしたけれど、あなたは守らなかったわ」

彼は目を細めた。「昔の話だ。今は約束を守る。とにかく守る努力をする。きみは難しく考えすぎだ」

「わたしは……」

「きみとワルツを踊りたい」

トリスタンは自信に満ちた動きでさらに一歩近づいた。絶対にだめ。これ以上、彼を憎むことはできない気がするから、今までの計画を台なしにする前に出ていかなければならない。

「あなたにききたいことがあるの」再び頭を働かせようとしながら言う。「いったい……」

「どうして、だね？」彼が言葉を引き取った。その質問は意外ではなかったようだ。

「嘘やわざとらしい説明はなしよ」ジョージアナはぴしゃりと言った。「理由を教えて」

トリスタンはうなずいた。「まず、わたしは二四歳でどうしようもなく愚かだった。レディー・ジョージアナのキスとストッキングを賭ける話を〈ホワイツ〉で聞いて、それに飛びついた」彼はジョージアナを見つめた。その顔から自信たっぷりな表情が消える。「だが、賭けが目当てではなかった。それは単なる口実だったんだ」

「なんの口実？」

トリスタンは指の背でジョージアナの頰をなでた。「これだよ」

彼女は体を震わせた。「あなたにすんなりストッキングを渡したかもしれない時期だってあったのに。何もわざわざ……」

「わたしもそのつもりだった。ストッキングをくれと頼もうとした。だがきみに触れたとたん、それだけでは物足りなくなったんだ。わたしは欲しいものを手に入れることに慣れていた。そして、わたしの欲しいものはきみだった」

トリスタンの言いたいことはわかる。彼にキスをされたとき、稲妻の衝撃が背筋を貫いた。それは今も変わらない。「わかったわ。信じます。でも、なぜ賭けのことがわたしに知れたときに説明してくれなかったの？」

彼は顔をしかめ、悪事を働いた少年のように靴を見おろした。「賭けに参加したのは間違いだった」またジョージアナの目を見て言う。「どんな理由があったとしても。きみが怒るのは当然だ」

口の中が乾いてきた。「それで、わたしのストッキングはどこにあるの？」

なぜかトリスタンはほほえんだ。「見たいというなら見せるよ」

つまり彼はまだ持っているのだ。心のどこかで、ジョージアナもそれを望んでいた。ずっと心配だった。彼はだれかにあのストッキングをあげてしまったのではないか。あるいはどこか人目につく場所に捨て、拾った人は賭けのことを知って、だれの持ちものか察したのではないか。そう思って何年ものあいだ、いつ人々の前で評判を落とすことになるのかと恐れながら生きてきた。「見せて」

片手でランプを持つと、トリスタンはついてくるよう合図し、屋敷の西に向かって廊下を進んだ。ジョージアナはためらった。西には彼の私室や寝室がある。でも、わたしの許しを得られたと思ったら、トリスタンはわたしに恋するかもしれない。そうなればアメリアを救うことができる。ジョージアナは真夜中の冒険にまったく動じていないふりをしながら、彼のひそやかな足音を追って歩いた。

ふたりは閉じたドアの前で足を止めた。トリスタンはジョージアナがついてきているのを確認するように振り返ると、ドアを開けて室内に入った。彼女は肩をそびやかしてあとに続いた。

「あなたの寝室ね」彼がドアを閉めて錠をおろしたので、ジョージアナは息をのんだ。

トリスタンは無言で部屋の隅に置かれたドレッサーに向かい、いちばん上の引き出しを開けた。「ここだ」そう言って、再び彼女と向き合う。

彼の手には、ジョージアナの扇の箱と同じくらいの大きさの木箱があった。彼女は眉をひそめて近づき、彫りの入ったマホガニー材のふたを開けた。きれいに折りたたまれたジョージアナのストッキングが入っていた。そうだとわかったのは、上部の花の刺繍が自分でしたものだったからだ。

目をあげると、トリスタンが彼女の表情を探るようにじっと見つめていた。「じゃあ、賭けに負けたのね」

「負けたのはそれだけじゃない」彼は箱を引き出しに戻すと、両手でそっとジョージアナの顔を包んだ。「すまなかった、ジョージアナ。あの晩のことではない。それについては気持ちは変わらない。ただ、あのあときみに起こったことすべてについては申し訳ないと思っている。できるなら過ちを正したい」

ジョージアナが応える前に、トリスタンは唇を重ねた。体を熱いものが貫いたが、予想と期待に反して、彼はキスを深めてはこなかった。その代わりに片手を彼女の背中から腰へ、もう一方の手を腕から指先へと滑らせた。

「さあ」彼はほほえんだ。「ワルツ一回分の借りがある」

ジョージアナの腰を抱く手に力を込めると、トリスタンは彼女を回転させながらベッドの周囲をゆっくりと回り、その足もとにある暖炉の前に連れていった。ジョージアナは男性の、ましてトリスタンの薄暗い寝室で踊る日が来るとは夢にも思っていなかった。目がくらみ、息が苦しくなる。彼が相手でなかったらこれほど大胆にはならないと自分でもわかっていた。

トリスタンは再びジョージアナを回転させ、鼓動のリズムに合わせるようにワルツを踊った。スカートが彼の脚のまわりで揺れるほど近くに抱き寄せられた。非常識なほどの近さだが、ここではふたりとも好きなようにふるまえる。だれにも知られずにすむのだから。

「待って」彼女はささやいた。

トリスタンは何もきかずに足を止めた。ジョージアナは彼にもたれかかり、体をひねった。そして片方ずつ靴を脱ぐと、暖炉のほうに押しやった。

「このほうがいいわ」

彼の笑い声に脚のあいだが熱くなる。「最後に裸足《はだし》でワルツを踊ったのはいつだい?」

「一〇歳のとき、ハークリーの屋敷の客間でよ。グレイドンにステップを教わっていたんだけど、象みたいに足を踏むなら靴を脱げと言われたの。母がぎょっとしていたわ」ふたりで小さな円を描きながら、ジョージアナはトリスタンの胸に頬を寄せた。彼の鼓動は力強くて速く、彼女の鼓動とぴったり合っていた。「たぶんそのころ、母は彼とわたしを結婚させようとしていたんでしょう。わたしがあんな意地悪と結婚すると信じていたのね」

「オックスフォード大学では、グレイドンから年中きみのことを聞かされたよ」踊りながら、トリスタンは考え込むように低い声で言った。

ジョージアナは目を閉じて、彼の鼓動と声のリズムに耳を傾けた。「悪い話ばかりでしょう？」

「屋敷の敷地の中であんまりきみがしつこく追いかけるものだから、池に放り込んでやったと言っていた」

「そう。それもまっ逆さまによ。水面に顔を出したら、鼻に蛭《ひる》がついていたわ。そのあとしばらく、蛭に脳みそを吸い取られたに違いないってからかわれた。わたしは六歳で、グレイドンは一四歳だったわ。フレデリカおば様がグレイドンの嘘を証明するために彼の頭に蛭をくっつけるまで、わたしは本気にしていたのよ」

トリスタンは笑った。「グレイドンはいつも愛情たっぷりにきみのことを話してくれたよ。きみがどんなに頑固か、賢いか、自信に満ちているかという話ばかりだった。なぜかわたしはずっと、葉巻を歯のあいだに挟んで、ブリーチズ姿で歩き回っているきみの姿を想像していた。はじめてきみを見たとき……」部屋の中をゆっくり回りながら、彼はしばらく口をつぐんだ。「わたしは息をのんだ」

それはこちらも同じだ。ジョージアナは背中をそらし、静かなワルツに合わせて腰を揺らした。トリスタンが頭をさげて、彼女の顎から喉に向かって唇を走らせる。体を密着させてステップを踏んだり回転したりしているうちに、ジョージアナは彼の下半身のこわばりに気づいた。昔起きたことを考えたら、トリスタンが再びベッドに誘い込もうとするかもしれないと思うだけで怒りを覚えるはずだ。

しかし興奮が高まる中、怒りなど微塵《みじん》も感じなかった。彼の腕に抱かれたのはずいぶん前のことで、その感触は懐かしく、思わず目に涙が浮かぶほどだった。

「髪をおろしたらどうだい?」トリスタンがかすれた声で言った。「そのほうが楽だろう」

少しでも理性が残っていれば、すぐさまこの場から逃げるところだ。でも、そうしたら彼はキスをやめるだろう。やめてほしくなかった。ジョージアナは手をあげてピンと髪留めを外し、床に落とした。背中に流れ落ちた巻き毛が蠟燭《ろうそく》の光を受けて金色に輝いた。

ステップが次第に遅くなり、暖炉の前で足が止まった。「ああ、ジョージアナ。きれいだ」手をかすかに震わせて、トリスタンはジョージアナの髪に指を絡ませ、肩の前へ持ってきた。気おくれする前に、彼女はトリスタンの髪に手を差し入れて顔を引き寄せ、キスをした。「ひとつだけ約束して」震える声で言いながら、彼の首筋に顔をうずめる。かすかに石鹼《せっけん》と葉巻のにおいがした。うっとりするような組み合わせだった。

「なんだい?」自信に満ちた手がジョージアナの背中を走る。ドレスが床に滑り落ちた。

ジョージアナはつばをのみ込んだ。あの晩について、ほかのことも思い出していた。トリスタンの腕に抱かれるのがどんなに心地よかったか。「わたしに何も約束しないと約束して」

彼の口が再びジョージアナの口を求めた。「約束する」

シュミーズとストッキングだけでいると、部屋の空気が肌に冷たく感じられた。でも、彼の手が触れている部分は別だった。トリスタン以外のことは、そして彼がどんな気持ちにさせてくれるか以外のことはどうでもよかった。計画もレッスンももうどうでもいい。ただ強烈な記憶と興奮がジョージアナを満たした。

トリスタンは床に丸まっているジョージアナのドレスの横に上着を脱ぎ捨てた。唇を重ねたまま、胴着のボタンを外して脱ぐ。「きみが恋しかった」

その低い声がジョージアナの体内に響くように伝わった。彼女はすばやくトリスタンのクラヴァットをほどいた。「あなたはいつもわたしを見ているわ」ジョージアナがあえぎながら言うと、彼はウエストをなであげ、さらに抱き寄せてキスをした。

「こんなふうにではない」

シュミーズの襟ぐりをなぞる温かい唇と舌の動きに、ジョージアナは身震いした。トリスタンの情熱が少し怖かった。今日までは、どれだけ親しくなるか、どこまで発展するかを決めるのは彼女のほうだった。ところが今夜の彼は夏の嵐のように激しく、ジョージアナを抵抗しがたい奔流にのみ込もうとしている。

彼女はトリスタンのシャツをズボンから引き出し、腹部に手を滑らせた。引きしまった筋肉が手の下でぴくりと反応する。「あのときと同じだろうか?」彼がつぶやいた。

「そうとも言えるし、そうでないとも言えるわ。今回は、わたしはあなたのことを知っているもの」

トリスタンが両腕をあげ、ジョージアナはシャツを彼の頭から脱がせて床に落とした。トリスタンがキスをしながら、彼女の背中をベッドの高い支柱に押しつける。「ジョージアナ」

彼はささやき、彼女の顔を上に向かせて喉に唇を這わせた。

　ジョージアナはうめいて目を閉じ、トリスタンの唇と手が与えてくれる興奮を味わった。彼は頭をさげ、シュミーズの薄い布越しに胸のふくらみに唇を触れた。先端がとがり、上質のシルクを押しあげる。こらえきれなくなった彼女は再びうめき声をあげると、トリスタンの漆黒の髪に指を差し入れて引き寄せた。

　彼はジョージアナの前でひざまずいた。長い指がゆっくりと彼女の脚を這いあがり、シュミーズを持ちあげる。ジョージアナは一瞬おびえた。もうあんなことはいやよ。二度とあんなふうに傷つけられたくない。

「トリスタン」

　彼が目をあげた。「何も約束しないと約束した」低い声で言う。「でも……」

「いいえ。いいのよ」きみのことを気にかけているとか、朝起きたらそばにいるとか、後悔させないとか、そんな言葉は聞きたくなかった。今夜、彼が欲しい。そのあとのことは夜が終わってから心配すればいい。

「いいのかい？」

　トリスタンの言葉が体内に響き、ジョージアナは身震いした。「ええ」

　彼の手が右脚を愛撫《あいぶ》しながら上に向かう。腿まで来ると、ストッキングの端に指を滑り込ませ、ゆっくりとおろした。そして最後に足を持ちあげてストッキングを抜いた。トリスタンは黙ったままストッキングを差し出した。ジョージアナは震える息を吐いてそれを受け取り、彼がもう片方を差し出すまで握りしめていた。何か伝えたいことがあっての仕草だろうが、ジョージアナにはそれを受け止める気はなかった。今夜のことは今夜のこと。昨日も明日も関係ない。トリスタンの目を見つめたまま、彼女はストッキングを脱ぎ散らかした服の山の上に落とした。「次はあなたの番よ」震える声で言う。「ブーツを脱いで」

トリスタンは立ちあがり、ベッドのフットボードに寄りかかって黒いブーツを脱ぐと、暗い部屋の隅に放った。「ほかに脱いでほしいものはあるかい?」

彼はまたわたしに主導権を与えようとしている。そう思うと少し気持ちが落ち着いた。けれども同時に、あとで自分に言い訳するのが難しくなる。ジョージアナは前に進み出ると、彼のズボンのいちばん上のボタンを外した。「もちろんよ」

その些細な動きをきっかけに、ジョージアナを嵐が襲った。トリスタンが両手で顔を包み、再びキスをした。深く荒々しいキスとともに舌を差し入れられ、彼女はあえぎ、息ができなくなった。残るふたつのボタンを外し、ズボンを引きおろす。

彼の下腹部が解放されるのが感じられた。ジョージアナは我慢できずに、キスをさえぎって見おろした。まばらに生える黒い胸毛が、平らで引きしまった腹部へと続いており、彼女の視線はさらにその下へと引き寄せられた。「これね。覚えているわ」

二四歳のときのトリスタンはハンサムだった。三〇歳になった彼は、息をのむほど堂々としている。さらに筋肉がつき、顔は男らしく引きしまって、目には知性が感じられた。

ジョージアナは温かく滑らかな彼自身に触れた。トリスタンの筋肉がぴくりと動く。彼は全裸だが、自分はまだシルクのシュミーズを着ていることに勇気づけられて、こわばりを手で包んだ。ゆっくりさすると、彼は身をかたくした。

「トリスタン」ジョージアナは目をあげて、光を放っているブルーの瞳を見つめた。「わたしはまだ全部脱いでいないみたい」

「じきに脱ぐことになる」彼はシュミーズのひもをジョージアナの肩から外し、そっと引きおろした。彼女が一瞬トリスタンから手を離すと、シュミーズは腕とウエストを通り抜けて足もとに落ちた。

トリスタンの手が鎖骨をなぞり、下へ移動して胸のふくらみと先端を愛撫した。「わたしも覚えているよ」彼はささやき、かがみ込んで左の胸を口に含んだ。

ジョージアナはあえいだ。ベッドの支柱が背中を支えてくれているおかげで、床にくずおれずにすんだ。けれども胸を吸われ、先端を軽く嚙まれると、ついに脚の力が抜けた。

トリスタンは腕で彼女を支え、口を開けて激しくキスをしながら、ベッドの中央に運んだ。ジョージアナは彼から手を離すことができず、首にしがみついたままキスを返した。トリスタンは片手でシーツを引っ張り、乱れたシーツの上に彼女をおろした。

それから隣に滑り込んで、再び胸を愛撫し始めた。高まる興奮が体に共鳴する。トリスタンは先端を口に含んで腹部をなでたあと、その手をさらに下へ移動させた。彼の指が中に入ってくると、ジョージアナは身をこわばらせた。

「わたしが欲しいんだろう?」トリスタンはまたキスをした。「中に入ってほしいんだろう?」

彼の指が動き、ジョージアナはうめいた。「ええ、あなたが欲しいわ」

トリスタンの目の中で、満足感と欲望がまざり合った。「きみがそんなことを考えるとは思わなかった」

ジョージアナは彼の背中をなでおろした。「考えるべきではないけれど、考えてしまうのよ」

彼はジョージアナの脚を開いて体を沿わせた。「わたし以外の男はいなかったんだろう?」そうささやき、わずかに上体を起こして再びキスをする。

「ええ、いないわ」

前回のとき、トリスタンは辛抱強く慎重だった。今夜はそうする必要はなかった。ジョージアナは腰をあげて、押し入ってくる彼を迎えた。彼女は声をあげた。痛みのせいではなく満足感のせいで。トリスタンは口でその声をふさぎ、彼女の中で動きながらうめいた。彼の動きに合わせてベッドが揺れる。ふたりだけのダンスだ。

あまりの興奮に、ジョージアナは死んでしまうかと思った。トリスタンの肩に指を食い込ませて、しっかりとしがみつく。彼の一部になりたい。ふたりを包み込む炎の一部になりたかった。

「わたしの名を呼んでごらん」トリスタンがあえぎながら言い、彼女の耳にキスをした。

「トリスタン。ああ、トリスタン」門が開くようにジョージアナの体は震え、彼の周囲で脈打った。彼の存在しか感じられなかった。わたしの中にいる彼。わたしを包む彼。抱きしめて愛してくれる彼。

「ジョージアナ」うめき声とともに彼女の奥深くに自らをうずめて強く抱きしめたあと、トリスタンは力を抜いて覆いかぶさった。

体の上に感じる彼の体重が愛おしかった。ひとりぼっちではなくふたりの人間のかたわれであるという感覚を前に味わったのが、はるか昔のような気がする。あのときは目が覚めると彼の姿はなく、ストッキングもなくなっていた。賭けのことを知るまでは、記念のためだろうと思っていた。

トリスタンはジョージアナのヒップの下に両手を差し入れ、彼女の中に入ったまま仰向けになった。今度は彼女がトリスタンの上にのる格好になった。長いあいだ、ふたりは黙ったまま横たわっていた。彼の指が髪を優しくもてあそぶ。次第に呼吸が戻り、いつもの速さになると、ジョージアナは顔をあげて彼を見おろした。

「以前のわたしと変わらない?」

「いや、以前よりも女性らしくなった」からかうような笑みを浮かべて、トリスタンは彼女のヒップをなでた。

ジョージアナは息をついた。ベッドのカーテンの向こうには、まだ現実が待ち受けている。もう少しそのままカーテンの向こうにいてくれればいいのに。彼女はトリスタンを愛撫しながら手を胸まで滑らせ、左鎖骨の脇の小さなへこみで止めた。「これはなかったわ。どうしたの?」

「三年ほど前に馬から振り落とされて、岩の上に落ちたんだ。死ぬほど痛かったよ」トリスタンは彼女の目から髪を払い、首を傾けて視線を合わせた。「よく覚えているんだな。傷跡に気づくなんて」

すべて覚えているわ。そう言いかけたがやめた。「わたしがつけた傷かと思ったのよ」

彼は優しく笑った。「傷をつけようとしなかったわけではないだろう? 足にはまだ踏まれた跡があるし、手の甲は天候によって痛む」

「大げさね」

「そうかもしれない」トリスタンはジョージアナの額にキスをした。「寒いかい?」

「寒くなってきたわ」

「わかった」

トリスタンは彼女の下から滑り出ると、毛布を引っ張りあげてふたりをくるんだ。ジョージアナは彼の肩に頭をつけ、胸を手で愛撫した。

くつろいだ気分だった。トリスタンの隣で、肩を抱かれながら何週間でも寝ていられそうな気がする。でも……。「アメリア・ジョンズはどうするの?」

「彼女のことはあとで考える。今はほかのことを話そう、かわいい人」

もっときこうと思ったが、まぶたを開けていられなかった。トリスタンの静かな息づかいとたしかな鼓動の音を聞きながら、ジョージアナは眠りに落ちた。目が覚めると、ブルーのカーテンの端から灰色の夜明けがのぞいていた。彼女はじっと横たわったまま、頬の下でトリスタンの胸がゆっくりと上下するのを感じた。

ここを去りたくなかった。でも、居続けるわけにもいかない。肩からそっとトリスタンの腕を外し、身を起こした。彼は体を動かしてこちらに顔を向けたが、目は覚まさなかった。彼の頬にキスしたかったが我慢した。

トリスタンはとうとうわたしを受け入れた。わたしが許したと思ったのだ。許したとも言えるし、許していないとも言える。でも、どちらであろうと関係ない。どうせ心から彼を信じることはできないのだから。昨夜の出来事は単なる欲望の結果であって、反目し合ってきた六年のあいだにたまったフラストレーションがさせたことだ。

ジョージアナは慎重にベッドから出て、シュミーズを着た。片方のストッキングが床に落ち、しばらくそれを見つめた。トリスタンにとっては自業自得だ。わたしやほかの女性の心をもてあそんではいけないということを学ばされたのだと、実感させることができる。

書き物机は開いていた。ジョージアナはトリスタンのペンにインクをつけて短いメモをしたためると、ストッキングと一緒に枕《まくら》もとに置いた。そしてドレッサーの引き出しから箱を出してふたを開け、それもメモの隣に置いた。

自業自得よ。トリスタンの顔を見ないようにして自分を納得させる。彼はわたしにあんな仕打ちをしたのだから、当然の報いだわ。

音をたてずにドレスと靴を身につけると、部屋を出てドアを閉めた。運がよければ、トリスタンが目覚める前に屋敷を出ていける。もっと運がよければ、彼が仕返しすることを決める前にシュロップシャーの自宅に戻れるかもしれない。さらにもっと運がよければ、泣かずにキャロウェイ邸を去ることができるかも。

ジョージアナは涙をぬぐった。そこまでの運はなかったようだ。

11

ラベンダーのかすかなにおいが、シーツと、トリスタンが頬をのせている枕にしみついている。まぶたを閉じたまま、彼はたっぷりとジョージアナの香りを吸った。

彼女を待つ六年間は長かった。だが、もっと長くても待っただろう。目がはっきり覚めてきても、許してもらったことがまだ信じられない。家の者たちが起きだしてジョージアナが寝室を出ていかなければならなくなる前にもう一度、いや、何度でも礼が言いたかった。でも、彼女を長いこと自分から、そして自分のベッドから遠ざけるつもりはない。ジョージアナとのあいだに新たなチャンスが生まれた今、それを壊す気はなかった。アメリアにまだプロポーズしていないのが幸いだ。少なくともジョージアナが妻なら、セックスを楽しむことはできる。

ジョージアナを起こしたくなくて、そっと体を伸ばしてから目を開けた。ベッドの、彼女がいるはずの場所は空っぽだった。トリスタンは眉をひそめて上体を起こした。「ジョージアナ？」

返ってきたのは沈黙だった。

体を動かすと、裸の背中に何かが当たった。後ろに手を伸ばして持ちあげてみる。箱だった。頭が再び働くようになるのを待ちながら、トリスタンはじっとそれを見つめた。乱れた髪を手で梳き、箱がのっていた枕を見た。ストッキングと、その下にたたんだ紙が置いてある。

そのメモを読みたくなかった。だが、裸のままじっとメモを見つめて午前中を過ごすわけにもいかないので、深く息を吸ってから、手にとって開いた。ジョージアナの丁寧な字で、こう書いてあった。〝これで両方のストッキングがそろったわね。せいぜい楽しんでちょうだい。わたしはあなたのものにはならないから。ジョージアナ〟

すべて計画のうえだったのだ。そしてわたしは、初恋に苦しむ少年のように引っかかってしまった。怒りに体を引き裂かれそうな気がした。メモを握りつぶし、暖炉へ放り投げる。静かだが激しい呪いの言葉がひとつ、胸から吐き出された。

ベッドから飛びおり、ズボンと新しいシャツをつかんだ。わたしをばかにする者は、だれであろうと許さない。こちらがプロポーズすることと体を絡め合うことを考えているあいだ、ジョージアナは六年間分の仕返しをしようとほくそえみながら、わたしが目覚めるのを待っていたのだ。これで五分五分になった。

怒りよりも深いところで、トリスタンはひどく傷ついていた。まるで、だれかに腹を殴られたみたいだ。追いやろうとしてもその痛みは消えず、息苦しさが残った。こんなことは受け入れられない。こんなふうに感じるのはいやだ。

のろのろとブーツを履いた。六年前にジョージアナをベッドに誘い込んだのは、賭けに勝つためなどではなかった。彼女が欲しかったからだ。彼女の体に喜びを見いだすことしか考えていなかった。その後の六年間彼女を忘れられず、もう一度抱きたいと願うことになるとは思ってもいなかった。

ドレッサーに向かい、胴着と上着を手に取ると、冷たく暗い怒りを覚えながら身につける。昨夜は前回とは違った。前よりもよかったほどだ。今度は先のことまで考えた。

トリスタンは顔をしかめ、糊《のり》のきいたクラヴァットを手に取って首に巻いた。ジョージアナも先のことを考えていたのだ。五分五分にするための計画のことだけを。

五分五分。おあいこになった。大きな意味のある言葉だが、今の彼は怒りが大きすぎてゆっくり考えられなかった。ドアを開け、屋敷の東側に向かって廊下を進む。ジョージアナの部屋に着くと、ノックもせずに大きくドアを開けた。「ジョージ――」

彼女はいなかった。ベッドカバーと床の上に服が投げ出されていて、ベッドには使った形跡がない。引き出しが半ば開いていて、中の衣類がシルクやサテンの色鮮やかな滝のように床に向かって垂れ落ちている。鏡台の上からは化粧品の半分がなくなっていた。

ジョージアナは慌てて身のまわりのものをかき集めたのだ。それを隠そうともしていない。つまり、昨日トリスタンにとどめを刺す前に荷物をまとめてはおかなかったということだ。

トリスタンは向きを変えて自分の寝室に戻った。暖炉の縁にメモが落ちていた。それを拾って伸ばし、炭の汚れを払う。ふだんの彼女ほど几帳面《きちょうめん》なメモではなかった。インクが乾く前にたたんだらしく、少し汚れている。急いでいたのだろう。

どうして急いでいたんだ？　わたしが目覚める前に終わらせたかったのだろうか？　あるいは自分が怖じ気づく前にすませたかったのか？　トリスタンはメモをストッキングと一緒にナイトテーブルの引き出しに突っ込むと、廊下に戻って階段をおりた。ドーキンズが玄関広間であくびをしていた。

「なぜこんなに早く起きているんだ？」怒りを抑えるのも限界だった。最初にでくわした相手に八つ当たりしてしまいそうだ。

執事は姿勢を正した。「三〇分ほど前にレディー・ジョージアナに呼ばれたのです」

「なんのために？」

「ご自分とメイドが乗るための貸し馬車を呼んでほしいとのことでした」

メイドを連れていったということは、ここに戻る気がないのだろう。怒りと緊張のあまり体の筋肉がこわばったが、トリスタンはそれを振り払った。「どこへ行くか言っていたか？」

「はい、ご主人様。その――」

「どこだ？」執事に詰め寄って、うなるように尋ねる。

ドーキンズは慌ててあとずさりし、帽子掛けにぶつかった。「ホーソーン邸です、ご主人様」

トリスタンは上着をつかんだ。「出かけてくる」

「ギンブルに言って、シャルルマーニュに鞍をつけさせましょうか？」

「自分でやる。どけ」

ドーキンズがごくりとつばをのみ込んで道を空け、トリスタンは玄関のドアを開いた。上着をはおりながら、一段飛ばしで階段を駆けおりる。夜が明けたばかりの馬小屋は暗くて静かだった。シャルルマーニュの隣の馬房にまだシバがいるのを見て、トリスタンは驚いた。先のことまで考えていたのなら、馬を置いていくはずがない。そもそも、こんなふうに出ていくつもりだったのなら、最初から馬など連れてこないだろう。

トリスタンはシャルルマーニュの腹帯を締める手を止めた。昨夜のことは遊びではなかった。ジョージアナの興奮や情熱が感じられたし、トリスタンと同様に彼女も感動していた。彼女がどんなレッスンを授けようとしていたか知らないが、それはあと知恵に違いない。少なくともやりかたに関してはそうだったはずだ。

考えが甘すぎるだろうか？　わたしは、あと先考えずに再びジョージアナの体の誘惑に負けてしまった自分を正当化しようとしているのか？　トリスタンは鞍にまたがり、シャルルマーニュを馬小屋から出した。上半身をかがめて馬の首に寄せたまま低い戸を抜け、通りに出る。

こんなに朝早い時間でも、メイフェアには牛乳や氷や新鮮な野菜を売る売り子や荷車があふれていた。トリスタンはそのあいだを抜けて、イングランドでも群を抜く名家の屋敷が立ち並ぶグローヴナー・スクエアへ向かった。その真ん中に、ワイクリフ公爵未亡人の屋敷がある。彼が馬からおりても、馬丁はひとりも出てこなかった。公爵未亡人の屋敷はまだ眠りに包まれているのだ。

だが、だれかがジョージアナを中に入れたはずだ。トリスタンはドアを叩いた。しばらく待ったが返事がないので、さらに大きな音で叩いた。

かんぬきが動き、ドアが開いた。ドーキンズよりもはるかに落ち着いた雰囲気の執事が出てきた。「使用人の出入り口は――これはデア卿。失礼いたしました。何かご用でしょうか？」

「レディー・ジョージアナと話がしたい」

「申し訳ありませんが、レディー・ジョージアナはこちらにはいらっしゃいません」

トリスタンは気を静めるために少し間を置いた。「ここにいることはわかっているんだ」静かな口調で言う。「どうしても彼女と話したい。今すぐに」

「それでは……」執事は後ろにさがった。「居間でお待ちください。きいてまいります」

「ありがとう」トリスタンは屋敷に入った。そのまま階段をあがってジョージアナの寝室に向かいたかったが、彼女が六年前と同じ部屋を寝室にしているかどうかわからない。それにいくら頭に来ていても、二〇もある寝室のどれが彼女の部屋か正確に知っているのがだれかにばれたら変に思われることくらいは考えられた。

怒りのあまり座っていられず、トリスタンは両のこぶしを握りしめたまま居間の中を歩き回った。肌からは、まだラベンダーのかすかな香りが漂っている。くそっ。さっさと洗い流しておけば、これほどいらいらすることもなかっただろうに。

炉棚の時計は五時四八分を示していた。ジョージアナはトリスタンが目覚める三〇分前に貸し馬車でキャロウェイ邸を出たというのだから、ここへ帰ってきて一五分ほど経つはずだ。トリスタンは怒りに任せて馬を駆ってきたので、メイフェアを抜けてくるのに一〇分もかかっていない。

トリスタンは悪態をついた。すぐにおりてこなかったら、こちらから探しに行こう。簡単には逃がさない。昨夜のような感情を持った以上は。先のことまでいろいろ考えた以上は。

「デア卿」

「いったいどういうつもり――」戸口に顔を向けた瞬間、言葉を失った。「公爵夫人」トリスタンはお辞儀をした。

「ずいぶん早いのね」フレデリカは冷たいグリーンの目で戸口からトリスタンを見つめた。

「終わりまで言ってしまったらいかが？」

トリスタンは言い返したいのをこらえた。フレデリカはすでに着替えをすませ、髪をまとめている。ジョージアナが帰ってきたときに起きたのだろう。ジョージアナは、わたしがここに来てすべてをぶち壊しにするのを予想していたのだろうか？　そして、わたしが彼女の行動を自分の責任にすると？「いいえ。レディー・ジョージアナに会いに来ました」

「パスコーから聞いたわ。ずいぶん興奮しておられるようね。一度お帰りになってひげを剃《そ》り、気持ちを落ち着けてから、またいらしたらどうかしら？　よその家を訪ねるのにふさわしい時間に」

「お言葉を返すようですが、ジョージアナと話をしなければならないのです。冗談で言っているのではありません」

フレデリカは眉をあげた。「それはわかります。でも、ジョージアナはあなたが来ているのを知って、あなたとは話したくないと言っているのよ」

トリスタンは大きく息を吸った。すべてのことに意味がある。そう自分に言い聞かせた。賭けに明け暮れていた日々に、骨身に沁《し》みて学んだことだ。「彼女は、その……大丈夫ですか？」言葉を絞り出すようにしてきく。

「あなたと似たような状態よ。何があったか探る気はないけれど、お帰りになってちょうだい、デア卿。ご自分からそうしてくださらないなら、召使を呼んでお送りさせるわよ」

トリスタンはぎこちなくうなずいた。緊張したせいで体の筋肉が痛い。フレデリカの召使を振りきれば一瞬の満足を得ることはできるだろうが、そんなことをしても無意味だ。「わかりました。メッセージは受け取ったし、内容も理解したとジョージアナにお伝えください」

フレデリカの目に表れていた好奇心が高まった。「伝えるわ」

「それでは失礼します、公爵夫人。今日はもう参りません」

「ごきげんよう、デア卿」

彼女の姿が戸口から消え、トリスタンは外で待つシャルルマーニュのもとに戻った。まだ終わっていない。深まりつつある疑念が正しければ、ジョージアナがストッキングとメモを置いていったのは、この六年間でもっとも喜ばしいことだと言えるかもしれない。彼女を殺してやりたいのを我慢しさえすれば、真実を知ることができるだろう。

「帰ったわよ」フレデリカの静かな声が廊下から聞こえてきた。

ジョージアナはすすり泣きながら息を吸い込んだ。「ありがとう」

「入っていい?」

おばと顔を合わせるのは避けたかったが、常軌を逸した行動をとったのだから、説明する義務がある。彼女は涙を拭いてよろよろとドアに向かい、かんぬきを外して開けた。「どうぞ」

フレデリカはジョージアナの顔を見てから、脇をすり抜けて部屋の中へ入った。「パスコー! ハーブティーを持ってこさせてちょうだい!」

「承知いたしました」

フレデリカは後ろ手にドアを閉め、そこに寄りかかった。「彼に傷つけられたの?」静かに尋ねる。

「まさか! とんでもないわ。ただ……言い争っただけ。それで、もうあそこにはいたくなくなったの」震える息を吸い、ジョージアナは窓の前の椅子にかけた。椅子の上で丸くなると、膝を顎まで引きあげ、自分の姿が見えなくなってしまえばいいのにと真剣に願った。

「彼はなんの用だったの?」

「あなたと話したいと言っていたわ。それしかわたしには言おうとしなかった」フレデリカはドアの前に立ったままだった。メイドがハーブティーを運んできたらそこで受け取って、姪《めい》が精神病院から逃げ出してきたみたいに泣いているのを見られないようにするためだろう。

「ただひとつだけ、あなたに伝えてくれって」

ああ、トリスタンが怒ったら、わたしを破滅させることなど簡単だろう。

「あなたのメッセージは受け取ったし、内容も理解したそうよ」

ジョージアナは丸めていた体を少し伸ばした。安堵のあまり気分が悪くなりそうだ。「それだけ？」

「ええ」

ハーブティーが到着し、フレデリカは廊下に出て受け取った。ジョージアナは大きく息を吸って洟《はな》をすすった。トリスタンはわたしの評判を汚しはしなかった。ストッキングを持ってきて床に叩きつけ、レディー・ジョージアナと寝たのはこれが二度目だとか、彼女は尻軽女だとか叫んだりしなかった。

「それから、今日はもう来ないと言っていたわ。〝今日は〟というところを強調していたから、近いうちにまた来るでしょうけれど」

ジョージアナは考えをまとめようとしたが、とりあえずほっとしたので、先のことまで思いを巡らす余裕がなかった。「彼に会ってくれてありがとう」

フレデリカはカップにハーブティーを注ぎ、砂糖をふたつとクリームをたっぷり入れてジョージアナに渡した。「お飲みなさい」

苦いにおいがしたが、砂糖とクリームのおかげで味がやわらいでおり、ジョージアナは大きくふた口飲んだ。腹部から指先や足先へと温かさが広がり、さらにもうひと口飲んだ。

「よくなった？」

「ええ」

おばは窓辺に座った。ジョージアナが見たくなければ見なくてすむぐらい、彼女から離れた場所だった。フレデリカ・ブラケンリッジは直観力に優れた人なのだ。

「あなたがヒステリーを起こすのなんて、いつ以来かしら？　きっと六年ぶりね。わたしの記憶が間違っていなければ、あのときもデアが関係していたと思うけれど」

「あの人はわたしをいらいらさせるのよ」

「そうらしいわね。じゃあ、なぜ彼とつき合うの？」

ジョージアナは繊細な意匠のカップの中で渦を巻いているクリームを見つめた。「彼に……彼にレッスンを授けているの」

「それは向こうもわかっているようだったわ」

ジョージアナはなんとか怒りを奮い起こした。「ええ、そう願いたいわ」

「それならなぜ泣いているの？」

トリスタンがそんな仕打ちを受けるべきなのかがわからないから。本当は彼のことが嫌いではないのに、彼に嫌われてしまったから。「疲れただけ。それにもちろん、彼に腹が立っているからよ」

「そうね」フレデリカは立ちあがった。「ダニエルに手伝わせるから、ナイトガウンに着替えなさい。お茶を飲んだら少し眠るといいわ」

「でも朝よ」

「まだ早いわよ。今日はすることがないでしょう。しなければならないこともないし、約束もない。やることといえば寝ることだけよ」

「でも……」

「寝なさい」

ハーブティーが効いてきたらしい。まぶたが重くなってきた。「わかったわ、フレデリカおば様」


フレデリカが事務室で手紙を書いていると、ドアが開いた。

「何が起きているんだ？」低い声が言った。

彼女は手紙を書き終えると、次の手紙に取りかかるために便箋《びんせん》を手に取った。「あら、グレイドン」

息子の大きな体が、一瞬ためらってからこちらに向かってくるのを感じた。黄褐色の髪が視界に入った瞬間、グレイドンが身をかがめてフレデリカの頰にキスをした。「やあ。何があったんだい？」

「何を聞いたの？」

グレイドンはため息をつき、母の後ろの椅子に腰をおろした。

「〈ジェントルマン・ジャクソンズ〉でばったりブラッドショー・キャロウェイに会った。ジョージアナのことを聞いたら、屋敷を出てここに戻ったと言うんだ。トリスタンが怒り狂っているそうだよ。それが原因かどうかは知らないが」

「ブラッドショーは言わなかったの？」

「トリスタンが黙っているからわからないと言っていた」

フレデリカは手紙の続きを書いた。「わたしもその程度しか聞いていないのよ」

「〝その程度〟っていうのを聞きたいんだ」

「だめよ」

「わかった」グレイドンが立ちあがると、服の布地がすれて音をたてた。「トリスタンにきくよ」

眉をひそめたいのを我慢して、フレデリカは息子を振り返った。「やめなさい」

「なぜ？」

「首を突っ込まないの。何があったにせよ、ふたりの問題よ。わたしたちは関係ないわ」

グレイドンはしかめっ面を隠そうともしなかった。「ジョージアナはどこにいる？」

フレデリカはためらった。すべての事実を把握していない状態は嫌いだった。騒ぎを処理するのが難しくなるし、慎重に進めなければならなくなる。「眠っているわ」

「もう二時近いのに」

「動揺していたのよ」

グレイドンは母の目を見た。「どのぐらい?」

「ひどく」

グレイドンはドアのほうを向いた。「そうか。やっぱりデアにきくよ」

「そんなことをしてはだめ。今朝の様子だと、彼も相当頭に来ているわ。下手に口出ししたら、友情を壊すことになるわよ」

「くそっ。それならどうすれば……」

「何もしないの。辛抱して。わたしもそうしているんだから」

グレイドンは母のほうへ頭を傾けた。「何が起きているのか本当にわからないんだね?隠しているわけではないだろうね?」

「わたしはなんでも知っていると思われているらしいけれど、本当に知らないのよ。うちへお帰りなさい。もうエマの耳にも噂が入っているでしょう。今度は彼女相手に、また一から同じことを繰り返すのはごめんだわ」

「どうも気に入らないが、今のところはしかたないな」

「ええ」

「困ったものだ」気づかわしげな笑みを一瞬浮かべると、グレイドンは部屋を出ていった。

フレデリカは再び手紙に取りかかろうとしたが、ため息をついて椅子に背中を預けた。何が起きているのかわからないが、深刻なことなのは間違いない。過去にトリスタンがどんな過ちを犯したのかもわからないけれど、とにかくジョージアナはそれを許しかけている――フレデリカはそう思っていた。だが、今となっては確信が持てなくなってきた。今回、一方的にジョージアナだけが傷ついたのだったら、グレイドンの口出しを許していただろう。むしろ、こちらからそうさせていたかもしれない。でも、デアも傷ついていた。ひどく。それは間違いない。だから、しばらく様子を見ることにしたのだ。

「本当に今夜は出かけたくないの」フレデリカが一階におりてくると、ジョージアナは言った。

「わかっているわよ。だからこそ、リディアとジェームズとディナーに出かけるんじゃないの。人数は少ないし、時間も早いわ」

ジョージアナは顔をしかめ、玄関ドアの前にいるおばに近づいた。「彼に会うのが怖いとか、そういうことじゃないのよ」

「わたしはそんなこと気にしていないわ」フレデリカは応えた。「ただ、あなたがうちに帰ってきてうれしいだけ」

それが問題だった。ジョージアナはうちに帰ったわけではない。厳密に言えば家はないのだ。両親と妹たちはシュロップシャーにいるし、兄はスコットランドにいる。ヘレンは夫のジェフリーとともにヨークに住んでいる。ジョージアナが望めば、フレデリカだって、あるいはグレイドンとエマだって、喜んで迎え入れてくれる。だが、どこよりも滞在していて楽しいのがキャロウェイ邸なのだ。エドウィナやミリーとおしゃべりしたり、エドワードとゲームをしたり、ブラッドショーと遠い国の話をしたりして過ごす午後の時間。そしてもちろん、トリスタンと顔を合わせること。それが楽しかった。

「ジョージアナ、行かないの？」

「行くわ」

フレデリカはあんなふうに言ったが、その日はひと晩中落ち着かなかった。おばがほのめかしたほどトリスタンが怒っているのなら、このままではすまさないだろう。以前傷つけられたとき、ジョージアナもそのままではすまさなかった。他人が聞いたらおもしろがるだろうが、本人には憎悪と軽蔑《けいべつ》が伝わるようなひどい言葉をトリスタンに投げつけた。彼も同じことをするだろうか？

それからの二日間、ジョージアナは家から離れなかったし、トリスタンが訪ねてきたり、ことづてを送ってきたりすることもなかった。アメリア・ジョンズのところへは行ったのかしらと気になったが、すぐにその思いを追いやった。もし行ったのならけっこうなことだ。すべてのごたごたは、そのためのものだったのだから。

今日はルシンダとエヴリンと一緒にグレンビューの夜会に出席する予定になっていた。行きたくはなかったが、家に閉じこもっているのもいやだった。いちばんいいのは、当初の予定どおりシュロップシャーに戻ることだろう。でもそれをすれば、まったくの臆病者ということになってしまう。それに何かから逃げなければならないわけでもない。トリスタンは仕返しをしてこなかったし、とにかくこちらは間違ったことはしていない。厳密に言えばしたのだが、それはトリスタンしか知らないことだし、彼にとっては自業自得だ。

「ジョージアナ」ルシンダが近づいてきてジョージアナの手を握った。「おば様のところに戻ったと聞いたわ。大丈夫なの？」

ジョージアナは友人の頬にキスをした。「ええ、大丈夫よ」

「とうとうやったのね？　レッスンを終えたんでしょう？」

ジョージアナはルシンダの肩越しにパーティー客を見つめながら、つばをのみ込んでうなずいた。「そうよ。どうして知っているの？」

「そうでなければ、キャロウェイ邸を出るはずがないもの。あなたは絶対にやりとげる気だったじゃないの」

「そうね」

エヴリンが音楽室からふたりのもとにやってきた。「あなたとデアがまた喧嘩したって噂になっているわ」

「ええ。そのとおりなのよ」この三日間トリスタンを見かけてもいないのに、どうして喧嘩したことが人々に知れたのかしら？　おそらく、いつも喧嘩しているからだろう。

「だったら、言っておいたほうがいいわね――」

「こんばんは、レディーがた」

「彼が来ているってこと」エヴリンが小声で締めくくった。

ジョージアナは凍りついた。何があっても振り向きたくなかったが、振り向かずにはいられなかった。トリスタンは手を伸ばせば触れられそうなほど近くにいた。表情は読めないが、顔色は悪く、目が光っている。

「デア卿」声が少し震えた。

「おばたちと少し話をしてもらえないだろうか、レディー・ジョージアナ」トリスタンは背筋をこわばらせ、ぶっきらぼうに言った。「ふたりとも、きみのことを心配している」

「わかったわ」肩をそびやかし、友人たちの心配そうな顔に気づかないふりをして、彼と一緒に歩き始めた。

トリスタンが腕を差し出さなかったので、ジョージアナは体の後ろで手を組んだ。逃げたかったが、そんなことをすれば、ふたりのあいだに何かあったとみんなに知れてしまう。噂が立つのも困るが、その噂を裏づけるような行動をどちらかがとってしまったら、そのときはシュロップシャーに帰るしかなくなってしまう。

ジョージアナは横目でトリスタンを見た。歯を食いしばっているが、それ以外は動揺しているそぶりは見えない。ジョージアナは少し震えていたが、恐れていたように彼が振り向くことはなかった。トリスタンはおばたちのところで足を止めた。

「まあ、ジョージアナ」エドウィナが腕をつかんで抱きしめた。「どんなに心配したか！何も言わずに出ていってしまうんですもの」

ジョージアナはエドウィナの手を強く握りしめた。

「とにかく帰らなければならなかったんです。でも、黙って帰るべきではなかったわ。けっしてご心配をかけるつもりはなかったのですけれど」

「おば様は大丈夫なの？」ミリーがこちらに向かいながら尋ねた。

「ええ、おばは……」ジョージアナは一瞬ミリーのほうを見てから、彼女を見おろさなくてすんでいることに気づいた。「歩けるんですね！」

「杖の助けを借りればね。それで、あなたのほうは何があったの？　トリスタンがまた何か怒らせるようなことを言った？」

彼が顔を見つめているのがわかったが、そちらを見る気はなかった。「いいえ。ただ、帰らなければならなかっただけです。それにもうわたしの手助けは必要ないじゃないですか」

「それでも、あなたがいてくれると楽しいのに」

「わたしだって同じです。近いうちに遊びにうかがいますわ。約束します」

トリスタンが言葉を挟んだ。「ジョージアナ、パンチを取りに行こう」

「いいえ、わたしは――」

「行こう」彼は小声で繰り返した。

今度は腕を差し出してきた。おばたちの手前、ジョージアナは断れなかった。トリスタンの腕の筋肉は鉄のようにかたく、そこにつかまる彼女の指は震えた。

「デア卿、わたし――」

「わたしが怖いか?」彼が静かにきいた。

「怖い? い……いいえ、まさか」

トリスタンはジョージアナを見おろした。「なぜだ? 怖くて当然じゃないか。わたしは一瞬にして、きみを破滅させられるのだから」

「怖くないわ。あなたはああされて当然だもの」

彼は顔を寄せて冷たい笑みを浮かべた。「はっきり聞かせてくれ。どうされて当然なんだ?」

部屋の向こうからフレデリカが心配そうに見ている。その隣には噛みつきそうな顔をしたグレイドンがいた。ジョージアナはトリスタンに視線を戻した。「ここではやめましょう」

「ほかのところではわたしに会おうとしないじゃないか。質問に答えてくれ。あれはただの復讐《ふくしゅう》だったのか?」

「復讐? 違うわ。その……わたしは……」

「わたしが考えていることがわかるか?」トリスタンはジョージアナの手に手を重ね、いっそう静かな声で言った。

周囲の人からは愛を語っているように見えるだろう。ジョージアナの手を握るトリスタンの手が鋼鉄のように冷たいこと、どう頑張っても彼女がその手から逃れられないことは傍目にはわからない。「トリスタン……」

「きみは怖がっている」彼がささやいた。「わたしのそばにいることを楽しんでいた自分を」

違う。「そんなことないわ。放して」

トリスタンはすぐにそうした。「きみは、わたしにまた傷つけられる前にわたしを傷つけようと決めたんだ」

「ばかばかしい。もう行くわ。ついてこないで」

「わかったよ。ただし、一度だけワルツを一緒に踊ってくれるなら」

ジョージアナは足を止めた。こんなはずではなかった。トリスタンはアメリア・ジョンズのもとに戻り、いい夫になるはずだった。わたしがレッスンを授けたのは、ただ復讐するためではない。それを彼がちゃんとわかっているのか確かめなければ。そのために彼と踊らなければならないのなら、それもしかたがない。「いいわ」

「よかった」

12

ジョージアナはあざ笑うか、満足げな表情を見せるか、お高くとまるかのどれかだろうとトリスタンは思っていた。だが、実際はそのどれでもなく、彼女は震えていた。ジョージアナの思い込み――このわたしにレッスンを授けられると思っていたのだ――には腹が立つが、彼女との仲がもつれるにつれ、さらに強い興味がわいてきたことは認めざるをえない。

トリスタンは友人たちの輪に戻るジョージアナを目で追い、その仕草や、気持ちを落ち着けようとする様子を見つめた。彼女は傷ついている。おかしな話だ。わたしは彼女のもとを去ったわけでもないし、出ていくよう命じたわけでもない。結婚を申し込もうとしていたのだ。完璧だと思っていた。金銭的なトラブルはなくなるし、求める女性をベッドに誘うことができたのだから。しかし、何か見落としていたことがあるらしい。そしてジョージアナは、その答えを持っている。

彼女が残した短いメモは、インクの汚れもすべて記憶してしまうほど何度も読み返した。そこに隠されている何かを突き止めるつもりだ。

「まるで彼女に食らいつきたそうな目だね」ブラッドショーが背後からささやいた。「ほかに目を向けたらどうだい？」

トリスタンは瞬きをした。「おまえの意見など聞いていない。少将のそばにでも行ってこい」

「兄さんのしていることはなんの役にも立たないよ」

トリスタンは振り返って弟を見つめた。「わたしが何をしようとしているというんだ？」鋭く尋ねる。

ブラッドショーは両手をあげた。「いや、別に。でも、だめになったとしても、ぼくが事前に警告したことは忘れないでくれ。もっとうまくやらなきゃだめだよ」

トリスタンが応える前に、ブラッドショーは階段のほうへ姿を消した。トリスタンは深く息を吸い、こわばった背中の力を抜いた。弟の言うとおりだ。六年前は、噂が広まるのを死ぬ思いで阻止した。それが今夜は興奮した雄牛みたいにいらだっている。

「こんばんは、トリスタン」

彼は肩越しに振り向いた。「アメリア。こんばんは」

彼女はお辞儀をした、ブルーの紗のドレスを着た姿は上品で美しい。「ぶしつけですけれど、一緒に踊っていただけないかと思って」えくぼを見せながら言う。

「それはどうも。でも、今日はもう帰るつもりなんだ。ちょっと……仕事で行かなければならないところがあってね」

なんとも恥ずべき言い訳だったが、もっとましな口実を考える気になれなかったし、アメリアの無意味なおしゃべりに耳を傾ける気にもなれなかった。堅苦しくお辞儀をすると、彼はジョージアナのあとを追った。

彼女はなんとしてもトリスタンに近づかないようにしているらしく、部屋のはるか向こうの隅で友人たちとかたまり、自分が楽しんでいることを周囲に見せつけるためか、ときおり甲高い笑い声をあげた。だが、彼はだまされなかった。

レディー・ホーテンシアが楽団を呼び、あちこちでおしゃべりをしていた人々がダンスフロアに集まった。だれかジョージアナにダンスを申し込んだ男はいるのだろうか？　おそらくいるだろう。それはどうでもいいが、最初のワルツだけはわたしのものだ。

カドリールが二曲、カントリーダンスが一曲流れるあいだ、ジョージアナがラクスリー卿――オレンジ売りの荷車の件は許したらしい――次にフランシス・ヘニング、最後にグレイドンと踊るのを見ながら待たなければならなかった。ひとつありがたいのは、ウエストブルックがまだ姿を見せていないことだ。

曲がワルツに変わったとき、ジョージアナはグレイドンとその妻、エマと一緒だった。トリスタンはごく自然な足取りで彼女のもとに向かった。

「一緒に踊ってもらえるはずだね？」ゆっくりと言いながら、ジョージアナに説明を求めようと思っていることなど微塵も見せずに手を差し出す。

グレイドンが眉をひそめた。「ジョージアナは疲れている。きみさえよかったら――」

「いいや、よくない」グレイドンが近寄るのがわかったが、トリスタンはジョージアナから目を離さなかった。グレイドンが喧嘩を望むなら、喜んで受けて立とう。「ジョージアナ？」

「いいのよ、グレイドン。彼と約束したの」

「きみが踊りたくないなら、約束など関係ないよ」

「守ってくれてありがとう」ジョージアナの声はさっきよりも鋭かった。「でも、お願いだからわたしに話をさせて」

グレイドンは短くうなずくと、妻の手を取ってダンスフロアに向かった。「きみを止められればいいのだが」彼はそうつぶやいた。

トリスタンは立ち去るふたりのほうには目もくれず、すべての神経をジョージアナに向けていた。「いいかい？」

彼女がトリスタンの手を取った。寝室での半裸のワルツを思い出しながら、彼はジョージアナの腰に腕を回して踊り始めた。

ジョージアナはどうにかしてトリスタンの視線を避けようと、彼のクラヴァットやまわりで踊っている人々、楽団、遠い壁の飾りなどを見ていた。トリスタンは黙ったまま、どんなふうに質問を切り出せば気おくれせずに、彼女のうろたえぶりを見たくなるほどの怒りを覚えられるか考えた。

ついにジョージアナが深々と息をついてトリスタンを見あげた。疲れているらしく、目のまわりの細かいしわが瞳の輝きを鈍らせている。「放っておいてほしかったのよ」

「きみはわたしをその気にさせてから侮辱した。わたしが説明を求めないとでも思ったのか？」

「わたしのメッセージを理解したとおばに言ったじゃないの。でも、そうではないみたいね。理解していたら、わたしと踊っているはずがないわ」

「じゃあ、説明してくれ」頭をさげると、頬がジョージアナの耳をかすめた。ラベンダーの香りに思わず息をのむ。怒りとは関係なく、もう一度彼女が欲しかった。猛烈に。「わたしは情熱を感じた。きみも同じだ。だから、なぜあんなふうに出ていったのか教えてくれ」

ジョージアナの頬が赤みを帯びてきた。「いいわ。あなたはアメリア・ジョンズを誘うはずだった。自分でそう言っていたわね。それなのにわたしを口説かずにはいられなかった。だれかから何か得られると期待しながら、それを取りあげられてしまうのがどんなものか、あなたに知ってほしかったの。自分がそれで満足できるからって、人の心を傷つけてはいけないということを教えたかったのよ」

「きみだってわたしを口説いた」

「ええ。レッスンのためにね」ジョージアナは言葉を切り、いちばん近くで踊っている人たちを見た。彼らが何を話し合っているかは、遠すぎて聞こえなかった。「たまたま、あなたと五分五分になるというおまけがついただけ」

「五分五分か」トリスタンは繰り返した。怒りと欲望がまじり合って血管を流れる。

「ええ。あなたはわたしを傷つけ、わたしもあなたを傷つけた。レッスンは終わりよ。アメリアのもとに戻って、紳士らしくしてちょうだい。できるならね」

トリスタンは長いあいだジョージアナを見つめた。たしかにおあいこだ。ただひとつのことを除いて。「きみの言うとおりだ」

「じゃあ、結婚していい夫になってちょうだい」

「ぼくが言いたいのは、五分五分なのはきみの言うとおりだということだ。ひとつだけ違うところがあるが」

ジョージアナはうんざりした様子でトリスタンを見た。「なんなの？」

「前回きみは逃げ、わたしはそれを許した。だが、今回はそうするつもりはない」

「いったい……なんの話をしているの？　アメリアはどうするの？　プロポーズを待っているのよ」

「おあいこなら……」トリスタンはジョージアナの言葉を無視して続けた。「もう一度最初から始めていけない理由はない。言ってみれば、わたしたちの仲は白紙の状態に戻ったということなのだから」

ジョージアナはあんぐりと口を開けた。「冗談でしょう！」

「まじめに言ってるんだ。きみにはアメリア・ジョンズよりもずっと興味を引かれる。率直に言うが、きみも彼女と同じく金持ちの娘だし、わたしがそういう女性と結婚しなければならないのは周知の事実だ」

「信じないわ」ジョージアナは手を振りほどいてぴしゃりと言った。「あなたは負けるのが我慢できないのよ。だから勝てそうなゲームを新しく始めようとしているんだわ。わたしを犠牲にして。わたしはやらないわよ」

「ゲームではないよ、ジョージアナ」再び彼女の手を握り、うなるように言う。

ジョージアナはその手から逃れて後ろにさがった。すんでのところで、モントローズ伯爵とそのパートナーにぶつかって下敷きになるところだった。「だったら証明して」

トリスタンは意地悪くほほえんだ。難題に挑戦するのは好きだ。得られるものが大きければ大きいほどおもしろい。「わかった」ジョージアナがその場を去る前に、もう一度手を取って甲にキスをした。「本当だ、証明するよ」

翌日、ジョージアナはフレデリカとともに居間に座り、ぼんやりと刺繍をしていた。家から、そして炉棚の時計が単調に時を刻む音から逃れられたらどんなにいいだろうと考えていると、パスコーがドアをノックした。

「お客様です、レディー・ジョージアナ」

「どなた?」

「デア卿です」

心臓が喉までせりあがった気がしたが、なんとかこらえた。「今朝はどなたにもお会いしないわ」

「承知いたしました」執事は姿を消した。

「グレイドンが、あなたが望むならデアと話すと言っているわ」フレデリカが用心深く言った。ジョージアナが戻ってきて以来、ずっとこんな話しかたをしている。うっかりしたことを言ったら、また姪がヒステリーを起こすのではないかと恐れているかのようだ。

「グレイドンはデアの友達よ。このことでふたりの友情が壊れてしまったら困るわ」

「お嬢様?」パスコーが再び戸口に姿を現した。

「何?」

「デア卿がシバを連れてこられました。ご一緒に馬に乗りながら、残りの私物をこちらに戻す件についてお話ししないかとおっしゃっています」

トリスタンがそんなにそつのない言いかたをするのには、相当な努力を要したに違いない。

「お礼を申しあげてちょうだい。でも――」

「それからもうひとつ、いちばん下の弟さんもお見えで、お嬢様と一緒に馬に乗りたいと言っておられます」

「パスコー、ジョージアナはいやだと言ったでしょう。無理に――」

汚い手を使う人ね。ジョージアナは刺繍を置いて立ちあがった。「エドワードには挨拶《あいさつ》をしないと。なぜわたしがあんなふうに姿を消したか、わかっていないでしょうから」

「わたしだってそうだわ」おばがつぶやいたが、ジョージアナは聞こえないふりをして部屋を出た。

「ジョージアナ!」居間に入ったとたん、エドワードが叫びながら駆けてきた。

「エドワード」トリスタンが鋭く言うと、少年は足を止めた。「行儀が悪いぞ」

エドワードは顔をしかめてうなずき、お辞儀をした。「おはよう、レディー・ジョージアナ。会いたくてしかたがなかった。ストームクラウドもだよ」

「わたしもよ。来てくれて本当にうれしいわ」

「一緒に馬に乗りに行く？　楽しいだろうな。ぼく、もうだれにも手綱を持ってもらわなくても平気になったんだ」

少年の真剣な瞳をのぞき込み、ジョージアナはほほえんだ。「喜んで一緒に行くわ」

「やったあ！」

「まず着替えなくちゃ」

「待つよ」トリスタンはそう言うと、エドワードの頭越しににらみつけたジョージアナに向かって眉をあげた。

数分後に階下へ戻ったジョージアナを、キャロウェイ家の兄弟は玄関前の私道で待っていた。トリスタンはエドワードをストームクラウドの背中に乗せてから、ジョージアナをシバに乗せるために近づいてきた。

「あなたは詐欺師ね」彼が差し出した手に、必要以上に力を込めて足をかけながらジョージアナは言った。「それに下劣だわ」

「ああ、そうだ。そしてずる賢いんだ。おチビは口実兼シャペロン役というわけさ」トリスタンはジョージアナの足首をつかみ、足をあぶみにかけた。

「体面はどうするの？　男と女と子供よ。ブラッドショーがわたしをエスコートするのを反対したときに言っていた組み合わせじゃない？」

「ブラッドショーに反対する理由はいくらでもあるし、そのたびに変わる。その中にあいつをどこかへ追いやってわたしがここへ来る口実になるものがあれば、それを使うさ」

「とにかく、ここで何をしているわけ？」エドワードの前では言葉に気をつけなければならない。

「きみを訪ねてきたんだ」トリスタンは一歩さがった。「ハイド・パークでいいかい？」

「ええ、いいんじゃないかしら」

トリスタンがシャルルマーニュの鞍に飛び乗ると、三人は近くの公園まで馬を速歩《はやあし》で進ませた。ジョージアナは、横に身を乗り出して弟の手綱さばきを直すトリスタンを見つめた。生まれながらの馬乗りだ。彼を嫌っていたときも、馬に乗っている姿を見るのは好きだった。けれども今ジョージアナが目を奪われているのは、彼の乗馬技術ではない。

「言っておくが……」トリスタンがジョージアナの隣に戻って言った。「今日は不愉快なことをしたり言ったりするつもりはない。求愛を始めるつもりだからね。ただし、わたしが行儀よくするのは、きみが行儀よくしているうちだけだ」

ジョージアナはシバの耳のあいだを見つめたまま公園に入った。「わからないわ、トリスタン」声に出してどこまで言っていいものか悩みつつ、ゆっくりと言う。「どうして危険を冒すの？　お金持ちの令嬢が、ほぼ自分のものになっているというのに」

「アメリア・ジョンズには結婚の約束らしきものは何ひとつしていない」彼はわずらわしそ

うに答えた。「彼女のことは忘れろ。これはわたしたちふたりの話だ。わたしがどれだけきみを求めているかの話だよ」

「わたしに求愛しているの？　それとも誘っているの？」声の震えを隠せなかった。

「求愛している。今度夜をともにするときは、どちらも逃げたりしないはずだ」

ジョージアナは顔を赤らめた。トリスタンの心を傷つけたつもりだったのに、彼はすでに次の逢瀬《おうせ》の計画を立てている。おそらく彼には心などないのだろう。「相当な自信家ね」

「わたしの長所のひとつだからね」

どこかで計算違いをしてしまったらしい。トリスタンは、いつどうやって会うか、会うことにどういう意味を持たせるかをすべて指図できると思っているようだ。ジョージアナは目を細めた。ふたりの立場が五分五分なら、わたしにだって、彼をどこまで見逃すかを決める権利があるはずだ。だれと会いたいかを決める権利も。

「連れて帰ってちょうだい」ジョージアナはシバの向きを変えながら言った。

「今、来たばかりじゃないか」

「わかっているわ。でも、あと一時間でウエストブルック卿とピクニックに行くから、着替えてさっぱりしたいの」

トリスタンの表情が暗くなった。「そんな予定などないくせに。今でっちあげたんだろう？」

「違うわ。よかったら、彼が来るまで待ってみたら？　でも、わたしがあなたを軽蔑しているのは周知の事実なのに、そのわたしに執着したら、ますます物笑いの種になるわよ」

彼は唇を噛みしめた。「そんなふうにはならないさ」

「なるわ。もうおば様がたのお世話をする必要もなくなったから、男性からの誘いを受けることにしたの。あなたはその中のひとりにすぎないわ」

トリスタンがシャルルマーニュを近づけてきた。「結婚する気はないと言ったじゃないか」うなり声ともつかないような低い声で言う。

「ええ、考えてみたの。持参金目当ての人と結婚すればいいと言ったのはあなたよ。金額を考えれば、相手はいくらだって選べるわ」

「よく考えろ。ウエストブルックは退屈だし、きみの金を必要としない」

「だからこそ、彼はわたしと一緒にいて話をするのが好きなのだろうと思うのよ。あなた、言ったわよね、わたしを愛する人なら、わたしがその……はじめてじゃなくても許してくれるだろうって。いいアドヴァイスだわ」

「考え直してくれ。わたしと一日過ごそう」

一瞬その考えに引かれてしまった自分が腹立たしかった。「いやよ。わたしたちは五分五分なの。だから、ほかの人よりもわたしの時間を占領する権利はあなたにはないのよ」

「あると思うがね。わたしと一緒に過ごさせてみせる。それどころか、わたしと結婚させてみせるよ」

ジョージアナはぎらぎら輝く力強い目を見つめた。「そんなプロポーズのしかたをされると、あなたを嫌いになるわ。傷ついて、未婚のままシュロップシャーに帰ることになる」

長い間を置いてから、トリスタンは息を吐いた。「こけおどしなのを見抜かれたみたいだな」

彼女の心臓が再び動き始めた。「ええ、そうよ」ありがたいことに、嘘は見破られなかったようだ。

「だが、まったく意味がないわけではないだろう?」

「わたしはここであなたと一緒に馬に乗っている」ジョージアナはふたりのあいだを指し示した。「だから、たしかに意味はあるんでしょうね。でも今のところ、あなたが自分の行儀の悪さを隠しても、せいぜいわたしの好意を得ることぐらいしかできないわ」

驚いたことにトリスタンは笑った。彼の胸から、温かくて低い笑い声があふれてくる。エドワードが振り返り、応じるように笑った。ジョージアナもほほえみたくなったが、その衝動を抑えた。

「何がおかしいの?」

「少し前までは行儀が悪いと足を踏まれたり、手の甲を叩かれたりしていたのに」トリスタンはまだ笑っている。「進化しているらしい」

ジョージアナは鼻で笑った。「そうでもないわ。さあ、連れて帰って」

彼はため息をついた。「わかったよ。帰るぞ、おチビ」

「なんで?」

「ほかの男がジョージアナに会いに来るらしい」

「でも、まだぼくたちが会っているのに」

「わたしたちは約束をしていなかったからね」

ジョージアナがにらみつけても、トリスタンは気づかないふりをした。厄介なことになりそうだ。彼に見られるたびにとろけるような気分になる自分と、叫びながらものを投げたくなる自分がいる。今は彼のほうが有利かもしれないが、真意を見抜いてやるつもりだ。トリスタンを信じるほどばかではない。特に、彼が正直そうにふるまっているときは危ない。惹かれてしまうのはどうしようもないけれど、もう二度とその魅力に屈するつもりはない。

トリスタンよりも先に、馬丁が手を貸して馬からおろしてくれた。ジョージアナがにっこりしてみせると、その馬丁は真っ赤になり、シバを連れて文字どおり逃げていった。だが、いくら愚かなことをしてみせても、トリスタンには効果がない。「誘ってくれてありがとう、楽しかったわ」ジョージアナはエドワードに言った。

「うん」

「木曜日のボクソールの花火には行くかい？」ジョージアナを玄関まで送るために馬からおりながら、トリスタンが尋ねた。

すぐ彼に見つかってしまうだろうし、どうせボクソールに行っても踊るつもりはない。

「ええ、おばと一緒に行くつもりよ」

「では馬車を送って、きみたちふたりをエスコートさせてもらえるかな？」

なんてずるいのだろう。「おばの意向を聞かないと答えられないわ」

トリスタンはうなずいた。「だったら、伝えてくれるかい？　うちのおばたちも一緒に行くということも。ミリーおばさんはシーズン中、ずっと花火を楽しみにしてきたんだ。歩けないあいだは行けなかったから、今回がはじめてだ」

ジョージアナは歯を食いしばった。「フェアなやりかたではないわ」

「わたしは遊びでゲームをしているわけじゃない。忘れたのか？　勝つつもりでやっているんだ」

「わかったわ。フレデリカおば様は、あなたのおば様がたとおしゃべりできたら喜ぶでしょう。あなたの頼みを伝えるわ。でも、わたしはうれしくないわよ」

トリスタンは腰をかがめて彼女の手を取った。「ピクニックを楽しんでおいで、ジョージアナ」小声で言って手を放す。

玄関の階段をあがるジョージアナの頭に浮かんだのは、目前のピクニックのことではなかった。まつげの長いトリスタンのブルーの瞳と、その奥深くにたたえられた約束——あるいは嘘——のことだった。


「トリスタン」屋敷への帰り道、エドワードが言った。「どうしてぼくを連れてきたの？今日はもう、アンドルーとショーと一緒に馬に乗ったって言ったのに」

「ジョージアナに会いたかったし、彼女がおまえになら会いたがると思ったからだよ」

「どうして兄さんには会いたがらないと思ったの？　怒らせたの？」

トリスタンは暗い笑みをかすかに浮かべた。「ああ、怒らせた」

「じゃあ、お花を贈らなきゃ。ブラッドショーはいつもそうするよ。だから女の子はみんなショーが好きなんだって」

「花か」考えてみると、いいアイディアに思えてきた。「あいつはほかに、女の子に好かれるために何を贈るんだ？」

「チョコレートだよ。チョコレートをたくさん。メリンダ・ウェンデルなんて、おいしいチョコレートのためなら雄牛とだってよろしくやるだろうってショーが言ってた」

エドワードの前で言っていいことと悪いことを、ブラッドショーと話し合わなければならないようだ。「ショーがおまえにそう言ったのか？」

エドワードはおどおどした笑みを浮かべた。「ううん。アンドルーがバーバラ・ジャミソンとよろしくやりたがってたときに、ショーがアンドルーに言ってるのを聞いたんだ。ぼくもよろしくやりたいな。なんだか楽しそうだもの」

「もっと大きくなったらな。それから絶対に、〝よろしくやる〟なんてことをジョージアナの前で言うんじゃないぞ」

「ジョージアナはよろしくやるのが好きじゃないの？」

あの晩の様子からすると、かなり好きなはずだ。「よろしくやるなんていうのは、男同士だけで話すことだ。もっと言えば、兄弟のあいだだけだ。わかったか？」

「うん。おばさんたちともだめ？」

「絶対にだめだ」

「わかった」

「だが、花のことを言ってくれたのは助かった。ありがとう。やってみるよ」

「やったほうがいいよ。ぼく、ジョージアナが好きだもの」

「わたしもだ」絞め殺してやりたいほど憎らしく思うとき以外は。

ジョージアナとの口論は今や前戯のようになっている。たしかに彼女には腹が立つし、いらいらする。しかしたいていは、彼女とよろしくやりたいと思うことのほうが多かった。それもたっぷりと。

13

作者の覚書：この本に一三章は存在しない。トリスタンとジョージアナはすでに相当ばたばたしているのだから、わざわざ不吉な番号を使うこともないだろう。

14

ジョージアナは聡明で、とりわけトリスタンに対して疑《うたぐ》り深いので、彼女を負かすには不意打ちを続けるのがいい。洗ってばねを交換したばかりの馬車の中で彼女と向き合って座りながら、トリスタンは窓の外の暗闇を見つめていた。これは戦争だ。間違いない。そして、彼はこの戦争に勝つつもりだった。

もちろん、完全なる勝利とはジョージアナとの結婚にほかならない。この腕の中でクライマックスに達したあと、ポン引きか何かを相手にするみたいにプレゼントを残して去っていったことで、彼女は大博打《ばくち》に出たのだ。ジョージアナを自分のものにすればわたしは勝者となり、二度と彼女をわたしやわたしのベッドから逃がしはしない。

問題はどうやるかだ。ジョージアナと一緒にいるのが楽しいし、彼女の体も欲しい。彼女のほうもわたしを求めているが、好いてくれているかどうかはよくわからない。どんな手を使ってでも、彼女にイエスと言わせなくては。少なくとも今夜のところは、同行することを承諾させた。

「シーズンに入ってずいぶん経つのに、まだボクソールのボックス席が借りられるとは思わなかったわ」

ワイクリフ公爵未亡人はジョージアナよりもさらによそよそしく、エスコートするためにに屋敷を訪問したときからずっと、そうすればトリスタンを殺せるとでも思っているようににらみ続けていた。ジョージアナに来てもらうには、フレデリカにいてもらわなければならない。非難の冷たい目も、彼はほとんど気にならなかった。

ボックス席を借りる金をどうやって調達したのかと言いたげな言葉にも、一瞬いやな気持ちになっただけだった。「セイント・オーバン侯爵が、今週はロンドンを留守にするからと言ってボックスを貸してくれたんです」

「セイント・オーバンとおつき合いがあるの？」

おっと危ない。「単なる知り合いです」

フレデリカは、それを好ましく思わないようだった。「それで、ただで貸してくださったの？」

「はい」本当は賭けトランプで五〇ポンド勝ったからだが。「それで最初に頭に浮かんだのが、あなたとジョージアナだったんです」

「でもたしか、おば様がたもご一緒だと聞いていた気がするけれど」いっそう厳しい声になっていた。

「一緒です。弟たちがエスコートしています」

ジョージアナは一度も目を合わせようとしないが、それでもトリスタンは彼女を見つめずにはいられなかった。ダークブルーのドレスに輝く銀色のショールをはおり、金色の髪はシルバーとブルーの髪留めでまとめている。

彼女を馬車に乗せたとき、手を取っただけで口の中がからからに乾いた。もう一度あの肌に指を走らせたい。体に触れる彼女の手を感じたい。彼女が身をよじるのを感じたい。

「ジョージアナ」フレデリカの声に、トリスタンはびくりとした。「ウエストブルック卿とのピクニックはどうだった？」

「デア卿はそんな話に興味なんて――」

「そうかもしれないけれど、わたしが知りたいのよ。聞かせてちょうだい」

ほかにも崇拝者がいることを、わざわざ思い出させてもらう必要はなかった。あの日はピクニックに出かけるジョージアナのあとをつけたいと思った。彼女が嘘をついていないか、あるいは度がすぎるほど楽しんでいないか、確かめたかったのだ。ボックス席を借りるためにセイント・オーバンを探さなければならなかったので、思いとどまったが。

「とてもすてきだったわ。ウエストブルック卿が家鴨のローストを持ってきたの」

「どんな話をしたの？」

「たいした話じゃないわ。天候のこととか、社交シーズンの楽しみのこととか」

「まだプロポーズはされていないの？」

ジョージアナはトリスタンと視線を合わせたが、すぐにそらした。「いいえ。尋問みたいなことはやめて」

「あなたに幸せになってほしいだけよ」

「それではまるで――」

トリスタンは歯を食いしばった。「彼にプロポーズされるのを待っているのか?」

「あら、着いたわ」

馬車はボクソール・ガーデンに入り、すでに集まっている馬車の群れに加わった。馬丁がドアを開けて踏み段をおろす。トリスタンは女性たちに手を貸すために馬車をおりた。まずフレデリカが、相変わらず疫病患者を見るような目でトリスタンを見ながらおりてきた。

「どうしてあなたと来たのかしら?」彼女は言った。

「おば様」ジョージアナが馬車の中からたしなめた。

トリスタンはフレデリカの目を見つめて答えた。「わたしがあなたの姪御さんに求愛しているからですよ。そしてわたしがとても魅力的で楽しい人間だから、あなたはわたしの誘いを断れなかったんです」

驚いたことに、フレデリカは短く笑った。「たぶんそうなんでしょうね」

「ジョージアナ」フレデリカが小道に向かって歩き始めると、トリスタンは声をかけた。「おりてくる気はあるのか? わたしがそちらに行かなければならないのか?」

馬車の中から手が伸びてきて、トリスタンはその指を握った。手袋を通してさえ、ジョージアナとのあいだに稲妻が走るのを感じることができた。彼女が隣におり立っても、トリスタンは手を離さなかった。「ウエストブルックにもキスをさせるのか?」低い声で尋ねる。

「あなたには関係ないことよ。手を放して」

トリスタンはしぶしぶ手を離した。「もう一度きみを味わいたい」なおも低い声で言い、腕を差し出した。

「それはないわ」ジョージアナは顔をそむけたが、そのせいで美しい首のラインがあらわになった。

トリスタンの下腹部がこわばった。コートがゆったりしているのをありがたく思いながら、ジョージアナに身を寄せてささやく。「ウエストブルックはきみを震えさせるかい？」彼女の耳にキスしたいのを我慢するには、自制心を総動員しなければならなかった。

「やめて。今すぐに。そういうことをあとひと言でも口にしたら、思いきり蹴飛ばして、不能にしてやるわよ」

「ぼくの名を呼んでくれ」

ジョージアナはため息をついた。「いいわ。トリスタン」

トリスタンは足を止め、彼女もそれに従った。「だめだ、わたしの目を見て呼ぶんだ」

「ばかばかしい」

「さあ、頼む」

胸が動くほど深く息をつくと、ジョージアナは顔をあげてトリスタンの目を見つめた。月明かりの中で、彼女の瞳はやわらかなモスグリーンに光っている。「トリスタン」彼女は震える息を吐いた。

トリスタンはジョージアナの瞳に溺れそうな気がした。問題は、彼女が間違いなくまだそれを望んでいることだ。「それでいい」

「ほかにも何か言ってほしい？　あなたの馬の名前？　それとも九九？」

彼の唇が引きつった。「わたしの名前で充分だ。ありがとう」

ふたりはフレデリカに追いつこうと足を速めた。「なぜあなたが執着するのかわからないわ」ジョージアナはまわりに聞こえないような小声で言った。それが長年かけてふたりが完成させた話しかただった。「わたしは絶対にあなたを信じないと言ったはずよ」

「きみはもうわたしを信じている」

「いったいどうしてそんなふうに思うわけ？」

「きみはいくつかの私物をわたしの手もとに残した。わたしのことをどう思っているふりをしようと、絶対にわたしがそれを悪用しないと知っているんだ」ジョージアナの腕をつかみ、自分のほうを向かせた。「絶対に」

彼女の顔が赤くなった。「あなたにもひとつはとりえがあるというわけね。ほかが短所ばかりの中で、たいして自慢できるとりえじゃないわ」

「扇を持ってきたほうがよかったかな？」

「わたしは――」

「ここにいたのね」フレデリカがジョージアナのもう片方の腕を取り、トリスタンから奪うように引っ張った。「フィンドリン卿につかまっているの。助けてちょうだい」

「おば様はすてきだし、未亡人だから」トリスタンと話すのをやめたとたんに、いつもの魅力的なジョージアナに戻った。「フィンドリン卿を責めるわけにはいかないわ」

「彼の目当てはわたしの財産よ、きっと」フレデリカは肩越しにトリスタンを見やって言った。

今や彼は、欲深でしつこいその他大勢の男たちの仲間入りをしたらしい。

「いえ、公爵夫人。女性の趣味がとてもいいのかもしれません。金だけが目当てなら、もっと……扱いやすい相手を選ぶでしょうから」

フレデリカの眉がつりあがった。「そうね」

ボックス席に行ってみると、おばたちとブラッドショー、アンドルー、それに意外にもビットまでもが、すでに席についていた。ジョージアナはみんなに挨拶し、ミリーとエドウィナの頰にキスをしてから、三人のおばたちのあいだに座った。フレデリカは花火や近くの広場で演奏している楽団には目もくれず、おしゃべりを始めた。トリスタンはいらいらしながらおばたちを見つめた。ジョージアナの心を動かすのに成功したのはわかっている。そうでなければ、あんなふうにおばたちのあいだに隠れるはずがない。だが、あいだにフレデリカを挟んでいる限り、ジョージアナに言い寄ることはできない。

一瞬、トリスタンはほほえんだ。ジョージアナに言い寄るなんて、考えたこともなかったのに。彼女から目が離せない。彼女がこちらをちらりと見ると、体中の血が熱くなった。六年前、ジョージアナがあれだけ怒ったことを考えると、これは新たなゲームの始まりなのかもしれない。彼女はわたしがレッスンを学んでいないとまで言った。だが、わたしは彼女よりも前からゲームをしてきている。どんなに大博打であっても、このゲームは最後までやりとげるつもりだ。

「侯爵でしょう?」

ジョージアナははっとしてトリスタンから視線をはがし、おばのほうを向いた。「ごめんなさい、なんて言ったの?」

フレデリカは一瞬眉をひそめ、すぐにもとの表情に戻った。「ミリーがあなたの崇拝者のことをきいていたのよ」

「ああ。ええ、侯爵よ」

これで少なくとも三回は、おばが崇拝者の話をするところをトリスタンに聞かれている。ジョージアナはそれが気に入らなかった。

ラクスリー卿とも、毎週のように求婚してくるほかの崇拝者たちとも結婚する気はなかった。断る明確な理由がなくても、興味を持てなかった。彼らの多くは退屈だ。それに、トリスタンが結婚を考えて誘ってきているなどと考えるのはばかげている。わたしがトリスタンを侮辱して怒らせたから、今、彼は同じことをわたしにしようとしているのだ。わたしがまた自分に夢中になるのを待っている。そうなればわたしを笑って、勝者として立ち去ることができるから。彼がこれまで傷つけてきた女性の心を全部合わせたらテムズ川に橋が架けられるほどだが、自分自身が苦い思いをするのはいやなのだ。

トリスタンが何かと理由をつけては彼女の手を取ったり、腕に触れたりすると、体が熱くなって震えた。でも、それはただの欲望にすぎない。体は彼を求めているけれど、心は自分のものだ。心が赴くところに感情がついていく。

「ジョージアナ、空想にふけるのはおやめなさい」

彼女はまたはっとした。「ごめんなさい、なんですって?」

「今夜は何を考えているの?」フレデリカが尋ね、ミリーとエドウィナもこちらを見つめていた。

「ただの考えごとよ。なんの話をしていたの?」

「あなたがウエストブルック卿にプロポーズされるかどうかよ」

「まあ、やめてちょうだい、フレデリカおば様」立ちあがり、肩のショールをしっかり巻きつける。「そんな話はしないで」

「褒めているのよ。あんなに大勢の男性に追いかけられているんですもの」

「まるで釣り餌の虫になった気分だわ。鱒《ます》がわたしに群がってくるのは、のたうちかたがうまいから?　それとも丸々と太っているから?」

ブラッドショーが笑いだした。「ぼくはいつも自分のことを、鱒というより鰈《かれい》だと思っているんだ」彼は兄弟のほうを見た。「みんなはどんな魚だ?」

「雑魚《ざこ》だ」アンドルーが笑いながら言う。

「ぼくは鮫《さめ》だな」ロバートがつぶやいた。彼はまだ花火に気を取られている。

トリスタンの視線がロバートに移った。ジョージアナは、トリスタンの忍耐強さと思いやりに感心せずにはいられなかった。ロバートが必要とするとき、いつもそばにいてやっている。

「アイスクリームを食べるかい？」トリスタンが立ちあがっておばたちを見た。

「もう何年もレモンアイスを食べていないわ」ミリーがほほえみながら答える。

「わたしにもひとつお願い」エドウィナも言った。

全員がアイスクリームを欲しいと言い、トリスタンはボックス席を出た。「だれか一緒に来て、持つのを手伝ってくれないか？」彼は言った。その目はまたジョージアナを見つめていた。

アンドルーが立ちあがりかけたが、ロバートが何も言わずに上着の裾を引っ張って座らせた。ブラッドショーは自分に言われたのではないことを承知していたし、もちろんミリーもフレデリカも行く気はなさそうだ。エドウィナが行くと言いださないうちに、ジョージアナは椅子を立って階段をおりた。どうやら体と心が陰謀をくわだてているらしい。

「すぐに戻るよ」トリスタンはみんなにそう言って、ジョージアナに腕を差し出した。

彼女は再び心を制御できるよう祈りつつ首を振った。「シャペロンなしではいやよ」

トリスタンは何やら悪態らしきものをつぶやいてから、弟たちのほうを見た。アンドルーが立ちあがろうとしたが、その前にロバートが立った。彼はジョージアナを見た。その濃いブルーの瞳に、彼女はユーモアの光をかいま見た気がした。「行こう」

ロバートがそのまま歩いていったので、ジョージアナとトリスタンは急いであとを追った。

「ふたりきりになりたいのが見え見えだったわね。ビットがアンドルーを引き止めたりした
し」

「あいつがあんなことをするとは思わなかった。あとで礼を言っておくよ。シャペロンとしても最高だ」トリスタンは一〇メートルほど先を歩くロバートを見た。「あと少しで見失いそうだものな」

ジョージアナはトリスタンの袖をつかんだまま、くすくす笑った。彼に触れるのがこれほど好きでなければと思いながらも、触れずにはいられない。「アイスクリームを食べるにはちょっと寒いんじゃない？」彼の肌に直接触れるのがどんなに好きかを考え始めてしまったので、ジョージアナは言った。

「怪しまれずにきみを見張りから引き離す口実が、ほかに思いつかなかったんだ」

彼女は顔が熱くなってきた。「フレデリカおば様を誘ったのはあなたよ」

「そうでもしなければきみが来ないからだよ」

ボックス席とメインテントのあいだを縫う道は生い茂る木や灌木《かんぼく》、石を覆うように咲く花々のおかげで暗く、人目からさえぎられていた。ロバートが立ち止まり、ふたりと向き合った。

「ぼくは家に帰るよ。おやすみ」

「ビット」彼がいなくなるとトリスタンとふたりきりになってしまうことに突然気づき、ジ

ヨージアナは後ろから声をかけた。「大丈夫なの?」

ロバートは足を止めて肩越しに振り返った。「ああ。ただ人が多すぎて」

そして彼の姿は消えた。近くのボックス席の笑い声や会話は聞こえるが、視界にはだれの姿もなかった。

ジョージアナはボクソールの中央部に向かって歩きながら、つばをのみ込んでトリスタンの横顔を見あげた。「彼、大丈夫かしら?」

「いつものことさ。最高のシャペロンだと言っただろう?」

彼女は息を吐いた。なぜラクスリーやウエストブルック、わたしを追いかけるほかの鱒たちに対しては、このほとばしるような感覚を覚えることができないのだろう? どうして求愛者としてもっともふさわしくないトリスタンに対してだけなの?

「何を見ている?」トリスタンはまっすぐ前を向いたまま尋ねた。

「わたしが知りたいわ」今さらのように彼から目をそらして答える。

「鱒のことでないといいんだが」

「どうかしら。わたしが貧乏だったとしても、わたしたちはまだこのゲームを続けていた?」

トリスタンは足を止め、腕に力を入れてジョージアナも立ち止まらせた。意外にもその顔は怒っていなかったが、ひどく真剣だった。「わからない。そうだと思いたい。きみがほかの男と一緒にいるところを見たくないんだ。絶対に」

「ただの嫉妬なのね？　だれも近づけないよう予防線を張るために、わたしに言い寄っているの？」

「違う」トリスタンは顔をしかめ、黒髪を指で梳いた。「今のわたしの財政状況は厳しい。不平を言うつもりはないが、それが現実だ。そして家族に対する責任を逃れるつもりはない。だが、わたしの望みを知るのはわたしだけだ」彼はジョージアナに近づいて顎をあげさせ、目をのぞき込んだ。「きみは自分が貧しいほうを選ぶか？　もし貧しくて美しかったら、求婚者の動機を疑うこともなくなるか？」

トリスタンがこんな話しかたをするのははじめてだった。本当に知りたがっているのが声に表れていて、痛々しいほどだ。「わたし……わからないわ」

「じゃあ、架空の話をするのはやめよう。いいね？」

彼の言うとおりだ。「いいわ」

「よし」すばやく道を見渡してから、トリスタンはジョージアナの唇に唇を触れた。

激しい欲望が彼女を満たした。トリスタンの首に腕を回して引き寄せたいのを我慢するために、彼の腕を強くつかむ。体をこわばらせ、彫像のようにじっとしていようとした。けれども唇は彼の唇にぴったりと重なり、ジョージアナが体で伝えるのを拒んでいることを示していた。

すぐそばで笑い声があがり、トリスタンはキスをやめてジョージアナと並んだ。少人数の男女のグループが前方に現れた。

ふたりは道を進み、すれ違うときに彼らに会釈したが、ジョージアナはうわの空だった。何人かが好奇心もあらわに彼女を見たが、おそらくそれはふたりのあいだに何かあると感じたというより、トリスタンと彼女が血も流さずに一緒に歩いているのを見て驚いたせいだろう。

ふたりきりになるとトリスタンはまた速度を落とそうとしたが、ジョージアナはそれを拒み、早足でついてくるか取り残されるかの選択を彼に任せた。石楠花《しゃくなげ》の茂みの中で互いに裸になるつもりはない。でも今夜もう一度あんなキスをされたら、それが現実となってしまうだろう。

「なぜ走るんだ?」トリスタンが半ば笑いながら尋ねた。

ふたりのうち、少なくとも一方は楽しんでいる。「走っていれば、いくらあなたでもわたしの口に舌を入れることはできないでしょう?」

「その気になって頑張ればできるんじゃないかな?」

「あなたがどんな気になるかはどうでもいいの」ジョージアナは彼を見あげた。「それから、笑うのはやめて」

「おかしいじゃないか」

そんなことは言われなくてもわかっている。「とにかく、わたしにキスなどしてはだめよ」

「きみのレッスンを受けたからかい?」

ジョージアナは足を止めた。「だれかを傷つける前に、あなたはレッスンを受けなければならなかったの」

「もう学んだよ。そして、もう一度きみの中に入りたいと思っている」

なんてこと！　ジョージアナはまた早足で歩きだした。売り子の荷車が見えてきた。「もし本当に学んだなら、ここへはアメリア・ジョンズをエスコートして来ているはずよ」

「何度も言うが、アメリア・ジョンズは欲しくないんだ」トリスタンは彼女の髪に頬を寄せて言った。「わたしが欲しいのはきみだ。ほかの女はどうでもいい」

「それでは最初の計画とは――」

「何もかも指図するわけにはいかないんだぞ。わたしたちは五分五分なんだから」

わたしの理屈を逆手に取られるなんて。トリスタンにレッスンを授けるのに自分の弱点を使おうとしたのが間違っていた。もう手遅れだが、さらにひどい災難が起きる前に、彼が何を企んでいるかを突き止めなければならない。それまで時間稼ぎをしなければ。

「アイスクリームを買いましょうよ」

意地悪な笑みをゆっくり浮かべると、トリスタンはアイスクリームを注文した。半分をジョージアナが持ち、残りを彼が持って、ふたりは道を戻り始めた。このほうがいい。両手がふさがっていれば彼は触れられないし、キスすることもできない。そんなことをすればアイスクリームがとけて、ダークグリーンの洒落た上着と糊のきいた白いクラヴァットが台なしになる。

ふたりは何事もなくボックス席に戻った。フレデリカにじっと見つめられたものの、トリスタンにキスされたことはだれにもばれていないようだった。彼の抱擁がいくら魅力的でも、アメリアのためにも自分のためにも、もうやめなければならない。本人がどう言おうと、彼が本気でわたしに求愛しているわけはないのだから。

「ロバートは？」ミリーがふたりの後ろを見て言った。

「ちゃんとひと文だけしゃべってから、疲れを取るために帰ったよ」トリスタンはアイスクリームを配りながら答えた。「いや、ほぼふた文だった。ジョージアナの影響じゃないかな」

彼はレモンアイスの真ん中をすくおうとしているジョージアナの隣の席に座った。「楽しんでいるかい？」

「ええ、とても」素直に答えられてほっとした。「ビットがわたしの影響を受けているなんて、からかって言っているの？」

トリスタンの表情が少し暗くなった。「なぜ？」

「嫉妬している？」

「きみの質問の意味によるね」

ジョージアナは顔をしかめた。「気にしないで。力になれるかと思ったのだけれど、それであなたがつらい思いをすることになるなら忘れてちょうだい」

トリスタンはジョージアナを見つめたまま頭を傾けた。「すまなかった。きみが自分で装っているほど皮肉屋ではないことを、ときどき忘れてしまうんだ」

「トリスタ――」

「ビットに話をさせられるなら、どうかそうしてくれ。だが、気をつけてほしい。あいつは……」

「大変な目に遭ったから」ジョージアナは言葉を引き取った。

「そうだ」明るいブルーの瞳が、ほろ苦く冷たいアイスクリームを食べる彼女を見つめた。

「ここに来てくれてうれしいよ」

「別に深い意味はないのよ」

トリスタンはほほえんだ。「何にだって意味はある」

ジョージアナは赤くなった。会話が自分たちのことに戻ったとたん、神経が過敏になってしまう。「わたしはまだあなたを信じていないと言ったらどうかしら？　どういう意味だと思う？」

「〝絶対に〟ではなく〝まだ〟だから、いつか信じるようになるかもしれないということだ」

トリスタンは彼女の口の端に指を走らせて、その指を自分の唇につけた。「レモンだ」

フレデリカが現れて、ジョージアナの隣の席に座った。その表情からすると、彼の仕草を見ていたらしい。ジョージアナはため息をついた。

気持ちが混乱していた。トリスタンを嫌うべきだ。少なくとも、言い寄ればなんとかなると思っていることに腹を立てるべきだろう。それなのに彼を見るたびに鼓動が速くなり、何もかもが——決意さえもが——ぐらついてしまう。言い寄られるのが二度目ではなくはじめてだったら、今ごろ彼とベッドをともにしていたかもしれない。

ジョージアナは眉をひそめた。実際、またベッドをともにしたじゃないの。わたしはいったいどうしてしまったのかしら?

「なぜそんな難しい顔をしているんだ?」トリスタンが尋ねた。

「あなたのことを考えていたのよ」まともに考えれば肩をすくめるだけにとどめておくべきだが、ジョージアナは答えた。トリスタンに関して好ましい点がひとつあるとすれば、彼の前では口を慎まなければならないことが滅多にないところだ。もっとも、その口が彼の口と重なろうとしているときは別だけれど。

「わたしの何を考えていたんだい?」

「どうして自分が必要とされていないときに、そうと気づかないほど鈍いのかってこと」

「鈍さを疑うべきなのはきみのほうじゃないかと思うがね」トリスタンは親指についたチェリーアイスをなめた。「わたしではなくて」

「それは違うわ」

彼が応えるように笑うと、ジョージアナはどきどきした。「いつも不思議に思うのだけれど、なぜあなたは――」

「ジョージアナ」フレデリカが立ちあがって口を挟んだ。「なんだかひどく疲れたわ。デア卿、どなたかにわたしたちを家まで送らせてくださる?」

「わたしが喜んでお送りしますよ」トリスタンは立ちあがり、ジョージアナに手を差し出した。

彼女はがっかりしながらその手を取った。ここ数日ではじめて議論らしい議論をすることができ、やっと少し気が楽になってきたところだったのに。

「それはけっこうよ。ご家族と一緒にここに残りたいでしょう？　馬車を貸していただければ、それで充分だから」

トリスタンはうなずいた。何を考えているかは、表情からはうかがい知れなかった。「では馬車までお送りしましょう」

三人はトリスタンを真ん中にして出口に向かった。フレデリカは歩きながら、上品なおしゃべりを途切れることなく続けた。気のきいた楽しい会話だったが、おかげでトリスタンはジョージアナと話すどころか、彼女を見ることすらしなかった。さっきおばが何を見たにせよ、それが気に入らなかったのは間違いない。

トリスタンが口笛を吹くと、通りの向こうにたむろしていた馬車の群れの中から彼の馬車がやってきて目の前で止まった。トリスタンはフレデリカに手を貸して乗せてから、ようやくジョージアナのほうを見た。

「きみには残ってほしいところだが」ジョージアナの手を取り、腰をかがめながら言う。

「おばが疲れているから」

トリスタンはかすかに顔をしかめて背筋を伸ばした。「ああ、わかっている」彼はジョージアナを馬車に乗せたあと、必要以上に長く手を握っていた。「おやすみ、ジョージアナ。いい夢を見るんだよ」

よほど運がよくなければ今夜は眠れないわ。馬車が動きだすと、ジョージアナは背もたれに身を預けた。「どういうこと？」おばに向かって尋ねる。「おば様がこんなに早い時間から疲れることなんてないじゃない」

フレデリカは肘までの手袋を外しながら言った。「明日の朝グレイドンを呼んで、デアに伝えるように言うわ。追いかけられるのは迷惑だから、すぐにやめてほしいって」

ジョージアナは血が凍るような気がした。「お願いだから、そんなことしないで」

「どうして？　デアがあなたのお金を欲しがっているのは明らかだし、あなたはずっと彼とつき合うのはいやだと言い続けてきたじゃないの。一刻も早く、この不愉快な状況をおしまいにするべきよ」

「グレイドンとデアの友情を壊したくないの」ジョージアナは心を落ち着かせて、論理的な議論をしようとした。でも、それは難しい話だ。論理的に考えれば、おばの言うことが完全に正しいのだから。

「わたしは別にあのふたりの友情が壊れても気にしないわよ。デアは悪い影響を与えるもの。ミリーとエドウィナには同情するわ」

「彼はおば様がたをとても大事にしているのよ。それに弟たちのことも」まるでトリスタンをかばうような言いかたになってしまった。「自分でなんとかさせて。わたしのためにほかの人が争うのはいやなの。わかるでしょう？」

フレデリカはため息をついた。「ええ、わかるわ。でもトリスタン・キャロウェイは遊び人で賭け事好きで、そのうえ悪人だと言われているのよ。彼はあなたに求愛していると言うかもしれないけれど、正しい求愛のしかたすら知らないんじゃないかしら。あなたを見て、よだれを垂らさんばかりにしていたわよ。だれが見ても、彼があなたを追いかけているのは一目瞭然《いちもくりょうぜん》だった。とてもじゃないけれど、正しい求愛のしかたとは言えないわね」

「彼が求愛するであろうことは、今夜行く前にもわかっていたはずよ」ジョージアナは疑いを覚えながら言った。「なぜ今になって、急にこだわるの？」

「あなたが顔を赤くしていたからよ。それにほほえんでいたわ」

「失礼にならないようにしていただけよ！」

「デアを相手に？」

「おば様がたが一緒だったじゃない。とにかく、この件は自分でなんとかするわ」胸の中でふくらむ疑惑を追いやって答える。「お願いだから、グレイドンを引き込まないと約束してください」

フレデリカは長いこと黙っていた。「近いうちに、あなたと真剣に話し合わなければならないようね」

「承知してくださったと思っていいの？」

「ええ、とりあえずは」

おばは直接トリスタンと話さなくても彼を遠ざけられる方法を提案してくれたけれど、わたしはそれを断った。どうやら自分自身と真剣に話し合わなければならないようだ。

いつものようにトリスタンの夢を見て目覚めた朝、一階におりていくと、使用人の半分が玄関広間のテーブルのまわりに集まって大声で話し合っていた。「どうしたの?」ジョージアナはきいた。

集まっていた使用人たちが道を空けると、テーブルの中央に黄色と青のリボンがかかった黄色い百合の花束が置いてあるのが見えた。彼女はしばらくたたずんだまま、見つめることしかできなかった。百合……。

「きれいだわ」ようやく言うと、使用人たちがまたひそひそと憶測を始めた。

「カードが入っています」メアリーがえくぼを作って告げた。

見なくても贈り主はわかる。ジョージアナの好きな花を聞いた男性はひとりしかいない。それもはるか昔のことだ。葉とリボンのあいだからカードを取りあげながら、心臓が早鐘を打った。

表に見覚えのある筆跡でジョージアナの名が書いてあった。指が震えないよう注意して、小さなカードを開く。〝絡め取られた〟書いてあるのはそれだけで、あとは下に〝T〟とあるだけだった。

「まあ」ジョージアナはつぶやいた。どうやら厄介なことになりそうだ。

15

ジョージアナは月曜の早朝の乗馬を好む。トリスタンはそう思い、五時半過ぎにベッドから体を引きずり出して乗馬服を着ると、シャルルマーニュに鞍をつけさせるために階下へおりた。

彼女を追いかけているおかげで、少なくとも、それまでしょっちゅう出入りしていたクラブや賭場からは足が遠のいた。手紙も、ジョージアナ宛に来たのと同じくうっとうしい香り付きのものを何通か受け取った。最近寝室を訪れないことに不満を表す女性たちからのものだった。それでもトリスタンは、欲求不満を解消する方法をほかに見いだしたいとは思わなかった。

六年前にジョージアナを口説いたとき、自分のやりかたから外れた方法はまったく取っていない。彼女はトリスタンに憧れ、純粋な気持ちで受け入れた。彼女をものにしてはじめて、トリスタンの人生は取り返しがつかないほど複雑になってしまった。

翌晩アシュトンの舞踏会でジョージアナに近づいたときに彼女が見せた目つきは、けっして忘れられない。そしてその目を思うと、自分のことが許せない。あのとき彼女はトリスタンにとって単なる遊びだったと知り、欲望と快楽の行為だったはずのものは、たちまち卑しく欺瞞《ぎまん》に満ちたものへと変わったのだ。ジョージアナが彼に何をしようと、どんなレッスンを受けるべきだと考えようと、ふたりは五分五分ではない。

けれどもトリスタンははじめて、もしかしたらジョージアナの許しを得られるかもしれないと思っていた。許しを得たかった。そしてはじめて、許し以上のものも得たいと思った。それが何かはわからないが、彼女を見つめたとき、腕の中に抱いたとき、これでいいのだという気がした。

ハイド・パーク内の道を半分ほど進んだところでジョージアナを見つけた。彼女はトリスタンが好きな乗馬服を着ていた。光沢のない深いグリーンが、瞳をエメラルドのように際立たせている。あとに続く馬丁を次第に引き離しながら駆け足で進む彼女とシバの吐く息が、早朝の冷たい空気の中で白く見える。ジョージアナはすばらしく美しかった。

トリスタンはシャルルマーニュの脇腹を蹴り、彼女のあとを追った。体を低くかがめて風をよけながら、少しずつ追いついていく。シバは速いが、体はシャルルマーニュのほうが大きい。ターンならシバが勝つかもしれないが、直線や平らな地面だったら勝ち目はない。シャルルマーニュの足音が聞こえたらしく、ジョージアナが肩越しに振り返り、シバを急がせた。だが、速度が足りなかった。

「おはよう」隣に並んで、トリスタンは言った。

彼女はほほえんだ。シバのたてがみがジョージアナの顔に向かって跳ねあがり、もつれた毛が彼女の金色の巻き毛とまじる。「競走しましょう。橋で折り返してここに戻るの」彼女は息を切らして言った。

「わたしが勝つよ」

「たぶんね」音をたてて手綱を打つと、ジョージアナはシバを全速力で走らせた。

ハイド・パーク内での競走は禁じられている。捕まれば罰金ものだ。しかし、前を行く彼女のハスキーな笑い声を聞くと、罰金などどうでもよくなった。

トリスタンが脇腹をもう一度蹴ると、せっかちな牡馬はものすごいスピードで飛び出した。細い小川にかかる橋に着いたときにはジョージアナに追いついていた。彼女はシバをトリスタンのほうに向かわせようとした。だが、二度も水の中に落とされるつもりはない。彼はジョージアナを避けて、シャルルマーニュを大きくターンさせた。

またしても優勢になるチャンスと見た彼女はシバを鞭打って小さくターンさせ、もとの方向に向かせた。そのとき、シバの足が石の端につまずくのが目に入り、トリスタンは心臓が止まりそうになった。「ジョージアナ！」

シバが足をひねり、頭から倒れた。その拍子にジョージアナが握っていた手綱が強く引っ張られ、彼女は湿った地面に落ちた。トリスタンは悪態をついてシャルルマーニュを止め、鞍から飛びおりた。いななきながら脚をばたつかせている馬のそばで地面にうずくまっているジョージアナのもとへ走る。

彼女の脇にしゃがんで呼びかけた。「ジョージアナ、聞こえるか？」帽子が脱げて、ブロンドの髪が顔にかかっている。トリスタンは震える指で巻き毛を払った。「ジョージアナ？」

彼女が大きくあえいで目を開け、体を起こした。「シバ！」

トリスタンはその肩をつかんだ。「動くんじゃない、どこも折れていないか確かめるんだ」

「でも――」

「大丈夫か？」

ジョージアナは瞬きをしてから、トリスタンの胸に倒れ込んだ。「痛い！」

「どこが痛い？」

「お尻よ。それと腰も。シバは大丈夫？」

馬丁が慌てて馬に近づいた。「ぼくが見ます」

トリスタンは彼女から目を離さなかった。「尻の骨にひびが入っていなかったら運がいいな」

ジョージアナはまたあえいだ。「ドレスを直して。まくれあがってしまったわ」

安堵のあまり笑いそうになるのをこらえながら、トリスタンは乗馬用ドレスの裾を膝の下までおろしてやった。「体をまっすぐ起こせるかい？」

彼女はたじろいだが、言われたとおりにした。「ええ」

「脚は？　腕は？　曲げてごらん。こぶしを握って」

「わたしは大丈夫よ。シバは怪我しているの？　どう、ジョン？」

「手綱が絡まっているだけです。デア卿、お手を貸していただけますか？」

トリスタンの鼓動は正常に戻りつつあった。手はジョージアナの肩に置いたままだ。離したくなかった。「ちょっと待ってくれ。ジョージアナ、もしわたしがいいと言う前にここを動いたりしたら絶対に――」

「わかったわ。動きません」

トリスタンは立ちあがって膝の汚れを払い、シバの首の上に乗って、ジョンが手綱を切れるよう馬の動きを封じた。手綱が切れると、シバは勢いよく立ちあがり、首を振って足踏みをした。トリスタンは馬が走りださないよう手綱をつかんだまましゃがみ、石につまずいた前足を調べた。

ジョージアナはじっと座っていた。袖が破れ、髪は顔にかかっている。トリスタンはシバをジョンに渡すと、彼女に手を貸して立ちあがらせた。

「シバは肉離れを起こしたようだが、どこも折れてはいない。きみもシバも運がよかったよ」

ジョージアナは足を引きずって馬に近づき、鼻をなでた。「ごめんなさいね、シバ」

彼女がよろめいて顔をしかめたので、トリスタンは腕をつかんだ。「家まで送るよ」そう言ってから、馬丁のほうを向く。「シバを連れてきてくれ」

「シバと帰るわ」

「シバはきみを乗せられないし、きみは家まで歩けない。ジョンがシバを家まで連れて帰るよ。そのほうがシバの膝にもいい」

「たまにはわたしの言うとおりにするんだ。ジョン、レディー・ジョージアナに手を貸してくれるか」

「承知しました」

トリスタンはしぶしぶジョージアナから手を離し、シャルルマーニュの背にまたがった。そして身をかがめ、彼女に腕を回した。ジョンが下からジョージアナを押しあげ、一瞬のうちに彼女はトリスタンの脚の上に座り、片腕を彼の首に回していた。すべてはいいほうに向かっている。

ジョージアナは彼の肩越しに自分の馬から目を離さなかったが、やがて森に入るとつぶやいた。「わたしったら、愚かだったわ」

「わたしはきみの悪いところを引き出してしまうようだ。きみのせいじゃない」

彼女はため息をつき、トリスタンの肩に頭を預けた。「ありがとう」

トリスタンは彼女の髪に顔をうずめたいという衝動と闘った。「びっくりしたよ」

ジョージアナが見あげた。「本当に?」

「だけど――」

息ができなくなり、トリスタンは彼女にキスをした。「尻を痛めたのは気の毒だったな。よければさすってやろうか?」

「やめて」彼女は身をよじった。「だれかに見られるわ」

「起きているのは乳しぼりの女ぐらいさ」

ジョージアナはまた彼にもたれた。「そもそも、ここで何をしていたの？　あなたは乳しぼりではないでしょ」

「朝の空気を吸いたくなってね」

「ここで？」

「ああ」

「わたしを探していたんでしょう？」

「朝のきみを見るのが好きなんだ。だが、なかなか見られない」

ジョージアナが体をずらした。温かくてしなやかなその感触に、トリスタンは集中できなくなってきた。ただでさえ無人に近い公園の中で、まわりからさえぎられた木立の中はふたりにとってプライバシーを保てる格好の場所だった。

「痛いわ」ジョージアナがまた身をよじった。

トリスタンは欲望を振り払い、彼女を胸に引き寄せて、さらに肩へ寄りかからせた。「家に着いたら、熱い風呂にゆっくり入るんだ。できるだけ熱い湯に、できるだけ長くつかるんだぞ」

「馬での怪我には慣れているのね？」ジョージアナの声は優しくなっていた。

「わたしも何度か振り落とされているからね」

彼女は空いているほうの手でトリスタンの上着の肩のすぐ下に触れた。ちょうど傷のある場所だ。「覚えているわ」手をゆっくりと上にあげ、彼の顔に触れて、髪に差し入れる。「とても心配してくれているのね」そうつぶやくと、彼女はトリスタンの顔を引きおろしてキスをした。

ジョージアナは意識が混乱しているに違いない。頭までは調べなかった。それでもトリスタンは、キスを返さずにはいられなかった。彼女の舌に歯をなぞられて、うめき声がもれる。さらにしっかりキスするために、手綱を緩めてジョージアナを両腕で抱くと、シャルルマーニュが足を止めてふたりを振り返った。

「デア卿、レディー・ジョージアナは大丈夫ですか？」

背筋が凍りついた。振り向くと、ジョンがシバを連れて後ろに追いついてきた。「ああ、大丈夫だ。一瞬気を失ったから、息をしていないんじゃないかと心配だったが」

ジョージアナはトリスタンの胸に顔をうずめ、肩を震わせて笑いをこらえた。

馬丁は心配そうな顔になった。「先に行って助けを呼びましょうか？」

「そのほうがよさそうだな。シバはわたしが連れていくよ」

「そんな必要は――」ジョージアナが言いかけた。

「黙って」トリスタンは彼女の顔を胸に押しつけたまま、ささやいた。ジョンはシバの切れた手綱をトリスタンに渡すと、ホーソーン邸の方角へ去っていった。

「ジョンから話を聞いたら、おばが卒倒してしまうわ」トリスタンが手を離すと、ジョージアナは文句を言った。

「ああ。でも、わたしの印象は強くなるだろう」

ジョージアナがまた笑った。たぶん頭がどうかしたに違いない。トリスタンは再びシャルルマーニュを歩かせた。シバは後ろから足を引きずってついてくる。

「本当におばは大丈夫かしら？　なんだか自分がひどい愚か者になった気がするわ」

「そんなふうに考えるな。きみの家に着いたら、わたしがおばさんに会って適当に説明するよ。きっと文句は言われないだろう。大丈夫だよ」

「そうだといいけれど」

「それよりきみのことが心配だ。肘から血が出ているのに気づいているかい？」

ジョージアナは肘を見た。「知らなかったわ。まあ、あなたの上着が血だらけ。本当にごめんなさい……」

「ジョージアナ、もう言うな。わたしがきみを競走に誘い、きみが落ちたんだ。黙ってもう一度キスしてくれ」

驚いたことに、ジョージアナはそうした。息をつくために顔をあげたとき、トリスタンは人目につかない場所を探そうと思った。彼女がトリスタンの変化に気づいてまた身をよじったので、ますます具合の悪いことになった。

「わざとやっているだろう？」彼はささやいた。

「もちろんよ」

「だったらやめるんだ。馬丁が戻ってくるぞ」

ジョンが三人の仲間を引き連れて、駆け足で向かってきた。一頭の馬を四人でどうするつもりなのかトリスタンには見当もつかなかったが、彼らが何を考えているにしろ、ジョージアナをその手に渡す気はなかった。

「デア卿」ジョンが息を切らして言った。「このブラッドリーが、必要なら医者を呼びに行きますが」

トリスタンは再びジョージアナを見おろした。おそらく大丈夫だろうが、わたしに尻を見せたくないというなら、だれかに診てもらわなければならない。彼はうなずいた。「そうしてくれ」

「トリスタ――」

「どこかにひびが入っているかもしれない。議論はなしだ」

三人の馬丁があとに残った。シャルルマーニュが頭をあげて足踏みを始めたので、トリスタンは手綱を引っ張って落ち着かせた。ジョージアナがまた地面に投げ出されるような事態だけは避けなければならない。

「シバを頼む」そう言って、ジョンに手綱を返す。「あとのふたりは少し離れてついてきてくれ」

馬丁たちは言われたとおりにした。ホーソーン邸に着くころには、トリスタンはパレードの楽隊長になったような気分だった。一行が到着すると、公爵未亡人が慌てて玄関ポーチに飛び出してきた。トリスタンはそれを見て、またしても事態は悪いほうに向かいそうな気がした。

「いったい何があったの？」フレデリカは階段をおりてきて、ジョージアナの片足をつかんだ。「大丈夫？」

「大丈夫よ」ジョージアナは答えると、トリスタンがおろしやすいよう彼のほうを向いた。「そんなに心配しなくていいわ」

地面に足が着いたとたんに膝からくずおれそうになり、ジョージアナはあぶみにつかまった。トリスタンは馬から飛びおりて彼女を支えた。「わたしに手伝わせてください」

「こちらへ」フレデリカは驚いた顔で見ている使用人たちを玄関広間からしりぞけた。

トリスタンはどの寝室へ行けばいいかわかっていたが、フレデリカのあとを歩いた。ふたりの仲が好転しかけているときに、わざわざぶち壊しにするのはばかげている。ジョージアナをそっとベッドにおろしたが、彼女はヒップがベッドに触れたときに顔をしかめた。

「ありがとう、デア卿」フレデリカが言った。「もうお帰りいただけるかしら？　姪の手当てをしたいので」

トリスタンがうなずくと、ジョージアナが彼の手を握った。

「シバのこと、ちゃんとやってくれると約束したわよね？」

トリスタンはほほえんだ。「ああ、やるよ」

ジョージアナは、彼が部屋を出て静かにドアを閉めるのを見守った。トリスタンが何かを約束してくれたのははじめてで、それがとても意味のあることに思える。彼がひどく心配そうな顔をしていたこと、落馬した直後に抱き起こしてくれた手が震えていたことも。

「服を脱ぎましょう」おばの声に、ジョージアナは我に返った。

「たいしたことはないのよ。ただ、落ちたときに強く体を打っただけ」

「肘から血が出ているわよ」

「ええ、知ってるわ、痛いもの。でも当然の報いよね。トリスタンと競走したんだから。彼に勝てる人なんてだれもいないのに」

フレデリカの動きが止まった。「デア卿と競走した？　いったいなぜ？」

「したかったからよ。ほかにだれもいなかったし、おもしろいだろうと思って」そしてたしかにおもしろかった。心が躍るほど楽しかった。シバに振り落とされるまでは。

「彼が競走しようと言ったの？」

「いいえ、わたしが言ったのよ」ジョージアナはベッドの端まで体をずらすと、靴を脱ぐために、また顔をしかめて左の腰に体重をかけた。「落ちたときは本当にびっくりさせてしまったから、このことで彼を責めないでね」

「あなたがわからないわ」フレデリカはジョージアナのドレスのボタンを外し始めた。「嫌いだと言いながら彼の家に住み込んだり、そこから逃げてきたかと思ったら一緒に乗馬をしたり」

「痛いわ！　おば様、自分でもわからないの」

「どこが痛むの？」

「いちばん痛いのはお尻よ。トリスタンは、お尻の骨にひびが入ったんじゃないかと言うの」

おばの指がまた止まった。「お尻が痛いなんてデア卿に言ったの？」

ジョージアナの頬が赤くなった。「言わなくてもわかったはずよ」

「まあ、なんてこと。デア卿がそれを触れ回らないといいけれど。あなたはもっと賢かったはずよ」

「彼はだれにも言わないわ」

フレデリカはなおもいぶかしげな目で見ていたが、ジョージアナは医者が来るまで話さなくてすむよう、めまいがするふりをした。

ひとつ確実だと思われることがあった。トリスタンはたしかにわたしを憎からず思っている。そしてわたしも、自分で認めるのが不安になるほど彼に好意を持ち始めている。でもいちばんはっきりしているのは、トリスタン・キャロウェイに好意を持てば傷つくのは間違いないということだ。

ありがたいことに医者の見立てでは、熱い風呂に入り、明日一日うつぶせになっていれば怪我はよくなるだろうとのことだった。お尻を見もしないでなぜそう言いきれるのかわからなかったが、トリスタンも同じことを言った。

医者が帰ると、熱い風呂に入って痛む筋肉をほぐし、お尻と肘のすり傷を洗った。メアリーの手を借りてベッドにもぐり込み、腕を組んでその上に顎をのせた。

フレデリカがまた部屋に入ってきた。「彼はまだいるわ。あなたに会いたいんですって」

「じゃあ、あがってきてもらって。おば様がよければの話だけれど」

「入り口までだけね」

もっと気をつけないと、自ら墓穴を掘ってしまいそうだ。「もちろん、入り口までよ」

「デア卿に伝えるわ」フレデリカはそうつぶやいて出ていった。

しばらくすると、ドアをノックする音がした。「ジョージアナ?」トリスタンの低い声が聞こえた。彼はドアを押し開けたが、ジョージアナがそこで止まってと言う前に足を止めた。すでに注意を受けているのは明らかだ。「きみのおばさんはわたしのことがまったく気に入っていないようだな」彼はドア枠にもたれて言った。

ジョージアナは笑った。「シバはどんな様子?」

「思ったとおり肉離れだ。ジョンと一緒に湿布をしてやった。ジョンが一週間のあいだ、毎日二回散歩に連れ出してくれる。それが終わってから乗ってみるといい。ただし、駆け足は一カ月くらいだめだぞ」

「わたしも少なくともそれぐらい駆け足は無理そうだわ」ジョージアナは悔やんだ。

トリスタンは部屋の隅で遠慮がちにしているメアリーのほうを見てから言った。「骨が折れていなくてよかったよ」

「ええ」

彼はしばらく身じろぎもせずにジョージアナの顔をじっと見つめた。「行かなければ」そう言って、もたれていた体を起こす。「本当は一時間前から議会に出席していなければならなかったんだ」彼はジョージアナを見つめたまま立っていたが、それとわかるほど大きく身震いした。「今晩また来る」

まただ。すぐに自分で決めてしまう。「わたしに求愛しているなら、わたしの許可を得なければならないわ」

トリスタンは眉をあげた。「わかったよ。今晩また来ていいかい？」

「ええ」ジョージアナは胸が躍るのを隠してほほえんだ。「そのころには、たとえ相手があなたでも、だれかがいてくれるのがうれしく感じられるでしょうから」

「そう祈っているよ」

だが、思った以上に訪問客が多かった。午前中にルシンダとエヴリンが訪ねてきた。「驚いたわ」メアリーが出ていくと、ドアを閉めてルシンダが言った。「全身包帯でぐるぐる巻きになっているんじゃないかと少し期待してたのよ」

ジョージアナは眉をひそめた。「ちょっと落ちただけよ。どこから聞いてきたの？」

「ミセス・グロウサムのメイドが、帽子屋でドクター・バーロウの娘さんと一緒になったの」

「いやだわ」ジョージアナは枕に顔をうずめた。「ミセス・グロウサムは自分のことだって秘密にできない人よ」

「とにかく……」エヴリンがベッドの端に座って言った。「あなたが馬に振り落とされて、デア卿があなたを連れ帰ったってみんなが噂しているわ」

それほどひどい噂でもない。「ええ、だいたい本当のことね」息をするために枕から顔を離して言った。

「そしてデア卿がひどく心配して、ドクター・バーロウが大丈夫だと保証し、公爵未亡人が何か変わったことがあったら知らせると言うまで、ベッドの横から動こうとしなかったって」

「それは――」

「だれもが、彼はあなたに恋していると言っているわよ」ルシンダの瞳は真剣だった。「ジョージアナ、彼に恋のレッスンを授けているのよね？　おかげであなたは怪我をしてしまった。まだ彼を誘い続けようと考えているなら、かなり危険なんじゃないかしら？」

「誘っているわけではないし、彼はわたしに恋しているわけでもないと思うわ。お互いに嫌っているのよ、忘れたの？」

「だからこそ、まわりはロマンティックだと思うわけよ」エヴリンもかなり心配そうだった。「あなたは絶対にデアと結婚することはないと誓ったけれど、彼は求愛を始めた。あなた、気が変わってきたんじゃない？」

「とんでもない！」ジョージアナは毛布の下で足をばたつかせたが、お尻がまた痛くなっただけだった。「わたしは何も誓っていないし、気も変わらないわ。それに……まったくもう！」

ルシンダとエヴリンが顔を見合わせた。「こんなことが起きるなら、わたしはだれにもレッスンなんてしないわ」エヴリンが言う。

「何も起きないわよ」そう言ったものの、ジョージアナはだれを納得させようとしているのか自分でもわからなくなってきた。

「このあいだの晩、ボクソール・ガーデンにもデアのエスコートで行ったでしょう？　あれはどうなの？」ルシンダが片手に顎をのせて尋ねた。「それに怪我をしたあとここまで送ってもらったのなら、一緒に馬に乗ったということでしょう？」

「彼はわたしに求愛していると言っているけれど、本気じゃないのよ」ジョージアナは答えた。「わたしがお互いの立場を五分五分にしたものだから、彼ったらまたやり返そうとしているの」

エヴリンはいっそう混乱したようだが、ルシンダの表情はさらに厳しくなった。「ちょっと待って」彼女は身を乗り出した。「求愛していると言っている、ですって？　あなたが言いたいのは、彼が実際に求愛しているということでしょう？　だれもが知っているわ」

ジョージアナはまた枕に顔をうずめた。「帰って。自分でも何を言いたいのかわからないのよ」

ルシンダが優しく腕を叩いた。「早いうちによく考えたほうがいいわ。いろいろきいてくるのはわたしたちだけじゃないでしょうから。わたしたちなんてましなほうよ」

ふたりが帰って一時間もしないうちに、だれかがドアを叩いた。メアリーがドアを開けると、一階のメイドのジョセフィンがお辞儀をした。

「レディー・ジョージアナ、ウエストブルック卿がお嬢様を訪ねて一階にお見えです」

「大変、忘れていたわ。散歩に行く約束だったのよ。パスコーに、わたしの怪我のことを説明して代わりに謝っておくよう伝えてちょうだい」

ジョセフィンは再びお辞儀をした。「かしこまりました」

数分後、彼女が戻ってきた。「ウエストブルック卿はお怪我のことを聞いて心配され、あとでお手紙を書くとおっしゃいました」

「ありがとう、ジョセフィン」

その後、ジョージアナはじっとベッドに横たわって考えごとをした。世間の人々は、トリスタンがわたしに求愛していて、わたしがそれを喜んでいると思っている。問題なのは本当に喜んでいることだった。彼と会うのを楽しみにせずにはいられない。体全体が彼の声と手に反応する。

これがゲームの一部じゃなかったら？　トリスタンが誠実だったら？　彼が本当に結婚を申し込んできたら？

ジョージアナはうめいた。立ちあがって部屋の中を歩き回りたかった。歩いたほうが、いつも考えがまとまりやすいのだ。今回のことは災難だった。何よりも悪いのは、自分が蒔《ま》いた種だったことだ。

「あきらめたわ」エドウィナは手を伸ばしてドラゴンを捕まえ、膝の上に抱きあげた。「たしかに、あのふたりが炎と火薬みたいにかっとしやすいというあなたの意見は正しかったわね」

自分の正しさをエドウィナが認めてくれたのに、ミリーは喜べなかった。「残念だわ。仲直りしたがっているように見えたのに」

エドウィナがため息をついた。「じゃあ、やっぱりミス・ジョンズになるのかしら?」

「たぶんね。彼女はお金持ちだけれど、キャロウェイ家の人間になるには堅苦しすぎる。ふたりが結婚したら、わたしたちはエセックスに戻らなければならないわね。甥《おい》っ子たちにもさよならを言わないと。田舎に引っ込んだら、クリスマスにしか会えなくなるわ」

ドラゴンがエドウィナの膝から飛びおりて、近くのカーテンを攻撃し始めた。「どうしてジョージアナではだめなのかしら?」彼女はぼやいた。

ミリーがエドウィナの膝を叩いた。「トリスタンはまだ結婚していないのよ。わたしは新しいレディー・デアに玄関から放り出されるまで、さよならを言うつもりはないわ。今はただ最善の結果になるように祈りましょう」

「それと、だれも首を折らないように」エドウィナはそうつけ加えてほほえんだ。

「その調子よ」

16

「そして彼女は気を失い、彼は彼女を腕に抱いておば様のところまで連れて帰ったの。彼は心配のあまり、ベッドのそばから離れようとしなかったんですって」シンシア・プレンティスはチョコレートを口に放り込んだ。

アメリア・ジョンズはデザートのテーブルから食べたいものを選んだが、つい先ほどまでの意気込みはなかった。「家族同士の仲がいいから。彼女が大丈夫なのを確認したかったんだと思うわ。そんなに驚くことじゃないでしょう？」

「そうね」反対側の隣にいるフェリシティが言った。「あなたがデア卿と最後に乗馬に出かけたのはいつなの、アメリア？」

「先週ピクニックに行ったばかりよ」アメリアはオレンジの皮の砂糖漬けを取りながら答えた。「彼はとてもよく気づかってくれたわ」とても気づかってくれたから、家に帰ったときには、すぐにウエディングドレスの生地を選ぼうという気になっていた。でもそれ以降、彼から手紙も花束ももらっていない。

「それと彼女に大きな花束も贈ったそうね」シンシアが、アメリアもすでに耳にしていた噂を決定づけた。「落馬事故の前の話よ」

アメリアは気にしていないふりをして笑った。「あなたたち、噂話が大好きなのね。トリスタンとレディー・ジョージアナがお互いに嫌っているのはだれでも知っていることだわ。彼女のいとこのワイクリフ公爵のために親切にしているだけよ」

この数日間が期待どおりに進まなかったのは事実だが、トリスタンとジョージアナが互いにどんな感情を持っているかは知っている。実際、トリスタンが彼女の頑固さや辛辣さについて話すのを聞いたこともある。彼は単に、わたしに夢中になるためのレッスンを受けているるだけだ。夏が終わる前に、わたしは子爵夫人になっているだろう。

「あなたの言うとおりかもしれない」フェリシティが言った。「つまり、デア卿はたしかにハンサムだけれど、だれもが知っているようにお金持ちではないわ。爵位だけは持っているものの、レディー・ジョージアナはすでに侯爵の娘で公爵のいとこだもの、子爵夫人になりたがる理由なんてないわね」

「そうなのよ。それにわたしに毎年三〇〇〇ポンド入るのは、だれでも知っていることでしょう？　議論するのもばかばかしいわ」

トリスタン・キャロウェイはわたしと結婚する。彼がわたしに求愛し始めたのは、わたしのお金と魅力が理由。そして同じ理由でわたしと結婚するだろう。

「あそこにいるわ」シンシアがささやいた。「あなたの収入のことを思い出させたほうがいいんじゃない？」

アメリアは息を吸ってから振り返った。トリスタンが〈オールマックス〉の広間に入ってくるところだった。彼はひとりで、広い肩にぴったりの黒くて裾の長い上着を着ている。アメリアはしばらくのあいだ賞賛の目で彼を見つめた。

長身で浅黒いトリスタンと小柄でかわいらしいタイプのわたしは、人目を引くカップルになるだろう。もちろんわたしたちは同類だ。それに婚約を発表したら、さらに月五〇ポンドのこづかいを上乗せすると父が言ってくれた。レディー・デア……わたしは完璧な子爵夫人になれるだろう。

トリスタンは何かに気を取られているらしい。皮肉屋の友人たちをちらりと振り返ると、アメリアは楽団のほうに向かって歩きだした。ちょうどその線上に彼がいる。白いレースの袖がついた黄色のサテンのドレスにしてきてよかった。これを着ているとみんなから、瞳が陶器の人形みたいにきれいなブルーに見えると言われるのだ。

最後にもう一度シンシアを振り返って手を振ると、アメリアは後ろ向きのままトリスタンにぶつかった。「あら」彼が支えてくれるのを期待してよろめく。

「アメリア、すまない」トリスタンはアメリアを立たせてほほえんだ。「ふだんはちゃんと目を開けて歩いているんだが、今夜はぼうっとしているようだ」

「謝らなくていいんですのよ、トリスタン」開いた襟ぐりに彼が気づくよう、ドレスの前面を手でなでながら言う。

明るいブルーの瞳が下のほうを見てから、再びアメリアの顔を見た。「今夜はとてもすてきだ」

「ありがとう」ほほえんで軽くお辞儀をし、ますますトリスタンの視線に胸をさらす。ジョージアナの巧妙なレッスンを受けていても、男というのは実にわかりやすいものなのだ。

「そんな優しいことを言ってくださるなら、ワルツを一曲ご一緒しなければならなくなるわ」

「そんなありがたいことを言ってくれるなら、一曲申し込まなければならないな」トリスタンも軽くお辞儀をして一歩さがった。「ちょっと話をしたい人がいるので、失礼していいかな？」

「もちろんですわ。あとでお話ししましょう」

トリスタンの笑みが深くなった。「待ちきれないよ」

成功だわ。こんなに礼儀正しい彼ははじめてだ。だが愚かな友人たちを振り返ったとき、トリスタンが話をしに行った相手が目に入り、アメリアの勝利の笑みは消えた。ジョージアナ・ハレーがワイクリフ公爵とその夫人に挟まれて立っていたのだ。エマ・ブラケンリッジのことはひそかに感心していた。なにしろ、女学校の校長から公爵夫人という高い身分になったのだから。

アメリアはため息をついた。伯爵の弟の孫娘という立場から子爵夫人になりたいだけなのに、それも思っていたほど確実ではなくなってきたようだ。トリスタンがジョージアナに見せた表情は、アメリアにはけっして見せたことのないものだった。

事実はそのまま受け入れるのがいちばんだ。レディー・ジョージアナはわたしのためだと思っているかもしれない。あるいは別の意図があるのに、そう言っているのかもしれない。でもとにかく、トリスタンを正しい方向に向けられるかどうかはわたし次第なのだ。男性についてこれまで得てきた知識をもとに、アメリアはいい方法を思いついていた。

グレイドンはトリスタンを見てあまりうれしそうではなかったが、トリスタンにとってもっと気になるのは、ラクスリー、パルトリッジ、それにフランシス・ヘニングもジョージアナにまとわりついていることだった。昨日ひやりとさせられて以来、ほかの男が彼女を見ていると考えるだけでいやな気分になる。

「ジョージアナ」トリスタンはヘニングを肘で押しやって彼女の手を取り、唇を押しあてた。「目に輝きが戻っている。気分はよくなったかい？」

「だいぶよくなったわ」ジョージアナはほほえんだ。「ダンスをする気にはならないけれど」

おそらくほかの崇拝者たちに向けた言葉だろうが、だれひとりとして、彼女の言わんとすることを察して離れていく者はいなかった。そうする代わりに同情とお世辞の言葉をまくしたて始めたので、トリスタンは顔をしかめた。ジョージアナの警告が彼のためなのだとしたら、どこにも行くつもりはない。トリスタンがほかの連中を追い払う前に、エマが彼の腕を取った。

「昨日のあなたは英雄だったみたいね」はしばみ色の瞳を躍らせて、エマは言った。

トリスタンはいらだちとともにジョージアナの崇拝者たちを一瞥《いちべつ》してから、その場を離れた。「ああ。理性がやめろと言う前に反応してしまったらしい」

エマは笑った。「そんなことないでしょう」低い声で言う。「あなたがいい人なのは知っているわ、トリスタン」

「そんなことは言いふらさないでもらいたいな。いい人で貧乏人ということになったら、だれも近寄ってこなくなる」トリスタンはジョージアナのほうをちらりと見た。「まして、一部の女性たちはその〝いい人〟という部分を信じないからね」

「彼女に悟らせればいいじゃないの。わたしはあなたの味方よ」

トリスタンは眉をあげた。「ご立派なワイクリフはどう思っているんだ?」

「もっとジョージアナを守ろうとしているわ。わたしは、辛抱しなさい、でも厳しくしなきゃだめよとアドヴァイスしているの」

「きみのアドヴァイスは、ぼくにとっては地獄だ」トリスタンはエマの頰にキスをして優しく言った。「でも、ありがとう」

「何度言ったらわかるんだ」グレイドンが、ありがたいことにジョージアナを連れて近づいてきた。「妻に唇を近づけるなと言っているだろう?」

「でも、きみにキスするわけにはいかないからね」トリスタンは答えた。「ほかに選択肢がない」

「その代わりに、わたしを軽食のテーブルに連れていってくれるというのはどう?」ジョージアナが手を差し出した。

グレイドンが彼女を狼の群れから遠ざけてくれたのはありがたい。「喜んで。失礼していいかな、公爵夫妻？」

「さっさと行ってくれ」グレイドンが応じた。「だが、ジョージアナから目を離すなよ。馬車をおりるときも転びそうになったのだから」

「ドレスの裾を踏んでしまっただけよ」ジョージアナは赤くなって抗議した。

「命をかけて守るよ」

ジョージアナがトリスタンを見あげた。いかにも疑っている顔だが、彼は自分が本気だと気づいて驚いた。ジョージアナをほかの人間に渡すことなど考えられない。なんとしても自分のものにしてみせる。永遠に。

「どうしてほかの崇拝者たちより、わたしを選んだんだ？」人の少ないほうへ移動しながら尋ねた。

「ほかの人だと腹が立っても、地獄へ落ちろとは言えないでしょう？」ジョージアナはあっさりと言った。「あなたなら、わたしがそう言っても気にしないだろうから」

「長年のあいだに、きみの侮辱に耐性がついてきたようだ。尻の具合はどうだい？」

彼女はますます顔を赤くした。「青あざになっているけれど、よくなってるわ。ありがたいことにみんな、わたしが足をひねったと思っているだけで、お尻のことは話題にのぼらないの」

トリスタンはうなずいた。以前なら、自分が嘘の噂を広めたからだと恩を売るところだが、今はジョージアナの怪我に責任を感じていて、礼を言われたいとは思わなかった。「今夜きみが来てうれしかったよ」

ジョージアナは一瞬、探るように彼の目を見た。「わたしもよ。トリスタン――」

「ここにいたのね」ルシンダが急いでやってくると、ジョージアナの手をつかんだ。「元気になって出てくると思ったわ」

トリスタンはいらだちを隠してルシンダに挨拶した。「わたしは〈オールマックス〉に来なくてすむよう仮病を使いたかったよ」

ジョージアナが信じられないという顔で見た。「じゃあ、なぜそうしなかったの?」

「きみが来たから」

「やめて。みんなの噂になるわ」

「もうなっているわよ」ルシンダが笑った。「あなたたちはロンドン中の噂の種よ」

そのときになってはじめて、トリスタンは広間を見回してみた。たしかに人々の話題になっているらしい。なるようになれだ。わたしの愚行のせいにしろ、ジョージアナの頑固さのせいにしろ、わたしのもとから逃げ出すようなまねは二度とさせない。この手の噂はこちらに有利に働くだけだ。

「おかしなことを言わないで。彼はわたしのお金が欲しいだけなんだから」

ルシンダは青ざめてトリスタンのほうを見た。「ジョージアナ、そんなこと言ってはだめよ」

彼は不意にわいてきた怒りを抑え込んだ。もちろん、こういうことを言われるのははじめてではない。一度など、女性たちが寝室でのトリスタンの奉仕を金で買えるかどうか話し合っているのを漏れ聞いたこともある。とんでもない晩だった。

しかしトリスタンの知る限り、ジョージアナがだれかに彼の財政状態について話したことはない。たとえ冗談でも気に入らなかった。

トリスタンは彼女の手からそっと腕を外した。「ミス・バレット、レディー・ジョージアナを頼む。わたしはミス・ジョンズと踊る約束をしたので」軽くお辞儀をする。「では、失礼」

立ち去る前にジョージアナに袖をつかまれた。「デア」

トリスタンは冷ややかに見おろした。「なんだい？」

「ルシンダ、あっちへ行っていて」

ジョージアナの友人は無事に逃げられて助かったという顔で離れていった。周囲のつぶやきが大きくなったが、トリスタンは気にしなかった。どうせ噂になるのだ。彼にできるのは、人に見られるのは議論だけにとどめておくことだけだった。どのみち、ジョージアナとはいつも議論している。

「ごめんなさい」彼女がささやいた。「冗談だったのよ。でも意地悪だったわね」

トリスタンは気にしていないそぶりで肩をすくめた。「きみの言ったことは正しいよ……一部はね。だがわたしが欲しいものは金だけじゃない。きみにもわかっているはずだ」

「あなたが言うことはわかるけれど、信じていいのかどうかわからないの。一度だまされているから」

「そしてきみもわたしをだました。そうだろう?」トリスタンは言い返した。「それで、どうすれば証明できるんだ?」

そう言いながら、ジョージアナはこれを待っていたのではないかという気がした。結婚の意志と彼女への愛を人前で公言させておいて、それを笑い、侮辱するつもりなのでは?彼女に触れたいという思いを抑えられなかったために、罠に飛び込んでしまったのではないだろうか?

ジョージアナがため息をついた。「ときどき、どういうふうに考えればいいのかわからなくなるわ」

トリスタンは肩の力を抜いた。「考えなければいい。わたしはいつもそうしている」

彼女は短く笑った。「扇がなくて残念だわ。お尻が痛くなかったら蹴飛ばしてやるところよ」

トリスタンはゆっくりと笑みを浮かべた。「尻が痛くなかったら、ふたりでもっと楽しいことをしようと提案するところだ」ジョージアナを見おろし、その頬に指を走らせたいのをかろうじてこらえる。「きみが欲しくてたまらない」

彼女はつばをのみ込んだ。「わたしを赤面させようとしているんでしょう? うまくいかないからやめたほうがいいわよ」

「そうじゃない」低い声でささやく。「わたしの名前を呼ばせて、この腕に飛び込ませたいんだ」

「やめて」ジョージアナは動揺しながらもきっぱりと言った。「どうかしているわ」

彼はさらにほほえんだ。うまくいっている。もっとも、わたしも次第に落ち着きを失っているが。「明日、コベント・ガーデンで一緒に散歩をすると言ってくれ。そうしてくれたらやめる」

「お茶の約束が――」

「きみの温かな肌に指を触れ、体を重ねたい。わたしのジョージアナ――」

「いいわ!」ジョージアナは真っ赤になり、トリスタンを軽食のテーブルのほうに押しやった。「一〇時ぴったりに来てちょうだい。さもないと、次に会ったときに蹴飛ばすわよ」

トリスタンはうなずいた。「わかった」

なかなかいい晩だった。うまくいきそうな戦略を見つけることができた。ジョージアナはわたしを求めている。これなら容易に次の段階に進めそうだ。

腕をつかまなかったら、トリスタンはあのまま去っていっただろうか? ジョージアナには止めるつもりはなかった。でも彼が腕を離したとき、手を伸ばしてつかまずにはいられなかったのだ。そしてトリスタンはこの場に残り、ジョージアナは一緒に散歩することに同意した。今も彼と離れられずにいる。転んではいけないからだというふりをしているが、実際は彼が呼び起こす情熱と欲望を求めているせいだった。あんなことを声に出して言われるだけで、体が熱くなって震えてくる。

さらに悪いことに、長く話し込んでいるのを〈オールマックス〉の客全員に見られていた。ジョージアナがほほえむのも、トリスタンがほほえむのも、彼女がばかみたいに真っ赤になるのも見られている。でも散歩を承諾しなかったら、だれもいない近くの小部屋に引っぱり込まれてドレスを脱がされ、体を奪われるというたしかな予感があった。そして痛むお尻を抱えながら、自分もそれを楽しんでしまうだろうとわかっていた。

この二年で一二人からプロポーズを受けたが、トリスタンに対するような反応はだれにも見せたことがない。二度目にともに過ごした愚かな晩のあとは、ほかの崇拝者と一糸まとわぬ姿で抱き合うところを想像しようとさえした。どうせ、あの中のだれかと結婚すれば、たまにはベッドをともにすることを求められるだろうから。

だがそんな想像をしても、嫌悪感を覚えるだけだった。中には見た目が悪くない人もいるし、ラクスリーやウエストブルックはハンサムだ。けれど、いくら頑張ってもだめだった。考えるだけで耐えられない。あの中のだれかに触れられたり、キスされたり、ましてベッドで……。

「レディー・ジョージアナ」ドラステン伯爵が近づいてきた。「このダンスをぜひご一緒してください」

隣でトリスタンが体をかたくした。腕の筋肉がこわばっているのがわかる。ジョージアナはにこやかな笑みを無理に浮かべた。自分を巡って言い争いなどされたくない。まして〈オールマックス〉では絶対に困る。二度と来られなくなってしまう。「今夜は踊らないつもりですの」

「それはあんまりです」黒髪の伯爵は敵意に満ちた目でデアを見た。「こんな男のために、あなたのお相手をする権利を奪わないでください」

トリスタンの怒りがあたりに充満するのが感じられた。「聞こえなかったのか、ドラステ――」

「ドラステン卿」トリスタンが決闘を挑む前にジョージアナはさえぎった。「おととい乗馬中の事故で怪我をしてしまったので、今日は踊れないんです。でも、チョコレートなら喜んでいただきますわ」

ドラステンは腕を差し出した。「では、エスコートします」

トリスタンが彼を見た。「いや、だめだ」

「裕福なお嬢さんを探したいならほかを当たるんだな、デア。彼女はきみのことを嫌っているのだから」

ジョージアナは息をのんでふたりのあいだに割って入り、トリスタンが握ったこぶしを突き出す前に胸を押した。彼はびくともしなかったが、こぶしを突き出しもしなかった。「やめて」彼女はトリスタンの目を見つめて言った。

ブルーの目が怒りで細くなったが、ジョージアナは襟をつかんだまま放さなかった。しばらくして彼が息を吐き、顔をしかめた。「この一カ月、だれも殺していない」その瞳には、いくらかユーモアが戻っていた。「伯爵がひとりぐらいいなくなっても、だれも悲しんだりしないだろう」

「デア、そんな言いかたは――」

トリスタンはすばやくジョージアナをよけてドラステンの前に立った。そして驚く伯爵の手を取り、握手しながら顔を近づけた。「あっちへ行け。今すぐに」

ドラステンもジョージアナが見たのと同じものをトリスタンの瞳の中に見たらしく、小さくうなずくとあとずさりし、友人たちのグループを見つけて話に加わった。彼女は大きく息を吸った。はじめて会ったときのトリスタンは大酒飲みで賭博好き、狙った獲物は逃さないことで有名だったのをたまに忘れそうになる。彼は変わった。わたしもその原因のひとつなのだろうか？

「すまなかった」トリスタンが温かい手を彼女の手に重ねた。

穏やかで自制心のある彼に戻っていた。ジョージアナは一瞬、これが何より大きな変化なのではないかと思った。トリスタンは自分の行動が他人にも影響を及ぼすことを学び、その知識に従って行動している。たいがいは。

「彼を追い払ってくれてありがとう」脈が速くなっているのを、トリスタンに気づかれたかしら？　彼がふたりで裸になることを口にし、わたしのためにほかの人を脅しただけで、膝から力が抜けてしまった。「ありがとう」

「どういたしまして」

トリスタンとのあいだに緊迫した空気が流れるのを感じる。今ここで彼に触れてキスをしなければ、体のどこかが痛くなりそうだ。彼も同じ思いらしく、自分たち以外の客がみな消えてしまうのを望むようにあたりを見回した。思ったほど自制心を取り戻していないのかもしれない。

「ジョージアナ」トリスタンが低い声でささやいた。

「どこかへ連れていってくれる？」息もできないほど、彼が欲しくてたまらなかった。

「クローク室はどうだ？　きみは寒そうだし」

実際は体中が熱く燃えていた。「ええ、そのとおりよ」

走りだしたい気持ちを必死にこらえて、ふたりは混雑した広間を横切った。クローク室の入り口には従僕が立っていた。そちらに近づきつつ、トリスタンはジョージアナの手から腕を外し、両手を背中の後ろに回した。

「わたしの……」彼は言葉を切った。「しまった、手袋を置いてきてしまった。すまないが、わたしの弟のブラッドショーを探して、手袋を持ってきてもらえないか？」

従僕はうなずいた。「すぐに取ってまいります」

従僕の姿が見えなくなると、トリスタンはジョージアナを小部屋に連れて入り、ドアを閉めた。「手袋ならしているじゃない」彼女はトリスタンの手を見て言った。

彼は手袋を脱いでポケットに押し込んだ。「していないよ」

ジョージアナとの距離をさらに詰めると、トリスタンは彼女の背中をドアに押しつけ、激しいキスをした。ふたりのあいだに電流が流れ、ジョージアナはうめきながら、彼の顔をさらに強く引き寄せた。

トリスタンの両手が彼女の背中をなでおろし、ヒップを包んで自分の体に押しつける。ジョージアナはひるんだ。「痛いわ」

「ああ、くそっ」彼はすぐに手を離して、ジョージアナの両肩の脇のドアについた。「すまない」

「ブラッドショーは？」彼女はトリスタンの下唇を噛んだ。「あの従僕が探しているわ」

「しばらくかかるよ。弟は来ていないから」

トリスタンの狡猾《こうかつ》さを褒めたかったが、時間が限られていることを考えると、もっと熱く大胆なキスをするほうが大事に思われた。

「ドアに鍵がかかればよかったんだが」トリスタンはささやき、ジョージアナが欲望に気を失いそうになるまでキスをした。

「どちらにしても無理よ」彼女はトリスタンの上着の中に手を差し入れ、背中のかたい筋肉をもんだ。「そうでしょう？」

最後にゆっくりとキスをしてから、彼は身を引いた。「ああ、無理だ」その声は切望でかすれている。「きみの体を自分のものにすることでライバルを蹴落とす気だったら、とっくの昔にそうしているさ」

ジョージアナはドアに寄りかかり、息を整えようとした、「じゃあ、どうやって蹴落とすつもりなの？」

トリスタンが静かにほほえむ。その唇の曲線を見るうちに、ジョージアナはまた彼に身を投げ出したくなった。「粘り強さと我慢だ」トリスタンは彼女の頰に指を走らせた。「わたしが欲しいのはきみの体だけじゃない。きみのすべてが欲しいんだ」

数週間前なら、本気ではないと疑っていただろう。けれども今夜、トリスタンの知的で飢えた目を見つめると、彼の言うことが信じられた。ジョージアナはすっかりおびえると同時に興奮した。

ドアが音をたて、トリスタンは悪態をつくと、カーペット敷きの床にうずくまって片膝を両手で抱えた。「くそっ、まだキスしかしていないのに」彼は叩きつけるように言ってから、部屋に入ってきた従僕をちらりと見た。「弟は見つかったか？」

「い……いいえ。探しましたが……」

「まあ、いい。手を貸して立たせてくれ。まったく気まぐれなお嬢さんだ」

従僕は顔を赤くしながら慌てて前に出て、トリスタンを立たせた。

ジョージアナは、トリスタンがこちらをにらみ、足を引きずって彼女のショールを取りに行くのを笑いをこらえて見つめることしかできなかった。「いとこのところに戻りたいだろう？」彼が眉をあげて言った。

「え……ええ。できれば今すぐにでも」

従僕はトリスタンの背中を興味津々で眺めたいのをこらえている。トリスタンは用心深さを装って、ジョージアナに腕を差し出した。彼女はわざとためらってみせてから、彼の腕を取った。

広間に戻る途中、ジョージアナはトリスタンを見ずにはいられなかった。ふたりのちょっとした冒険は、まさに彼の意図したとおりの噂を呼ぶだろう。彼が唇を盗もうとして、ジョージアナに蹴られたと。

トリスタンとの最初の密会のときに世間が騒がなかったことから、彼が噂を食い止めたのはわかっていた。しかしそれが、ジョージアナの代わりに自分の評判が落ちるのを覚悟のうえでしたことだったとは、今この瞬間まで知らなかった。

「ありがとう」彼女はトリスタンの顔を見あげて静かに言った。

彼はジョージアナの目を見つめた。「そんなことは言わないでくれ。きみを誤った道に導いてしまった以上、悪い噂から守らなければならない」

今夜は果たしてトリスタンが導いたと言えるのか、ジョージアナにはよくわからなかった。

「それでも、ありがたかったわ」

「では明日の朝、一緒に散歩することに礼を言ってくれ」

それまで彼に触れずにいることに耐えられるだろうか、とジョージアナは一瞬思った。

「そうするわ」

17

アメリアは角で待つよう貸し馬車に命じ、御者にこの訪問と彼女の素性——御者が知っていたらの話だが——を口外しないようにと、さらに五シリング渡した。フードでしっかり顔を包むと、彼女は通りを歩き、キャロウェイ邸の短い私道を進んだ。この屋敷は外からしか見たことがなかったが、もうすぐこの広大な建物が自分のものになると思うと、体の奥が震えて熱くなった。

アメリアの両親の家も豪奢だが、アルベマール通りにあるわけではない。メイフェアでも最高級のこの一画に屋敷を持てるのは、由緒正しい貴族の家柄だけだ。もうすぐ自分も、その選ばれた人々の仲間入りができる。父の財産をもってしても、なしえなかったことだ。

夜明けまでまだ二時間ある。屋敷は真っ暗で、だれもが眠りについているだろうと予想していた。運よく鍵がかかっていなかった玄関のドアをゆっくり開けてみると、やはり思ったとおりらしい。満月の夜で、月が沈むまで時間がある。窓を通して入ってくるぼんやりとした月明かりを頼りに階段を探し、上階に向かった。

トリスタンから、自分たち兄弟は屋敷の西側の寝室を使っていると聞いていたので、廊下をそちらの方角へ進む。実に簡単なことだ。もっと早く考えつけばよかった。レディー・ジョージアナの計画はどうやらうまくいっていないようだから、やるべきことは自分の手でやらなければならない。アメリアは笑いたいのをこらえた。その結果は、もちろん自分に有利になる。

最初のドアを開けると、中は暗くてだれもいなかった。ドアをそっと閉め、次のドアに取りかかった。ベッドの中央で毛布が盛りあがっているのがぼんやり見える。息をひそめて室内に入り、アメリアは顔をしかめた。毛布からのぞいている顔はトリスタンにしては若いし優しい。弟のひとりだ。彼には弟が多すぎる。

次の部屋で寝ていたのはブラッドショーだとわかった。たしか海軍の将校か何かだ。彼もハンサムだが爵位がないし、トリスタンが跡継ぎを残さずに死にでもしない限り、爵位を継ぐ可能性は皆無に等しい。そしてアメリアとしては、トリスタンを跡継ぎなしで終わらせるつもりはなかった。

一階の玄関広間から聞こえてくる時計の音で、召使たちが起きだすまでにあまり余裕がないのを思い出した。次のドアを開いて中をのぞく。

いたわ。毛布の下で仰向けに寝ているのが真ん中の弟のロバートではなくトリスタンだったので、アメリアはほっとした。ロバートには一度会ったことがあるが、その無口さとすべてを見透かしているような目に、居心地の悪い思いをした。

できるだけ静かにドアを閉め、忍び足でベッドに向かって、途中でコートを脱ぎ捨てた。

笑みを抑えることができなかった。トリスタンが噂の半分でも男らしい男だったら、今夜はいろいろな意味で楽しめるだろう。

胸をなぞる繊細な指の感覚に、トリスタンは半ば目を開けた。はじめはまたジョージアナの夢を見ているのだろうと思い、完全に目覚めたくなくて再びまぶたを閉じた。

舌が耳を這い、指が毛布の下に滑り込んできた。トリスタンは眉をひそめた。夢の中でさえ、ジョージアナを抱くときはかすかなラベンダーの香りがする。だが、今夜はレモンの香りだ。

何かの重みが動いて腰の上にのった。彼は両目を開けた。

「こんばんは、トリスタン」アメリア・ジョンズがささやいた。彼女がキスをするために身を乗り出すと、ブルネットの髪がむき出しの肩と胸に広がった。

トリスタンは悪態をついて彼女を突き放し、ベッドから転がり出た。「ここで何をしている？」すっかり目が覚めて、彼は尋ねた。

アメリアは薄暗い月明かりの中で瞳を輝かせながらベッドに座った。彼女の視線がトリスタンの全身を移動し、下腹部で止まる。純真な娘にしては、あまり驚いた様子は見られない。どうやら彼女は思っていたほど無垢ではないらしい。

「あなたの求婚を歓迎するということをはっきり伝えたくて」アメリアは甘い声でささやいて上唇をなめた。

トリスタンは椅子の背から毛布をつかんで腰に巻いた。ジョージアナを再びベッドに迎える前だったら、美しい女性による真夜中の訪問を歓迎していただろう。だが、今はもう違う。それに罠にかけられたときはすぐわかる。これはなかなかよくできた罠だ。全裸のアメリアが叫び声ひとつあげれば、彼は結婚せざるをえなくなる。

男としての本能は、アメリアがとても美しくて欲望をそそり、そして裕福であることを認めていた。トリスタンはつばをのみ込み、彼女の顔に視線を戻した。

「いったいなんの話をしているのかよくわからないが」最初の驚きの声をだれにも聞かれていないといいのだが。それよりも、アメリアがすでに証人となるだれかを起こしていないのが意外だった。彼女なら、そうするに違いないのだが。「とにかく、明日の昼食のときに話し合ったほうがいいと思わないか?」

アメリアは首を横に振った。「わたしだって、ほかの女性みたいにあなたを満足させられるのよ」

それは疑わしいが、今は議論している場合ではない。「アメリア、明日だったら、きみの望むことをなんでも話し合うよ。だが今は……ふさわしくない」まるで、かつて自分が誘ってきた女性たちのような言い草だ。自分には効かなかったが、アメリアには効くといいのだが。

彼女は顔をしかめた。「ふさわしくないのはわかっているわ。でも、あなたはほかの選択肢を与えてくれないんですもの。最近ではわたしのことに気づいてもくれない。その理由はわかっているのよ」

いやな予感がする。アメリアがかわいらしい頭の中で何を企んでいるか知らないが、部屋の壁の外まで漏れないようにしなければ。「じゃあ、その理由を聞かせてくれ」

「レディー・ジョージアナ・ハレーよ。彼女が、あなたはひどい夫になるとわたしに警告したの」

「そうなのか？　彼女がそう言ったのか？」あのおせっかいめ。予想はしていたが。

「そうよ。ひどいことを言っていたわ。そしてあなたにもっとわたしのよさをわからせるために、恋の手ほどきをすると約束したの」アメリアはベッドから滑り出て、トリスタンに近づいた。薄暗い室内で、彼女の肌はミルクのように白かった。「わかるでしょう？　彼女はあなたを間抜けに見せようとしているだけなの」

トリスタンは近寄ってくるアメリアを避けた。一緒にいるところを家族や召使に見られた場合に備えて、できるだけ距離を置いておいたほうがいい。「きみも同じではないかな、アメリア」

彼女は首を振った。長いブルネットの髪のあいだから豊かな胸がのぞく。「わたしはあなたを間抜けに見せたくなどないわ。わたしと結婚してほしいの」

ジョージアナがレッスンのことを正直に話してくれていて助かった。そうでなければ、肌に残る彼女の感触を消すためにアメリアを利用していたかもしれない。「それはおもしろい」

アメリアが近づくと、そのたびにトリスタンはじりじりと逃げ、ふたりは円を描くように移動した。彼は身をかがめてアメリアのドレスを拾った。「着たらどうだ？」

「いやよ」

「もう遅いし、もしご両親が目を覚ましてきみがいないのを知ったら大騒ぎになってしまう」

その指摘が的を射ていたかどうかはわからないが、アメリアは足を止めて考えた。その隙にトリスタンは彼女のドレスを広げた。

「頼むよ。きみのおかげでひどく混乱している」これほど真剣にセックスを避けようとしたのははじめてだ。「こういう大事な話し合いは、もっときちんとした場でするべきだ」

「そんなことないわ。わたし、待ちきれなくなってきたのよ、トリスタン。あなたがわたしに求愛を始めてから、もう何週間にもなる。そろそろわたしをベッドに入れて――」

「そのための時間はあとでたっぷりとれるよ」トリスタンはさえぎった。椅子の背にズボンがかかっていた。彼はアメリアのドレスを落としてズボンを手に取った。「今夜はくたくたなんだ」

「悲鳴をあげて、みんなを起こしましょうか？」彼女が甘い声で言った。

トリスタンは目を細めた。なんてことだ。「そうなったらきみは、なぜわたしがきみの寝室にいるのかではなく、きみがわたしの寝室にいるのか、理由を説明しなければならなくなる。きみのほうが迫っているのだと思われるぞ」

アメリアは口をとがらせた。「わたしが迫っているなんて、ありえないわ。あなたの求婚をずっと待ち続けていたんだもの」

彼女はトリスタンの毛布に手を伸ばした。彼はその手をつかみ、アメリアを遠ざけて厳しい声で告げた。「わたしを怒らせるなら、きみとは結婚しない。だれの評判が傷つこうとかまわない。わたしの評判は、これぐらいのことではどうにもならないだろう」

「でも、あなたのお財布はそういうわけにもいかないのではないかしら？　わたしにひどいことをしたあなたとは、だれも結婚しないでしょうから」

「そのぐらいの危険は覚悟のうえだ」なんとかアメリアに信じさせることができれば、夜明けまで独身を貫けるかもしれない。

「まあ」アメリアは足を踏み鳴らし、トリスタンが彼女の足もとに落としたドレスを拾いあげた。「わたしが何を考えているかわかる？　あなたはレディー・ジョージアナを愛しているのよ。でも、彼女に求婚したら笑われるだけだわ。そうなったら、あなたはわたしに結婚してほしいと泣きついてくる。絶対にそうさせてみせるから」

トリスタンは半ば体をそむけてズボンをはき、毛布を落とした。「その話は明日、昼食のときにしようと言ったはずだ。お互いもっと落ち着いて、元気も取り戻しているだろう」そしてもっと服も着ているだろう。

「それはけっこうだこと」

「靴はどこだ？」

アメリアは指さした。「あそこ。コートの脇よ」

トリスタンは靴を拾い、ランプをつけた。そのあいだに、いらだって欲求不満気味のアメリアはドレスを肩まで引きあげた。ランプの明かりが部屋を黄色く照らしたとき、彼女はナイトテーブルの引き出しから女物のストッキングがはみ出していることに気づいた。トリスタンはまだアメリアの残りの服を拾っているので、彼女は近づいてストッキングを引っ張り出した。一緒にメモが出てきた。それを開いてすばやく目を通す。

トリスタンがジョージアナ・ハレーをあきらめないのも無理はない。ふたりはベッドをともにしていたのだ。そしてジョージアナは記念にストッキングを置いていった。アメリアは彼の広い背中を見ながら、古風な箱からもう一つのストッキングも出し、両方のストッキングとメモをポケットに押し込んだ。

レディー・ジョージアナによるレッスンもこれまでだ。あの恥知らずな女は、ずっとトリスタンを奪うつもりだったのだ。そしてライバルに疑いを抱かせないよう、レッスンを口実にしていた。でも、今度は彼女が驚く番だ。

「靴を履いてコートを着るんだ。さあ、行こう」トリスタンが言った。

アメリアは一瞬、家中を起こして無理やり結婚に持ち込むという当初の計画を実行しようかと考えた。だが、彼に求婚されるはずだと言い続けてきたあげくにそんなことをしたら、友人たちにそこまで必死だったのかと笑われるだろう。

「あまりうれしくないわ」わざとつぶやいて靴を履いた。

「わたしもだ」トリスタンは離れたところからコートを渡すだけで、着るのに手を貸そうとはしなかった。「馬車はあるのか?」上着を着ながら、彼が尋ねた。

「角で貸し馬車を待たせているわ」

「では、そこまで送ろう」

トリスタンは、わたしが何かずるいことをするのを心配しているだけなのだ。でも、こちらにはメモとストッキングがある。ポケットから落ちないよう上から押さえて、アメリアは先に階段をおり、玄関から外に出た。

「明日、昼食をご一緒するのを忘れないで」馬車に向かいながら、彼女は言った。「うちにいらしてちょうだいね」

「そうするよ」トリスタンが不意に一歩近づいた。「こういうやりかたは感心しないな。企みや罠は嫌いだ」

「わたしはただ、ふたりのことを考えただけよ」アメリアは半歩あとずさりして言った。彼のこんな一面は見たことがない。刺激的だった。「わたしは爵位が欲しいし、あなたはわたしのお金が欲しいんでしょう? でも、わたしはほかの男性からも求婚されているのよ。明日はそのこともよく考えてね」

「一時に行くよ」

アメリアは馬車に乗り込んだ。「待っているわ」

トリスタンは家の中に滑り込んでドアを閉めた。ゆっくり息を吐くと頑丈な樫《かし》材のドアに寄りかかり、かんぬきをかけた。危ないところだった。

だがアメリアが突然現れたおかげで、ずっと頭から消えなかった問いの答えが出た。たしかに彼女を妻に選ぶのは理にかなっている。若いし、従順だし——その点は思っていたほどではないようだが——裕福だ。でも、彼女とは絶対に結婚したくない。

かすかな笑みを浮かべ、ドアから離れて階段に向かった。明日プロポーズしたら、ジョージアナは正気に返ったあとでなんと言うだろう？

そして、わたしとジョージアナは結婚する。おそらく彼女は、新たにわたしに恥をかかせる準備をしているに違いない。だとしたら、彼女を出し抜かなければならない。彼女さえイエスと言えば、あとはなんとかなる。

階段の上で黒い影が動き、トリスタンは緊張してこぶしを握った。ジョージアナ以外の女性がまた現れたのなら、バルコニーから身を投げるところだ。

「彼女と結婚するのか？」ロバートの低い声が聞こえた。

トリスタンは緊張をといた。「おまえか。いいや、結婚しないよ」

「よかった」ロバートは向きを変え、暗がりの中に戻っていった。「おやすみ」

「おやすみ」

ロバートが何を見聞きしたのか知らないが、何も言わないだろう。トリスタンは自分の部屋に戻り、ドアの錠をかけた。それから、さらに椅子をドアの前まで引っ張ってきた。夜明け前の訪問客はもうたくさんだ。考えごとをしなければならないのだから。

翌朝一〇時ちょうどにホーソーン邸に到着したトリスタンは、地味なブルーの上着とグレーのズボンに上質のクラヴァット、よく磨かれたブーツといういでたちだった。ジョージアナは私道を歩いてきて玄関ドアを叩く彼を、窓越しに見つめた。

トリスタンが自分を訪ねてきたのがまだ信じられなかった。彼を嫌い、軽蔑していたときでさえ、あのブルーの瞳と黒い巻き毛を見ると心臓が早鐘を打った。それは怒りのせいだと自分に言い聞かせ、いつもトリスタンを探してしまうのは彼を侮辱し、傷つけるためだと思い込もうとしてきた。でも今となっては、本当にそうなのかわからなくなっている。

自分を傷つけ、恥をかかせた相手にまだ惹かれていたら、まわりの人たちになんと言われるだろう？ トリスタンは変わったと感じるのは、わたしの勝手な思い込み？ それとも本当に変わったのかしら？ 彼はわたしが二度と立ち直れないような打撃を与えるために訪ねてきたの？ それとも本気なの？

「デア卿がお見えです」パスコーが部屋の戸口から声をかけた。

ジョージアナは振り返った。「ありがとう。すぐにおりていくわ」

「承知しました」

手袋をはめて日傘を手に取ると、最後にもう一度、鏡に映る自分の姿を確認してから階下へ向かった。トリスタンは居間で、この家に来るといつもそうするように歩き回っていた。

「おはよう」

彼が足を止めた。「おはよう」

目が合うと、いつものように全身が熱くなる。トリスタンに近づき、顔を引き寄せてキスしたいという衝動を抑えるのはひと苦労だった。こんなことははじめてだ。これまでなら全身が熱くなったあとは、彼に近づいて頭を扇で叩きたくなった。おそらくそれも、彼に惹かれているせいだったのだろう。トリスタン・キャロウェイを求めるのは危険だ。彼を好きになるのはもっと危険だ。

「尻の……」トリスタンはジョージアナの背後に目をやった。そこにはパスコーがいるはずだ。「怪我の具合はどうだ？」彼は言い直した。

「だいぶよくなったわ。動くとまだ少し痛むのと、ところどころにあざが残っているぐらい」

トリスタンはほほえんだ。「よかった。準備はできているかい？」

彼女はうなずいた。「メアリーが一緒に来るわ」

「そうか。ついでに武器を持った護衛もつけるかい？」

「あなたがお行儀よくしているなら必要ないでしょうね」

彼の笑みが広がった。「だったら、今のうちにひとり手配しておいたほうがいい」

ジョージアナの脈が速くなった。「冗談はやめて。行きましょう」

メアリーが玄関広間で待っていた。一行は玄関の階段をおり、グローヴナー通りに向かった。ジョージアナはトリスタンの腕に手をかけながら、手袋をはめずに手をつなげればいいのにと思った。彼の肌に触れるのが好きだった。彼がいつも漂わせている石鹸と革と葉巻のにおいをかぐとうっとりする。

「なんだい？」トリスタンがきいた。

ジョージアナは見あげた。「何が？」

「こちらに体を寄せているから、何か言いたいことがあるんじゃないかと思ったんだ」

彼女は頬を染めて背筋を伸ばした。「ないわ」

「そうか。わたしは言いたいことがあるんだ」

「言ってちょうだい」トリスタンがいるだけでいかに興奮しているか、知られたくなかった。

彼は表情をやわらげてほほえみ、ジョージアナを見つめた。「エドウィナおばさんの猫がひと仕事をしたんだ。今朝、ブラッドショーの軍帽の紋章を取ってね、まるで象でも殺したかのように得意満面で持ってきた」

「まあ、いやだ。それでブラッドショーはどうしたの？」

「あいつはまだ知らない。ミリーおばさんが自分のオーストリッチの帽子から飾りを取って小さく切って染めてから、ブラッドショーの帽子に縫いつけた」

ジョージアナは笑った。「彼に話すつもり？」

「海軍兵士だから目はいいはずだ。気づかないとしたら、あいつが悪い」

「ひどいわね！　上官に見つかったらどうするの？」

トリスタンは肩をすくめた。「ショーのことだから、海軍の新しい流行にしてしまうかもしれないな。秋になるころには、海軍兵士はみんな女物の帽子や飾りつきの帽子をかぶっているかもしれないぞ」

馬車が通り過ぎていき、トリスタンはそちらに顔を向けた。その一瞬のあいだ、ジョージアナは彼の横顔を見ることができた。「わたしに話したかったことって、本当にそれなの？」

「いいや。だが、そのエメラルド色の瞳と陽光のような金髪を褒められるのはいつものことだろう？　だから、ちょっと変わったことを言いたかったんだ」トリスタンは、少し後ろを歩いているメアリーのほうをちらりと振り返った。「だからといって、見事な胸を褒めても自分のためにならないからな」

背筋が熱くなった。「自分のためって？」ジョージアナは小声できいた。

「わかっているだろう」トリスタンは答えた。「でも、わたしはいまだにきみに信じてもらおうと努力している」

「わたしは――」

「デア！」

前方から陽気な声が聞こえ、ジョージアナははっとした。服飾店からベルフェルド卿が出てきて、トリスタンと握手をした。

「びっくりするような噂を聞いたぞ」太った侯爵は大声で言うと、ジョージアナに会釈した。彼女はトリスタンが体をこわばらせたように思った。「どんな噂だ？　わたしはいろいろと噂の的になりやすいからな」

「たしかにそうだな！　わたしが聞いたのは、きみがこの美しいお嬢さんを追いかけているという噂だ。本当なのか？」

トリスタンはジョージアナにほほえみかけた。その瞳を見ると、彼女は心臓がどきどきした。「ああ、本当だ」

「それはいい！　じゃあ、わたしはレディー・ジョージアナに一〇ポンド賭けよう。では、ごきげんよう」

血が凍りついた。自分でも気づかぬうちにトリスタンの腕から手を離し、侯爵の肩をつかんでいた。「どういう……」声が震えて、言い直さなければならなかった。「どういう意味です？　わたしに一〇ポンド賭けるって」

ベルフェルドは少しも動じていないようだった。「〈ホワイツ〉の板《ボード》に載っているんですよ。デアがだれと結婚するか賭けになっているんです。今のところ、シーズン終了までにアメリア・ジョンズという娘に足かせをはめられるという見方が二対一で強いようだ。あなたのほうが劣勢だが、おかげで内部情報を手に入れることができました」彼は片目をつぶってみせた。

ジョージアナは血の気を失い、倒れないようベルフェルドの上着をつかんだ。「ほかに……ほかにはだれの名前が出ているんです？」

「全部は覚えていないが……ドウブナーとか、スミシーとかいう名前があがっていましたね。たしか五、六人だったと思いますよ。違ったかな、デア？」

「さあ」沈黙のあと、トリスタンは奇妙なほど感情のこもらない声で答えた。「わたしはまったく知らなかったからな」

ようやくベルフェルドは自分がまずい発言をしたことに気づき、顔を赤くしてあとずさりした。「だれも深い意味があってやっているわけじゃない、それはたしかだ。単なる遊びだよ。わかるだろう?」

「もちろんよ」ジョージアナは手を離した。ベルフェルドは慌てて去っていったが、彼女はその場を動かなかった。トリスタンの顔を見ることができなかった。大声をあげて家まで走って帰りたい。そして二度とだれにも会いたくない。

「ジョージアナ」トリスタンが声をかけたが、彼女は身を縮めた。

「やめて。よくも――」

「メアリーと一緒に家に帰ってくれるか?」ジョージアナが聞いたことのないような、怒りのこもった暗い声だった。「用ができた」

彼女は意を決してトリスタンを見た。顔が土気色になっている。おそらくジョージアナ自身もそうだろう。彼が動揺しているのは当然だ。計画がばれてしまったのだから。「わたしに賭けに行くの?」言葉を絞り出した。「わたしがあなただったら賭けないわ。これも内部情報ね。そしてあなたのことは信じない。絶対に」

「帰ってくれ」トリスタンは震える声で繰り返した。一瞬ジョージアナを見つめてから、向きを変えてペルメル街の方角に歩いていく。おそらく、賭けの対象をもっと従順な娘に変更するためだろう。

「お嬢様？」メアリーが近づいてきた。「何か問題でも？」

ジョージアナの頰を涙が流れたが、だれにも気づかれないうちにぬぐった。トリスタンが行ってしまうから泣いているなどと思われては心外だ。「いいえ。帰りましょう」

「でも、デア卿は？」

「あの人のことは忘れてちょうだい。わたしは忘れたわ」

ジョージアナはしっかりした足取りで家に向かい、その後ろをメアリーが遅れないよう小走りについてきた。お尻が痛かったが、かえってそれがありがたかった。意識がそちらに向くからだ。トリスタンはまたしても同じことをした。わたしを誘惑し、ベッドに誘い、そして裏切った。そして今回はほかのだれでもない、わたし自身が悪いのだ。

完全に彼にのめり込む前に気づいてよかった。パスコーに玄関を開けてもらったときには、喉からすすり泣きが漏れた。傷つきなどしない。わたしは気にしていないのだから。トリスタンとのあいだのことは単に欲望のなせること。欲望なんて忘れることができる。

「お嬢様？」

「自分の部屋に行くわ」執事の脇を急いで通り過ぎながら言った。「何があっても邪魔しないで。いいわね？」

「は、はい」

〈ホワイツ〉の〝ボード〟と呼ばれるものは実際は掲示板ではなく、台帳だった。この会員制クラブに出入りを許された者ならだれでも、賭けを設定して書き記すことができる。たいていはふた組のあいだの私的な賭けだ。たまに人々の関心を引くものや、大勢が参加するものもある。

トリスタンは〈ホワイツ〉に着くと、昼食までまだ一時間あると伝えようとするドアマンを押しのけて、ゲーム室の片隅に置かれた台帳に向かった。来る途中で呪いの言葉は底をついていたが、台帳のまわりに数人の男が立っているのを見ると、とっておきの言葉がいくつかまた口をついて出た。

「デア」若い男が笑いながら言った。「わかっているだろうが、自分には賭けられないぞ、この色男――」

トリスタンはこぶしで男の顎を殴った。「どけ」相手がぼろ布のように床にくずおれてから、今さらのように言った。

ほかの男たちは慌てて離れ、四方からクラブの使用人たちが姿を現した。そちらには目もくれずに、トリスタンは厚い台帳を自分のほうに向けた。「〝デア卿トリスタン・キャロウェイの結婚について〟」声に出して読む。「〝花嫁候補は以下のとおり。お好きな女性に賭けてください〟」

賭けを始めた人物の名前は書いていなかったが、昨日始まったばかりだというのに、候補者の名前とそれぞれに賭けた支持者たちの名前はすでに二ページにわたっていた。「だれがやったんだ？」トリスタンは数を増す人だかりを振り返って怒鳴った。

「デア卿、こちらへ来て一杯いかがですか？」クラブの支配人であるフィッチモンズが、なだめるように言った。

「だれがやったのかときいたんだ」はらわたが煮えくり返る思いで繰り返す。ベルフェルドから賭けのことを聞いたときのジョージアナの顔を思い出すと、いたたまれなかった。彼女はわたしを信じかけていた。目にそれが表れていた。だが、もう二度と信じてはくれないだろう。神にかけてわたしは無実だが、ジョージアナはわたしが賭けに関《かか》わっているか、直接関わっていないまでも事前に知っていたと考えるだろう。だれかに償いをさせなければならない。わたしの運がよければ、そのだれかは血を見ることになる。

「デア卿……」

「だれだ？」さらに怒鳴った。そして台帳からそのページを破り取った。

野次馬のあいだからどよめきが起こった。台帳のページを破り取るなど前代未聞の出来事だ。その屈辱的なページをトリスタンはびりびりに破いた。

「デア卿」フィッチモンズが険しい声で言った。「わたしと一緒においでください」

「行くものか」トリスタンは声を荒らげた。「この賭けはおしまいだ。わかったか？」

「お願いですから――」

「もうここへは来ない。ただし、レディー・ジョージアナ・ハレーに関する賭けが行われていることをもう一度耳にしたら、このクラブを焼き払ってやるからそのつもりでいろ」屈強な男たちに出口まで連れていかれないうちに、トリスタンはフィッチモンズに詰め寄ってクラヴァットをつかんだ。「もう一度だけきく。この賭けを始めたのはだれだ?」

「それは……弟さんです。ブラッドショーです」

トリスタンは凍りついた。「ブラッド……」

「ええ。どうか放してください」

相手がよろめくほど唐突に手を離すと、トリスタンはクラブを出て、真っ先に目に入った辻馬車を呼び止めた。「キャロウェイ邸まで」うなるように言い、乱暴にドアを閉める。

午前半ばの通りは込んでおり、おかげでブラッドショーの賭けにどれだけの打撃を受けたか考える時間ができた。ジョージアナとのあいだで起こるであろうさまざまな事態を想像してはいたものの、またしても賭けが出てくるとは思っていなかった。

馬車が止まると飛びおりて、御者に一シリングを渡してから家に向かった。珍しく持ち場についていたドーキンズは、自分が開けるよりも早く主人が開けたドアで、危うく鼻を強打するところだった。

「ブラッドショーはどこだ?」トリスタンはコートと帽子を床に落としながら怒鳴った。

「ビリヤード室にいらっしゃるかと……」

ドーキンズが言い終わらないうちに、トリスタンは階段をあがり始めていた。ビリヤード室のドアは半分開いていた。トリスタンが力任せにドアを押し開けた拍子に、廊下の壁にかかっていた絵が落ちた。「ブラッドショー!」

弟がビリヤードのキューを持ったまま上体を起こしたところを、トリスタンは殴りかかった。ふたりはビリヤードテーブルを乗り越えて反対側の床に落ちた。トリスタンが先に立ち、ブラッドショーの顎をこぶしで殴った。

ブラッドショーはテーブルの下を転がって反対側に出ると、キューを手に取って立ちあがった。「いったいどうしたっていうんだ？」切れた唇を手でぬぐいながら言う。

トリスタンは怒りのあまり口をきくこともできずに、テーブルを回り込んだ。ブラッドショーもそれに合わせ、ふたりはテーブルを挟んで動いた。ドーキンズが家族に知らせたらしく、アンドルーとエドワードが戸口に現れた。遅れてロバートもやってきた。

「どうした？」アンドルーが部屋に入りながら尋ねた。

「出ていけ」トリスタンは吐き出すように言った。「ブラッドショーとわたしの問題だ」

「なにごとだ？」

「まったくわからない」ブラッドショーが息を切らし、再び血をぬぐった。「兄さんはどうかしてる。いきなり駆け込んできて殴ったんだ！」

トリスタンはテーブルを乗り越えようとして、すばやく突き出されたキューで殴られた。バランスを崩し、ブラッドショーの胸にぶつかる代わりに肩にぶつかった。自分でも何をしているのかわからなかった。ただブラッドショーを傷つけたかった。自分が傷ついているから。そしてジョージアナが傷つけられたから。

「やめさせて！」エドワードが叫んで前に飛び出した。

ロバートがその襟首をつかんだ。「子供は引っ込んでいろ」そう言って、エドワードをアンドルーのほうに押しやった。「下に連れていけ」

アンドルーの顔が赤くなった。「でも――」

「行け」

「わかった」

ロバートは部屋の中に入るとドアを閉め、だれも入ってこないように鍵をかけた。「口出しをするな」トリスタンはブラッドショーを突き飛ばして言った。

「しないよ。でも、どうしてショーを殺そうとしているんだ?」

「それは」トリスタンは再び殴ろうとしたが、すんでのところでブラッドショーが首をすくめてよけた。「こいつが賭けを始めたからだ」

「そんなのしょっちゅうやっている」ブラッドショーが叫んだ。「兄さんだって、そうじゃないか!」

「ジョージアナのことを賭けにしたな、この野郎!」

ブラッドショーが椅子の脚につまずいて転んだ。あとずさりしながら椅子をつかみ、体の前に掲げる。「なんの話だ? ぼくは兄さんがだれと結婚するかを賭けにしたんだ。それだけだよ。いったい何が問題なんだ?」

「彼女がわたしを信じなくなった。それが問題だ。おまえのせいで、もう二度と信じてもらえない。すぐにこの家から出ていけ。二度とおまえの顔など――」

「彼女は賭けのことで兄さんを責めているのか?」ロバートが部屋の隅から口を挟んだ。

「ああ、わたしを責めている」

「もうひとつの賭けのことがあったから？」トリスタンはすばやく振り返った。「いつ口をきく気になったんだ？　黙れ。そして出ていけ」

「追い出したら、ショーは何も説明できなくなる」ロバートは腕を組んで続けた。「どちらがいいんだい？　ショーがいなくなること？　それともジョージアナに説明すること？」

彼女とのあいだにまだ見込みがあるかどうかを考えると、難しい選択だった。だがロバートのおかげで頭を冷やして考え、自分がしていることに目を向けられるようになった。ブラッドショーは椅子を持って、その脚をこちらに向けている。激しい息づかいとともにトリスタンの顔をにらんでいた。

トリスタンもにらみ返した。「ジョージアナは」吐き出すように言う。「わたしが賭けに絡んでいると考えている」

ブラッドショーは椅子をおろしたが、手は離さなかった。「じゃあ、そうではないとぼくから彼女に言うよ」

「そんなに簡単じゃない。彼女にとっては、わたしが賭けのことを知っているというだけで、わたしが始めたのと同じ意味を持つんだ。とんでもないことをしてくれたな、ブラッドショー！」

「兄さんは知らなかったと言うよ。賭けのことを知って、ぼくを殺そうとしたことも話す」

おそらくジョージアナは耳を貸さないだろう。もう遅すぎる。「着替えろ」トリスタンはそう命じて部屋を出た。ロバートの横を通るときに肩をつかもうと手を伸ばしたが、弟はよけた。今日はこのうえロバートを相手にして、さらにいらだちを募らせる気にはなれない。かといって、なぜ奇跡が起こったのかを聞かずにおくこともできない。「説明しろ」廊下を自分の部屋に向かいながら言う。

袖が破れていた。ブラッドショーに少なくとも一度は殴られている。もう少しまともな格好にならなければ、ジョージアナは話を聞いてくれないだろう。

ロバートがあとをついてきた。「何を説明するんだ？」

「どうして急にそんなにしゃべるようになったのかを」

廊下に沈黙が流れた。トリスタンは再びいらだちを覚えて弟と向き合った。

「これはゲームなのか、ビット？」

ロバートは首を横に振った。顔は蒼白《そうはく》で、口もとがこわばっている。ようやくトリスタンは、ブラッドショーとのあいだに割って入ったのがロバートにとっては大変なことだったのだと気づいた。そのまま前方に視線を戻し、廊下を進んだ。

「いいさ、話したくなったら話してくれればいい。ブラッドショーが逃げていないか見てきてくれ」

「逃げないよ」

トリスタンは深く息をついて気を静め、理性を取り戻そうとした。認めたくはないが、ロバートの言うとおりだ。ジョージアナの信用を取り戻したいのなら、ブラッドショーに説明させなければならない。そして、長いことしていなかったことをしなくては。まだ自分の話に耳を傾けてくれる存在に祈るのだ。

18

アメリアは居間に座って、ハンカチの中央に美しい花の刺繍をしていた。母は書き物机で手紙を書いている。父は事務室で金の計算をするふりをしているはずだ。

大切な日だというのに、とても落ち着いて見えると自分で思った。今日のために選んだ淡いブルーのモスリンのドレスは、上品で美しいうえに瞳を際立たせ、クリームのように滑らかな喉と腕を強調している。二重にかけた真珠のネックレスは昼食には少し大げさかもしれないが、自分との結婚で何がもたらされるかを、トリスタン・キャロウェイの頭にしっかり刻みつけたかった。

彼の言うとおりだと思えることがひとつある。無理やり結婚に持ち込むよりも正式なプロポーズを受けるほうが、評判を保つにはずっといい。これなら両親も、娘が結婚に向けてデア子爵を罠にかけたのではなく、彼のほうからプロポーズをしに来たと言うことができる。実際は罠にかけたのだが、それはだれにも知られないつもりだ。

背後の時計が一五分前の鐘を鳴らし、アメリアは息をついた。興奮しているのとは違う。むしろ期待に胸がはずんでいると言ったほうがいい。数週間の努力が今、実ろうとしている。

そしてわたしは子爵夫人になるのだ。

下の通りを馬車や歩行者が通り過ぎていくが、その音も気にならなかった。彼が約束の時間よりも早く来るとは思えない。一時と言ったのだから、その時間に来るはずだ。両親にもそう話してある。

どちらかといえば、両親のほうがアメリア自身よりも興奮していた。もっとも、みなが期待していることを口に出さないよう気をつけている。何よりも大事なのは礼儀作法であり、両親のどちらも、トリスタンが言う前に〝結婚〟という言葉を口にすることは絶対にない。だがアメリアと同じく両親も、昼食が終わるころには彼女が子爵の婚約者になることを知っていた。


一時少し前にだれかが部屋のドアを叩いたとき、ジョージアナはおばがハーブティーを持ってきたのだろうと思った。「あっちへ行ってちょうだい」窓際の椅子に座って体を揺らし、クッションを胸に抱きながら言った。このクッションは捨てなければならないだろう。涙でびしょ濡れになっている。

「お嬢様」メアリーの声がした。「デア卿と弟さんがお見えです」

心臓が跳ねあがった。「二度と会いたくないとデア卿に伝えて」名前を口にするのもつらかった。

「かしこまりました」

同じ社交界にいる以上、ロンドンにいてトリスタンを避けるのはまず無理だろう。今度こそ、彼のベッドを出たあとすぐにそうすべきだったように、シュロップシャーに帰らなければならない。あそこなら、ばったりでくわしてしまうこともない。

再びドアを叩く音がした。「デア卿と弟さんが、どうしてもお話ししたいとおっしゃっていますが」

どの弟を引っ張ってきたのだろう？　おそらくエドワードだ。わたしがあの子に弱いと知っているから。でも、幼い子供を使ってわたしを懐柔することはできない。今回トリスタンがしたことは、弁明のしようがないのだから。「断ってちょうだい、メアリー」

メイドはためらった。「承知しました」

だが、またしても戻ってきたメアリーは声を高ぶらせていた。「どうしてもお帰りになりません。ギルバートとハンリーを呼んできましょうか？」

メアリーが思っているほど簡単ではないだろうが、トリスタンが屈強な馬丁によってホーソーン邸から追い出されるところを見たい気もする。けれど面と向かって、放っておいてほしい、二度と来ないでと言うほうがもっと満足できそうだ。「すぐ階下《した》に行くわ」

「かしこまりました」メアリーはほっとしたようだった。

立ちあがるときに体が震えた。靴に鉛が詰まっているみたいで、一歩ずつ足を踏み出すのにも苦労する。歩くことに集中すると気がまぎれて助かった。そのまま前へ進むことに神経を傾けながら、ひどく心配そうな顔をしているメアリーとともに一階へおりた。

「玄関横の居間です。パスコーが、それ以上屋敷の中までお通ししていないんです」

「どこにいるの？」

さすがはパスコーだ。ジョージアナは肩をそびやかし、自分で思うほど目が赤かったり腫れたりしていないのを祈りつつ、痛烈な言葉を投げつけてやろうと心に決めて居間のドアを押し開けた。けれども次の瞬間、何を言おうとしたのか忘れてしまった。

左頬に傷をこしらえたトリスタンが戸口の近くに立っていた。ソファーに座っているブラッドショーは片目がほとんど開かないぐらい黒く腫れており、唇も腫れて傷がある。彼女が部屋に入っても、ふたりは互いに相手を見ようとはしなかった。

「ジョージアナ」トリスタンがまじめな顔で言った。「一分だけ時間をくれ。そのあとはきみの好きなようにしてくれていい」

「デア卿」歯切れのいい事務的な声が出たことに自分でも驚きながら、ジョージアナはメアリーとパスコーの鼻先でドアを閉めた。「一分もらって当然だと思っているみたいだけれど、わたしはそうは思っていないの」

トリスタンは口を開きかけたが、再び閉じてうなずいた。「わかった。それなら、ブラッドショーに一分やってくれ」

弟に向けた彼の視線が暗く怒りに満ちているのを見て、ジョージアナは驚いた。家族のだれに対しても、トリスタンが愛情と思いやり以外のものを示すのは見たことがない。「一分だけよ」

ブラッドショーが立ちあがった。「ぼくは昨日、〈ホワイツ〉の台帳に賭けを書き込んだ」兄と同じく感情のこもらない声だった。「トリスタンがだれと結婚するかという賭けだ。おもしろいと思ったんだ。トリスタンは何も知らなかった。それどころか……」唇に指を触れて続ける。「ぼくがしたことを知ってとても怒った。ジョージアナ、きみを傷つけてしまったのなら謝る。そんなつもりはなかったんだ」

彼女は頬を伝い落ちた涙を払った。「彼に無理やり言わされているの？」トリスタンのほうを見ずに言った。

「ここへ一緒に来いと言われた。来ないなら、荷物をまとめろと」ブラッドショーは怒りの目でトリスタンを見た。「それ以外は、無理やりやらされていることは何もない」

「ジョージアナ」トリスタンが急いで言った。「昔のわたしはばかだった。だが、こんなことは二度ときみにも、ほかのだれかにもしないとわかってほしい。きみのレッスンから学んだんだ」

信じてほしいとは言わなかったが、そう言いたいのだ。ジョージアナはしぶしぶトリスタンの目を見た。不安げな顔の中から、ブルーの瞳が探るように彼女を見つめる。二度と近づかないでとわたしに言われるのが、そんなに気がかりなのかしら？　とんでもなく愚かなことかもしれないが、わたしは彼を信じる。信じたいから。もう二度と信じられないと決めてしまうのがあまりにつらいから。

ジョージアナはゆっくりとうなずいた。「信じるわ」

目に見えない鎖から解放されたかのように、トリスタンは前に進み出てジョージアナを腕に抱き、額に、頬に、そして唇にキスをした。「すまなかった」彼はささやいた。「本当にすまなかった」

トリスタンの温かくて引きしまった体に情熱と慰めを求めながら、ジョージアナはキスを返した。彼がわたしを罠にかけていたとしても、これは違う。彼の反応を見るうちに、まったくゲームなどではないような気がしてきた。ゲームでないなら……。

「お取り込み中、申し訳ないが」

ジョージアナは息をのんで身を引いたが、トリスタンに腕をつかまれているので離れることはできなかった。ブラッドショーがあからさまな好奇心と驚きを顔に浮かべていた。

「何が起きているのかな？」彼は腕を組んで言った。

「見ればわかるだろう？」トリスタンがジョージアナを見つめたまま答えた。

彼女はブラッドショーを見て、自分のことで憶測を巡らしているのが彼だけではないのを思い出し、身震いした。「賭けはどうなったの？」

「あれはなくなった」

ブラッドショーが眉をひそめた。「なくなったってどういうことだ？〈ホワイツ〉の台帳に書いてある。こんなことは言いたくないが、賭けはそう簡単になくなるものじゃないぞ」

「だが、この賭けはなくなったんだ」

「どうやって？」

「わたしが台帳から破り取った」トリスタンはジョージアナの頬に指を走らせた。「〈ホワイツ〉に出入り禁止になったよ。それでよかったと思う。わたしみたいな人間を受け入れるクラブの会員になるなんて、まっぴらだからな」

ジョージアナは笑ったが、その笑いには涙がまじった。「わたし自身と、巻き込まれたほかの女性たちのためにもお礼を言うわ」彼女はブラッドショーをにらんだ。「あなたは恥を知りなさい」

「ぼくも学んだよ」ブラッドショーが言った。「いつまでも忘れられないだろう。今度ぼくを殴るときは指輪を外してくれよ、トリスタン」

トリスタンはまだ怒っているようだった。また喧嘩が始まらないようにと、ジョージアナは彼の手から離れてパスコーを呼んだ。「昼食をご一緒にいかが?」ふたりに問いかける。

ブラッドショーがうなずきかけたが、トリスタンは不意にそわそわし始めた。「今、何時だ?」

「二時一五分です」パスコーが答えた。

「しまった」トリスタンはドアのほうを向いた。「ここにいたいんだが、約束があった。もうかなり遅れている」足を止めて、再びジョージアナを見る。「今夜ワイクリフが夕食会を開くが、きみも出るんだろう?」

「ええ」

相変わらずまじめな顔のまま、トリスタンはお辞儀をした。「では、そのときに」

ブラッドショーがぎこちない足取りであとに続いた。ジョージアナの横を通り過ぎるとき、彼は肩に触れて言った。「あんな兄さんを見たのははじめてだ。許してくれてありがとう」

ジョージアナは唇をすぼめた。「彼があなたの目にあざをこしらえなかったら、わたしがやっていたところよ」

「そうだろうね」

賭けのことは人々の憶測を呼び続けるだろう。トリスタンが突拍子もない終わらせかたをしたのだから、なおさらだ。でも、彼はジョージアナの名誉を守るためにやった。そして、彼女が傷ついたからそうしたのだ。この六年のあいだにいろいろな出来事があったけれど、ひとつはっきりしたことがある。トリスタン・キャロウェイは本当にレッスンから学んだのだ。

ブラッドショーから賭けの説明を聞いてほっとしたという事実から、さらにもうひとつはっきりした。ジョージアナの心、欲望、夢は、いかなる分別や理性にも耳を傾けるのをやめてしまった。今度こそトリスタンと自分がこれまでとは違う経過をたどること、最後に傷つかずにすむことを願うのみだ。

キャロウェイ邸に戻ってブラッドショーに口止めし、服を着替えてから再びシャルルマーニュの背に乗ってジョンズ家に向かったのは三時近かった。アメリアをうまくあしらえれば、昨夜の訪問のことはあれで終わりになるだろう。なんとしてもそうするつもりだった。

ジョンズ家の執事が、トリスタンを玄関近くの居間に案内した。ロンドン中が、今日はトリスタンを家の奥には入れたくないらしい。ありがたいことだ。アメリアと最後に会ったときのことを考えると、逃げ道に近いほうが安心できそうだった。

数分後、アメリアが入ってきた。トリスタンは軽くお辞儀をした。「すまなかった」ほほえんで言う。たいていの若い女性には、自分の魅力を見せればうまくいった。

アメリアはトリスタンのほうに頭を傾けた。今回ばかりは表情が読めない。はじめて会ったときは、まだ少女と言ってもいい純真で貪欲《どんよく》な娘が、爵位のために喜んで身を差し出そうとしているのだと思った。美しく、おもしろみのない、御しやすい妻になるだろうと。だがゆうべ彼女がやろうとしたことには、計画性と勇気と決意が必要だ。そう考えると不安だった。たまたまだろうか？　それとも彼女の性格を読み違えていたのか？

「昼食はあなたなしですませたわ」座るよう合図しながら、アメリアが言った。

「よかった。本当にすまなかった。ちょっと……緊急の用事ができたもので」

トリスタンはソファーに座り、しばらくアメリアに会話の主導権を持たせることにした。それでもうなじの毛が逆立った。常に戸口に注意を払い、ドアが開いているのを確認した。彼女には一度、不意打ちを食らっている。二度と同じことをさせるつもりはない。

「わたし、とても怒っているのよ」彼女はトリスタンの向かいに座って言った。

「そうだろう。わたしもきみに満足しているわけではない」

執事が入ってきた。「お茶をお持ちしましょうか、お嬢様？」

アメリアはほほえんだ。「お茶でいいかしら？」

本当はウイスキーのほうがいいが。「ああ。ありがとう」

「すぐに持ってきて、ネルソン」

「かしこまりました」

アメリアは笑みを浮かべたまま膝の上で手を組んだ。まさに行儀のいい若い娘そのものだ。

寝室で服を脱いだ彼女をこの目で見ていなかったら、昨夜のことを聞いても信じないだろう。

どうやらそれが大きな問題になりそうな気がする。

「率直にききたいのだけれど」

「どうぞ」

「わたしに結婚を申し込むつもりがあるの？」

「いいや、ない」

彼女はまったく驚いた様子を見せずにうなずいた。「どうして？」

「一度はきみとの結婚を考えた」トリスタンはゆっくりと言った。アメリアを傷つけたくなかった。わたしがこんなことをしているのは、ジョージアナのあのレッスンを受けたせいだ。

「だが、きみのことをよく知ってみると、自分がきみの夫としてふさわしくないとわかった」

「それを決めるのはわたしではだめなの？」

「だめだ。わたしはきみより一二歳上だから、はるかに経験を積んでいる。わたしは――」

「とにかく、わたしの意向も聞くべきだわ」アメリアはさえぎった。美しい手がこぶしを握る。

トリスタンは首を振った。「六カ月経って、きみを喜んで妻に迎える相手と幸せに結婚したあかつきには、きみもわたしに感謝するさ」

召使が開いているドアをノックして、紅茶のトレーを手に入ってきた。手品のようにアメリアの笑顔が戻った。よくも彼女を正直とか無邪気などと思ったものだ。召使が出ていったとたんに笑みは消えた。

「ほかの人とのほうが、わたしが幸せになれると思うのはわかるわ。でも、わたしは本当にデア子爵夫人になるつもりなの。いい響きじゃない？　デアは二六〇〇年の歴史がある称号だし、尊敬されているわ」

「よく調べたな」

彼女はうなずいた。「ええ。求愛者のことはすべて調べて、あなたを選んだの」

彼女はおかしくなってしまったのだろうか？　トリスタンは紅茶のポットを見た。砒素《ひそ》でも入っているのかもしれない。「アメリア、きみの褒め言葉と友情には感謝するよ。しかし、きみとわたしが結婚することはないだろう。わたしの行動が誤解を招いたのなら謝る。本当に悪かった。だがもうこれできみも、もっと不愉快でない相手を検討できるようになる」彼は立ちあがった。

アメリアが声をあげた。「わたし、手紙を持っているのよ」

トリスタンはかまわず戸口に向かった。「悪いが、これまでの長く嘆かわしい人生の中で、わたしは若い女性に宛《あ》ててたくさんの手紙を書いてきた。詩を書いたことさえある」

「あなたがわたしに書いた手紙じゃないわ。あなた宛に書かれた手紙よ」

彼は足を止めた。「どの手紙のことだ？」

「厳密に言うと、手紙というよりメモね。署名はあるけれど。くしゃくしゃになっていて――」

「なんと書いてある？」トリスタンはさえぎった。本物の怒りが体を貫く。アメリアがあのメモを持っているはずがない。あれだけはだめだ。

「なんて書いてあるかは、あなたが知っていると思うけれど」アメリアは落ち着いて答えた。「それから、彼女があなたに置いていったものも持っているわよ。あなたはわたしとはベッドをともにしたくなかったかもしれないけれど、だれがあなたのベッドにいたのか、わたしは知っているの。まわりには敵同士みたいに思わせていた相手よね」

一〇〇種類もの反応が頭をよぎったが、そのほとんどは実行すれば殺人罪で監獄に送り込まれそうなものばかりだった。「わたしの家から盗んだものはすべて返したほうがいいぞ、アメリア」トリスタンは静かに言った。

「レディー・ジョージアナの私物を返す代わりに何が欲しいか、聞きたくないの？」

「調子に乗るな」彼は一歩アメリアに近づいた。これ以上ジョージアナを傷つけないためなら、監獄行きになったとしてもしかたない。

「喜んで返すわよ」アメリアは相変わらず落ち着いた口調だが、目は戸口のほうを鋭く見た。

「あなたの望みどおりにね」

「では、今すぐそうしてくれ」

「わたしたちが結婚する日まではだめよ、デア卿。その日まで、引き出しの中に安全にしまっておくわ。約束する」

なんと悪賢い娘だ。計画を練らなければならない。それには時間が必要だ。「きみが言ったとおりにするという保証は？」

アメリアの笑みが戻った。「わたしはレディー・デアになりたいの、それが保証よ」彼女は立ちあがってスカートのしわを伸ばした。「このうれしい知らせをわたしの両親に伝えましょうか？」

堪忍袋の緒が切れ、トリスタンはアメリアの腕をつかんで乱暴に引き寄せた。「つけあがるんじゃないぞ、アメリア。ある程度までは協力しよう。だが彼女を傷つけたら、今度はわたしがきみを傷つける。わかったか？」

そこではじめて、アメリアが平静を失った顔をした。「わたしたちは結婚するのよ」彼女はトリスタンの手から腕を抜いた。「婚約を発表するわ。いつにするかはあなたが決めていいけれど、夏が終わる前にわたしのお金が必要なんでしょう？　三日あげる。そのあいだに、わたしを喜ばせるような正式なプロポーズをしてちょうだい」

トリスタンは向きを変えて部屋を出た。家に帰るあいだずっと、ひとつの考えが頭の中を駆け巡っていた。ジョージアナに知らせなければならないが、また彼女の目に悲しみが宿るのを見るのは耐えられないだろう。

きちんとしなければならない。ふたりのために。

19

胡瓜《きゅうり》の薄切りを目の上にのせて三〇分座っていたおかげで、ジョージアナは寝室を出ても小さな子供を驚かさないですむと思えるようになった。心も軽くなったが、トリスタンの意志と、彼に言われるであろうことに対する自分の反応を考えると頭痛がしてきて、大きなグラスでお酒を飲みたくなった。

ホーソーン邸に戻って以来、これまでのようにおばの手伝いをしようと試みてきたが、失敗ばかりしている。このままではいけない。午後遅いこの時間、おばは手紙やパーティーの招待状の整理をしているはずだ。

思ったとおり、おばは居間にいた。だが、手紙の整理をしているわけではなかったし、ひとりでもなかった。

「ウエストブルック卿」ジョージアナはお辞儀をした。「驚きましたわ」

侯爵は立ちあがった。「レディー・ジョージアナ。具合が悪かったとおば上からうかがっていましたが、お元気になられたようで安心しました」

「ええ、ちょっと頭が痛かったんです。今日はどんなご用でおいでになったの?」

「実はあなたに会いに来ました」ウエストブルックは前に進み出ると、ジョージアナの手を取って唇をつけた。

彼女はうなずきながら頭の中で今日の予定を思い返したが、侯爵と何か約束をした覚えはなかった。「紅茶を召しあがります？　それともワインがよろしいかしら？」

「ワインをいただきます」

フレデリカが立ちあがった。「わたしがやるわ。失礼します」

どうしたのだろう？　ジョージアナは眉をひそめたが、ウエストブルックと目が合うと、ほほえんでごまかした。おばはトリスタンが近くにいるときは母熊《ははぐま》のように見張っていたのに、ウエストブルックが来ると進んで部屋を出ていった。

「公爵夫人はとても寛大なかたですね、あなたをわたしに貸してくださるなんて」ウエストブルックがほほえんで言った。

彼はまだジョージアナの指を握っていた。彼女もそれに慣れてきた。だが、ウエストブルックをほかの崇拝者たちと同列に置くことはできない。彼はジョージアナの財産を必要としていない。ある意味、そのせいでウエストブルックの存在はよけいに問題を含んでいた。彼の意図を読み違えていなければの話だが。読み違えている可能性は大いにある。よく自分していることがわからなくなるのだ。トリスタンのせいですっかり混乱してしまっているのがいい証拠だろう。

「なぜわたしに会いたいとお思いになったの、ジョン？」

「そうせずにはいられないからです」ウエストブルックはジョージアナの手を握りしめてから放した。ハンサムな顔を、彼らしくない弱気な表情がよぎる。「どう言えば間抜けに聞こえずにすむのかわからないが、どうしても言いたいのです」

「どうぞおっしゃって」

「ええ。ジョージアナ、あなたもご存じのようにわたしは独身で、かなりの財産を持っています。自慢するつもりはありませんが、事実ですから」

「だれでも知っている事実だわ」

「そのような境遇なので、結婚相手の候補となる若い女性はたくさんいます。全員に会い、性格や外見、将来のことをじっくり検討しました。ここに来たのは……あなたを心から愛していると言うためです。ジョージアナ、わたしの妻になってください」

ジョージアナは、脈が乱れ、鼓動が速くなるのを待った。しかし感じられたのは、ウエストブルックがこれまで何かを、まして彼女を真剣に求めたことがあるのだろうかという疑いだけだった。

「ジョン、わたし——」

「あなたが同じ気持ちでないのはわかっています。ですが、喜んで待ちますよ」ウエストブルックは顔をしかめた。「それからこの数週間、デアがあなたにしつこくつきまとっていることもわかっています。彼の影響で、あなたは自分の将来がよくわからなくなっているかもしれない」

「紳士は人のことをとやかく言うべきではないかもしれませんが、あなたのために率直に言いましょう。わたしにはどうも、デアが六年前のあなたに関する賭けにまだこだわっていて、あなたを惑わそうとしているように思われるのです」

「どういうことでしょう？」

なんてこと。わたしがどれだけ惑わされているかを知ったら、この人はどんなに驚くだろう。この場でプロポーズを取り消すに違いない。「何か証拠となるものがありまして？」

「わたしの直感と、これまでデアについて知り得たことから、そう思うのです。彼が卑しくて遊び好きなのは有名です。そのうえ破産寸前という状態ですから、よけいにあなたに対する彼の動機を疑ってしまうのです」

「つまり、彼がわたしを傷つけてから、お金のためにわたしと結婚するということ？」

「わたしが恐れているのはそれです」

この六年間ジョージアナが持ち続けているものがあるとしたら、それは噂、特に自分とトリスタンに関する噂への嫌悪感だった。「ご自分が有利になろうとして、そんなふうにおっしゃっているの？　それともデア卿を妨害しようとしているの？」

「わたしはあなたの幸せを願っているだけです。あなたがデアに対して正しい判断ができないかもしれないことはわかっています。ですが論理的に考えて、わたしを選んだほうがいいのはおわかりでしょう？」

ジョージアナの心は違うと言っているが、頭ではウエストブルックが正しいとわかっていた。「ジョン、待ってくださるとおっしゃったわね？　お答えするまで数日くださる？」

「もちろんです」彼は再びジョージアナに近づいた。「わたしがまじめに言っていることを示すために、キスをしてもいいですか？」

トリスタンを裏切っているという思いを振り払い、ジョージアナはうなずいた。欲しいのはきみの体だけじゃないという言葉を除けば、彼が直接的な愛の言葉を口にしたことは一度もない。決断を下すために必要な材料は自分で手に入れなくては。

ウエストブルックはかすかにほほえむと、ジョージアナの顔を両手で挟み、唇を重ねた。礼儀正しい、短くて洗練されたキスは、上品であるはずの彼女にふさわしい上品なキスだった。

「明日、ここへ来てもいいですか？」

ジョージアナは瞬きした。

「ええ」

「では、失礼します。ごきげんよう」

「ごきげんよう」

彼が去ってからしばらくすると、フレデリカが部屋に入ってきた。「どう？」

「うまいものね、おば様ったら」

「いいじゃないの。プロポーズされたの？」

「ええ」

「それで？」

「考えておくとお答えしたわ」

フレデリカは椅子に沈み込んだ。「まあ、ジョージアナ」

「何を期待していたの？　わたしはあの人のことを愛していないのよ」

「だからなんなの？　あなたは自分の肺や腎臓《じんぞう》の言うことに従ったりしないでしょう？」

「そんな――」

「だったら、心の言うことにもそんなに耳を傾けなくていいのよ。デアは立派な求婚者がいるレディーが結婚するような相手ではないわ」

ジョージアナは腰に手を当てた。「おば様がジョンをけしかけたの？」

「まさか」

「だったらいいわ。いつも助言してくれる数少ない人たちのひとりがおせっかいな仲人に変わってしまうなんて、絶対にごめんですからね」

「わたしはあなたに幸せになってほしいだけなのよ。わかっているでしょう？」

ジョージアナはため息をついて気持ちを落ち着けた。ほかの人ならともかく、手ごわいおばとだけは争いたくない。「わかっているわ。グレイドンとエマの夕食会に着ていく服を選ぶの、手伝ってもらえる？」

この晩は、まだ寄宿学校を出たばかりの純真だった自分が、トリスタンに言い寄られ始めた魔法のような日々を思い起こさせるひとときだった。あのころの夕食会はグレイドンの家ではなくフレデリカの家で行われたし、キャロウェイ家の兄弟全員が同時にロンドンにいることは滅多になかったが、それでも懐かしかった。

ジョージアナとフレデリカが、ブラケンリッジ邸に最初に到着した客だった。二階にあがると、エマがグレイドンにハープの弾きかたを教えようとしていた。エマの頬が赤く染まっているところを見ると、ふたりが実際にしていたのは別のことのようだが、ジョージアナも自分の最近の行動を考えると人のことをとやかく言えない。グレイドンとエマは、少なくとも結婚しているのだから。

グレイドンは妻とハープから手を離し、フレデリカに、次にジョージアナにキスをした。「教えてくれ」ジョージアナの手を取ってあとのふたりから離れると、彼は言った。「今夜はトリスタンをうちに迎え入れていいのかい？」

いとこの瞳には好奇心と気づかいが浮かんでいて、ジョージアナは思わずほほえんだ。「今のところ、わたしたちは友人同士よ。それがデザートのときまで続くかどうかはわからないけれど」

グレイドンはジョージアナと腕を組み、庭に面した窓まで連れていった。「彼が〈ホワイツ〉に出入り禁止になったのを知っているか？」

「ええ、彼から聞いたわ」

「理由も？」

彼女はうなずいた。「わたしをトリスタンから守らなければいけないなんて思わないでね、グレイドン。わたしのせいで友情にひびが入るのはいやよ。自力でちゃんと解決できるから」

「きみは自分で装っているほど平気ではないはずだ。そしてわたしも、きみや母が思いたがっているほど鈍くない」グレイドンはフレデリカとおしゃべりをしている妻にあたたかい視線を投げた。「エマにきいてみるといい。彼女の考えていることだって、わかったのだから」

「そして五〇人の女子学生の人生をめちゃめちゃにしかけたのよね」

「しかけたというところが大事だ。話をすり変えるなよ」

「わたしに言えるのは、あなたに助けてほしいときはそう言うということだけ」

「そうしたほうがいい。わたしのほうがきみよりも体が大きくて卑劣であることを忘れるな」

「忘れやしないわ。いまだに鼻に蛭がついている夢を見るもの」

公爵は胸の奥から、思いやりに満ちた笑い声をあげた。ジョージアナも思わず笑い返してから、彼の腕を強く握った。「あなたが幸せでよかった。幸せになるべき人だもの」

彼のほほえみが消えた。「きみは幸せか？」

ジョージアナは肩をすくめた。「今は混乱しているわ」

「混乱するのはそんなに悪いことじゃない。きみはいつだって、自分がすべての答えを知っていると考えすぎだからね」

「そんなこと――」

そのとき、まるでタイミングをはかったようにトリスタンが部屋に入ってきた。ミリーが彼の腕につかまっており、ほかのキャロウェイ家の面々はあとに続いている。ロバートまで来ていることにジョージアナは驚いた。たしかに長年家族ぐるみのつき合いをしているし、今夜の客はキャロウェイ家だけだが、それでもロバートが来たのを見ると心が温かくなった。しかしトリスタンが近づいてくると、その温かさは急激に熱を増した。「こんばんは」

「やあ」

トリスタンはジョージアナの手を取り、軽く唇を触れてから上体を起こした。目が合った瞬間、彼のそばにいるときのいつもの興奮とともに、何か冷たいものを感じた。「どうしたの?」

「あとで話をしたい」エマとブラッドショーが近づいてきたので、トリスタンはジョージアナの手を放した。「今はだめだ」

それだけで、ジョージアナの心は千々に乱れた。何かあったんだわ。トリスタンのことはよく知っているからそれがわかる。だれかが断片をつなぎ合わせて賭けのページを復元し、あの騒動がまた一から始まるのかしら? それとも、トリスタンが賭けに怒ったのが侮辱されたからだけではないのをだれかに悟られたの? だとしたら、朝を迎える前にわたしの評判は地に落ちているだろう。あるいは、ウエストブルックがプロポーズしたことを聞いて彼を殺したとか?

夕食とそれに続くいくつかのゲームのあいだ中、気になってしかたがなかった。トリスタンはいつものように魅力的で機知に富んでいたし、フレデリカでさえ彼の言葉に笑った。ジョージアナはつらかった。恋をするのはこんなにつらいことではないはずなのに。それは当人たちになんの汚点もなく、傷つけ合ったり、言い合ったり、だまし合ったりしたことがない場合に限られるのだろう。彼女はため息をついた。ウエストブルックはそういう関係を申し出てくれたけれど、そんな関係はひどく退屈に違いない。

ジョージアナは床に座り、ストームクラウドと名づけることにしたブラッドショーの船の絵を描くエドワードを手伝っていた。そのとき、だれかが肩に手を置いた。ずっと予想していたことではあったが、それでもはっとした。

「悪いな、おチビ。ちょっとジョージアナと話をしたいんだ」

「でもぼくたち、ブラッドショーの新しい船を描いているんだよ」エドワードが言い張った。

「新しい船って？」トリスタンがジョージアナを立たせようとしていると、ブラッドショーが絵をのぞき込んで言った。

「兄さんが艦長になる船だよ」エドワードは説明した。

「じゃあ、救命ボートがもっとたくさんあったほうがいいな」ブラッドショーはトリスタンのほうをちらりと見て、ジョージアナが座っていたところに腰をおろした。

居間を出るとき、彼女は部屋中の視線を背中に感じた。だが、だれも何も言わなかった。トリスタンとの複雑な関係を、どの程度まで彼らに知られているのだろう？　みんな、少なくとも疑ってはいるはずだ。

トリスタンについてビリヤード室に入り、ドアの鍵を閉められると、鼓動はさらに激しくなった。「わたしが発作を起こす前に、何があったのか教えて」彼の表情を探りながら尋ねる。

彼は近づいてきてジョージアナの両肩に手を置いた。

「いったい――」

トリスタンが身をかがめてキスをした。その荒々しい抱擁に、ジョージアナは思わず頭をのけぞらせた。腰がビリヤードテーブルに当たり、つい最近落馬したばかりなのを思い出したが、彼にやめてほしくなかった。こんなにも夢中にさせてくれて、その感情をこれほど楽しませてくれる相手はトリスタンしかいない。

彼はむさぼるようにキスをした。唇だけでなく全身でむさぼられているかのようで、ジョージアナは息がつけず、膝の力が抜けてきた。やがてトリスタンが唇を離すと、彼の襟をつかんで胸にもたれかかった。「ああ」彼女は息を吐いた。「何か悪いことでも起きているのかと思ったわ」

「起きているんだ」トリスタンは静かに言った。「それを聞いたらきみは不愉快になるだろうし、わたしのことも嫌いになるだろう。だから最後にもう一度キスをしておきたかった」

「不安になってきたわ」襟をつかんだまま、ジョージアナは言った。恐怖が心臓をわしづかみにする。「聞かせて」

彼は深く息を吸い込んだ。「ゆうべ来客があった。正確に言えば今朝早くだ」

「来客?」

「わたしの寝室に」

「まあ」新しい恋人ができたのだ。強烈な嫉妬に襲われ、トリスタンから手を離した。「教えてくれてありがとう。こっそりやったのなら、わたしが思っていたよりも――」

「違う……違うんだ!」彼は再び息を吸った。「アメリア・ジョンズだったんだよ、ジョージアナ。わたしがぐっすり眠っているときにやってきたんだ」

「アメリア? 信じられないわ! まだほんの子供じゃないの」

「いいや、そうじゃない」

「でも――」

「信じてくれ。子供だと思っていたのは間違いだった。彼女は立派な大人だ」ジョージアナに触れずにはいられないように、自分がそうしていることに気づいていないように、トリスタンはドレスの襟ぐりを指でなぞった。

「それで、何があったの?」

「わたしは紳士にふさわしくない怒鳴り声をあげて、彼女を家から追い出した」

助かった。ジョージアナは彼を引っ張って唇を重ねた。「よかったわ」アメリアとは、トリスタンのことを除けば何も共通点はないと思っていたし、彼女を好きでもなかった。トリスタンにウエストブルックのプロポーズの件を話したら、どんな顔をするだろう?

「話はそこで終わりではないんだ。彼女はわたしの部屋からあるものを持ち去った」

ジョージアナは激しくトリスタンを揺すった。「いったい何を？」

「きみの手紙とストッキングだ」

「わたしの……」ジョージアナは瞬きをした。不意に耳鳴りが襲ってきて、何も聞こえず、何も考えられなくなった。膝の力が抜けていく。

トリスタンは悪態をついて彼女を抱きかかえ、ビリヤードテーブルの端に座らせた。「ジョージアナ」せっぱつまった口調で言う。「気を失わないでくれ、頼むから」

ジョージアナは彼の肩に頭を預け、震える息を吸った。「ええ。ああ、いやだわ。なぜそんなことをしたのかしら？」

「わたしと結婚したいからだ」

彼女は顔をあげた。頭がくらくらして、めまいがする。安全で退屈な愛も悪くないかもしれないという気がしてきた。「わからないわ」

「自分がそんなに強く求められるなんて、考えもしなかった」トリスタンは中途半端な笑みを浮かべた。「彼女は自分をレディー・デアにしてくれなかったら、きみの――そしてわたしの――秘密を世間にばらすと言っている」

「どうしてそんなふうに脅すのかしら？」

「たぶん、わたしが彼女と結婚する気はないと言ったからだろう」トリスタンは抱擁が貴重なものであるかのように、再び優しく、ゆっくりとキスをした。「きみとのことを壊したくなかったから、ほかに言いようがなかったんだ」

ジョージアナの目に涙が浮かんだ。ウエストブルックへの返事は決まった。

「彼女に返事をするまでに三日ある。だが、きみには言っておいたほうがいいと思ってね」

ジョージアナは首を振り、ありえないことだと言える理由を必死に探した。「わたしはアメリアに協力しようとしていたのよ。彼女に対するあなたの気持ちが変わったとしても、わたしがもともとそんなつもりじゃなかったのはわかっているはずだわ」

「彼女はそんなことを気にしていないと思う」

「気にしているに決まってるじゃない」ジョージアナは言い張った。「あなた、彼女を脅すか何かしたんじゃないの？」

トリスタンが眉をひそめた。「はじめはしなかった」

「ほらね、彼女を怖がらせてしまったのよ。彼女はこれ以上傷つかないために、わたしのものを自分で持っておくことにしたんだわ」

彼はいらだち始めた。「わたしは――」

「わたしが会いに行って、ストッキングと手紙にはなんの意味もないけれど、スキャンダルにならないように取り戻したいと説明するわ」

「なんの意味もない？」トリスタンがジョージアナの顎をあげさせ、彼女はぎらぎら光る彼の目を見つめた。

「彼女にそう言うわ。同じ女性なんだから、わかってくれるわよ」

「彼女は女性というよりも竜に近いね。だが、わたしがなんと言おうときみは行くんだろう？」

「ええ」

トリスタンはまたキスをした。彼に触れられ、抱きしめられることにすっかり慣れてきた。ほっと息を吐いてキスを返し、彼の上着の下に手を入れて腰に回す。

「怒っていないのか？」さらに深いキスをしながら、トリスタンがきいた。

「もちろんうれしくはないわ。でも、あなたに怒ってはいない。わたしもあなたに話すことがあるの」

「なんだ？」

「ウエストブルック卿にプロポーズされたわ」

トリスタンの顔が曇った。「今日か？」

「今日の午後」

「それで、断ったんだな？」

「トリス――」

彼は再びキスをした。「断ったな？」質問というより断定に近かった。「言ってくれ」

アメリアのことを話してくれたのだから、こちらも正直に言わなければならない。「彼は答えを求めなかったの。ただ、考えてほしいって」

「それで、きみは考えるのか？」

ジョージアナはつばをのみ込んだ。「今はほかに考えなければいけないことがあるから」

トリスタンは暗い笑みを浮かべた。「たしかにそうだ。だが、それでも気に入らないな」

「暴力はなしよね？　あなたの話しかた、ちゃんとした紳士みたいだもの」

トリスタンが笑った。「それはまずいな」彼はジョージアナの膝を押し広げて身を寄せた。

ふたつ先の部屋にはみんながいる。しかし、膝の上までスカートをたくしあげる彼の意図は間違いようがなかった。

「だれかに聞かれてしまうわ」腿の内側を温かい手でなでられ、ジョージアナはあえいだ。

「静かにしていれば大丈夫だ」彼はほほえんだ。「そして、すばやくすれば。ドアには鍵がかかっている。実に用心深いだろう？」

「用心深いとは言えないわよ。これは――」

「とてもいい考えじゃないか？」

そうは思えない。慌ててするのはいやなので、ジョージアナは抵抗しようとした。抗議の声をあげかけたとき、トリスタンの指が脚のあいだに滑り込んできた。背中がのけぞり、拒否の言葉は抑えたうめき声に変わった。

「わたしが欲しいんだろう」彼はかすかに震える声で言った。

「我慢できないわ」

そんなことを言うつもりはなかった。まるで自分の弱さを認めたみたいだ。トリスタンは笑っただけで、ジョージアナの背中に手を回し、ドレスの上のボタンを外した。

「これがセックスなのか、ただきみに触れているだけなのかわからない」彼はドレスの前部分を引っ張り、中に左手を入れて胸を愛撫した。「きみはわたしを苦しめるよ、ジョージアナ・エリザベス」

彼女は息苦しくなってきた。「急いで」あえぐように言い、トリスタンのズボンのボタンを外す。

荒々しくキスを続けながら、トリスタンはズボンを脱いだ。それからジョージアナを引き寄せて貫いた。彼女は頭をのけぞらせた。息もできなくなるほどの満足感だった。引っくり返らないよう後ろに手をつくと、ビリヤードのボールがテーブルの向こうに転がっていった。

「ああ」彼の腰に両脚を回す。「ああ、トリスタン」

「しいっ」トリスタンはジョージアナの腿を支えて力強く腰を動かした。「ああ」クライマックスに達した彼女の目を、トリスタンは見つめた。

ジョージアナに続いてトリスタンもうめき声とともに自らを解放し、彼女の肩に頭をつけた。ジョージアナは震えながら上体を起こした。「すてきだわ」彼の髪を指でもてあそぶ。

「すばやくできると言っただろう？」トリスタンは肩に頭をつけたまま言った。その声は低く、楽しそうだった。「ビリヤードもできたし」

「すばやいのはいいけれど、みんなのところを離れてずいぶん経っているわよ」

「そんなに経っていない」彼は両手でジョージアナの胸を覆った。

「だめ」残念だった。トリスタンの魅力的な体のことしか考えられないときに、毅然《きぜん》とした態度を取るのは難しい。

「わかった」彼はジョージアナから離れるとドレスのボタンを留め、スカートをおろした。「わたしと言い争いをしていたと言えばいい」

自分もシャツの裾をズボンの中に入れ、ボタンをかける。愛を交わす――それもグレイドンのビリヤードテーブルの上で――のはとんでもなく愚かな行為だったが、トリスタンは後悔していなかった。結果がどうあれ、ジョージアナを抱くのを後悔することは絶対にないだろう。

彼女はドレスの背中側を見ようとしてゆっくり回った。「わたし、どんなふうに見える？」

「きれいだ」

愛の行為ですでに赤くなっていた頬がさらに赤くなった。「そういうことをきいているんじゃないのよ。もとどおりになっている？」

「ちゃんとなっているよ、ジョージアナ」トリスタンはささやいた。まだ彼女が欲しかった。でも今は、それよりも彼女を守らなければならない。それでも衝動に勝てなくて、ジョージアナを抱き寄せると、彼女の頭を自分の肩に押しつけた。

ジョージアナは息をつき、体の力を抜いて彼の腰に腕を回した。「話してくれてうれしいわ。もし話してくれなかったら――」

「二度とわたしを信用しなかっただろう」トリスタンはあとを続けた。「きみはなぜウエストブルックのことを話したんだ？」

「たぶん、あなたと同じ理由から」

次に取るべき行動ははっきりしているし、実に単純だ。ジョージアナに結婚を申し込むのだ。だが彼女には、ただ嫉妬しているだけとか、アメリアから逃げる口実に使おうとしているだけとは思われたくなかった。

トリスタンはしぶしぶジョージアナを放した。「戻らないと、ケーキと苺《いちご》を食べそびれる。腹が減ってきたよ」

彼女の瞳が輝いた。「ずいぶん食欲があるみたいね」

「きみといるときはね」

少なくとも一瞬のあいだ、ストッキングと手紙が他人の手に渡っていることをジョージアナに忘れさせることができた。しかし彼女の腕を取ってビリヤード室を出ると、その瞳から満足そうな表情が消え、代わりにトリスタンの見慣れた不安の色が現れた。それに気づいたのは、居間に戻り、ジョージアナが船の絵の進み具合を見に行くあいだも、彼女から目を離せなかったからだ。

ジョージアナの瞳からあの不安げな表情を取り除き、二度と現れないようにしてやりたい。そして朝は隣で目覚め、クローク室などに引っ張りこまなくても、彼女に触れたりキスしたりできるようになりたい。

「特に問題はないな?」背後からグレイドンが声をかけてきた。

トリスタンは楽しんでいる表情を顔に張りつけて振り返った。「一杯のウイスキーで解決できないような問題はない。なぜだ？」

「きみとショーはまるでだれかに殺されかけたみたいな様子だし、きみは〈ホワイツ〉から閉め出された。ふつうの一日ではないだろう？」

「平穏な一日だと思っていたが」

「そうか。じゃあ、話さなくていい。だが知っておいてくれ」グレイドンは一歩近づき、低い声で言った。「もう一度ジョージアナを傷つけてみろ、後悔することになるぞ」

それを避けるために今日一日、苦労してきたのだ。もうたくさんだった。トリスタンも厳しい声で返した。「わたしはすべて真剣に考えている。今度わたしを脅すなら、ピストルを使ったほうがいいぞ」

グレイドンはうなずいた。「お互い理解しているようだな」

「そうらしい」

ほのかなラベンダーの香りとともに、ジョージアナがふたりのあいだに割って入った。

「あなたたちったら、雄牛みたいに鼻息も荒く足を踏み鳴らして。お行儀よくできないなら、牧場で戦ってちょうだい」

「ふん」グレイドンは妻のもとに戻っていった。

トリスタンはジョージアナの手を握らずにはいられなかった。「わたしのことを心配してくれたのか？」

「この部屋はエマが新しい家具を入れたばかりだから、何も壊してほしくないのよ」

ジョージアナの目が優しくなり、彼は不意に喉がからからになってつばをのみ込んだ。トリスタンを青くさい少年のような気分にさせるのは彼女しかいない。

「エドワードの描いたガリオン船を見にいらっしゃいな」ジョージアナはトリスタンの手を引っ張った。「エドワードは船の給仕になるんですって」

「そして、わたしたちはみんな乗組員になるの。海賊としてね」

エドワードが勢いよく立ちあがった。「ほんと？」

トリスタンは眉をあげた。「いいや」

「海賊になりたいのに」エドウィナが口を挟んだ。「ズボンを履いて汚い言葉をつかうの」

「そうだよ！」エドワードがおばに駆け寄る。「ドラゴンは船のマスコットだ！」

「ドラゴンって？」エマが笑って尋ねた。

「わたしの猫のことよ」エドウィナが説明した。

「そしてぼくは甲板でポニーに乗れる！」

「大変だわ」ジョージアナは笑い声をあげた。「わたしたち、七つの海を荒らす大悪党になるわね」

「七つの海の笑いの種だよ」トリスタンは訂正した。彼女の笑みを見ると心臓が早鐘を打つ。「ぼくの最初の部隊が子猫とポニーとズボンを履いたおばさんたちの集まりだということが海軍本部に知れたら、ぼくも海賊になるしかないな」ブラッドショーが皮肉めかして言った。「ミリーおばさん、どくろマークの旗を編んでくれるかい？」

「あら、いやだわ。どくろなんてだめ。ティーカップはどうかしら。そのほうが文明的よ」フレデリカまで笑っている。「東インド会社にそうアドヴァイスしたら？」

「ティーカップの旗を揚げたら、まわり中から恐怖の叫び声が聞こえてくるよ」ミリーの隣に座っていたアンドルーが言った。

「わたしだって叫ぶわね」トリスタンは懐中時計を引っ張り出した。「子供たちに海賊たち、もう一二時半だ。そろそろおいとましよう」

自分ひとりならひと晩中、あるいはせめてジョージアナがいるあいだは居残るところだ。この数週間の出来事を考えると、彼女が視界から消えるのすら不安だった。まだまだ何が起こるかわからない。

ジョージアナとフレデリカも帰ることにしたので、トリスタンはジョージアナを玄関の外までエスコートできた。「気をつけて」おやすみのキスをしたいと思いながら言う。

「ええ。明日、アメリアのところに行くわ」

「うまくいくよう祈っているよ」トリスタンはおばの馬車に乗り込む彼女の手をしぶしぶ放した。「結果を教えてくれ」

「ええ、そうするわ。賭けてもいいわよ」

「〈ホワイツ〉ではだめよ」フレデリカが言い、召使が馬車の扉を閉めて錠をかけた。

わたしの問題が〈ホワイツ〉からの閉め出しだけだったら、どんなにありがたいか。トリスタンはため息をつき、家族を二台の馬車に分乗させた。エドワードは眠くてたまらず、ブラッドショーが肩にかついだ。みな、少し寝たほうがよさそうだ。だがトリスタン自身は今夜中に今月の会計処理をして、明日の朝、弁護士に会い、結婚するか地所を売るかしなければならなくなるまであと何日残されているか話し合わなければならない。

それも不安だったが、ジョージアナがアメリアに会いに行くことも心配の種だった。アメリアの悪意に満ちた行為には驚かされた。ジョージアナがそんな目に遭わないよう祈るしかない。しかしこれまでの状況からいって、そうはいかない気がする。何か別の計画を練らなければならなくなるだろう。

馬車の座席に身を落ち着けて、トリスタンはほほえんだ。今なら、それをどんな計画にすべきかわかる気がする。

フレデリカはホーソーン邸に戻ると、ジョージアナの先に立って階段をあがった。だれかが何か言わなければならない。ジョージアナの両親が不在である以上、その役目は自分がになうべきだ。

フレデリカは自分の寝室の戸口で足を止めた。「ジョージアナ?」

姪は心ここにあらずといった様子で半ば笑みを浮かべ、立ち止まった。「なあに、おば様?」

「彼はあなたに結婚を申し込む気なの?」

「なんですって?」ジョージアナは顔を赤らめた。「トリスタンのこと?」

「ウエストブルックはすでに申し込んで、あなたは返事を先延ばしにしたでしょう。だから、そう、デアのことよ。どうなの？」

「わからないわ。どうしてそんなことをきくの？」

「さあね。でも、あなたはずっと彼のことが好きだった。一度は傷つけられたのに。また傷つけられるつもり？」

　ジョージアナは笑った。「わたしは年も取ったし、賢くもなったわ。それに彼のことが好きかどうかも自分でわからないのよ」

「そう」フレデリカは応えたが、どうしても疑り深げな口調になった。「わたしには、あなたの心はもう決まっているように見えるのだけれど」

　ジョージアナの笑みが消えた。「何かわたしに言いたいことがあるの、おば様？」

「ほんの数日前、あなたは彼に対してヒステリーを起こしていた。たしかに彼はお父様が亡くなってからずいぶん分別がついたようだけれど、あなたは本当に心を捧《ささ》げられる相手だと思っているの？」

「いい質問ね。答えがわかったらおば様にも教えるわ」ジョージアナは寝室のほうに歩きだした。「だけど、自分でも心と頭が同じ方向を向いてくれるのを望んではいるのよ」

　フレデリカは眉をひそめた。思っていたよりも事態は悪いようだ。「だれだってそうでしょう」

20

トリスタンは何かかたいものに頭を打ちつけたかった。「悪いのはわかっている」机越しに弁護士をにらみながら、低い声で言う。「きみと同じようにはっきり数字は見えているよ」

「ええ、もちろんそうでしょう」ビーチャムは鼻の上で眼鏡を押しあげ、なだめるように言った。「申しあげたかったのは、非常に悪い状況にあるということです。もうどうにもならないと言っても過言ではありません」

「過言ではない」トリスタンはその言葉に必死でしがみついた。「ということは、まだなんとかなる可能性もあるわけだ」

「それは――」

「なんだ？」トリスタンはこぶしを机に叩きつけた。

弁護士は飛びあがり、眼鏡がまたずり落ちた。彼はつばをのみ込んで、眼鏡をもとの位置に戻した。「ダンボローのグロウデン領地は限嗣相続の対象になっていません。狩りのために、スコットランドに土地を探している貴族や商人が何人かおります」

トリスタンは首を振った。「グロウデンは二〇〇年前からの領地だ。わたしの代でそれを失いたくはない」それにロバートが去年、そこで冬を過ごしている。弟にとって居心地のいい場所があるなら、それを取りあげたくなかった。

「正直に申しまして、デア卿の賭けの腕前やその結果の数字を拝見してもなお、どうやって支払いを続けておられるのかわかりません。わたしには奇跡のように思われます」

「とにかく、わたしの代でキャロウェイ家の地所を売ることは絶対にない。ほかの意見を言ってくれ」

「すでにご自身のものは、ほとんど売り払っておられるではありませんか。シャルルマーニュ以外の馬に、船、ヨークシャーの狩猟小屋、それに――」

「頼むから助けてくれ、ビーチャム」トリスタンはさえぎった。自分が手放したものはちゃんと知っている。それでも足りないのだ。「どれだけあれば、向こう三カ月の税金と使用人の給料と食費を払っていけるのだ?」

「また奇跡を起こすしかありません」弁護士は脳の働きを刺激するかのように、髪のほとんど残っていない頭に手を走らせた。

「金額で言ってくれ」

ビーチャムはため息をつくと、身をかがめて何百冊とありそうな台帳から一冊選び出し、ページをめくった。「月に三〇〇ポンドです」

「それは無茶だ」

「ええ。大半の債権者はあと数カ月くらいなら支払いを待ってくれるでしょうが、それはこれ以上負債をお作りにならない場合に限ります」

喜ぶべきなのだろうが、トリスタンは葬儀の準備をすると言われたような気分になった。

「わかった。三〇〇はなんとかする」方法は思いつかないが、とにかくなんとかしよう。そうしなければならないのだから。

「承知しました」

「それから」トリスタンは続けた。「債権者にすべての債務を支払い、必要な種や商品などを買うとしたら、全部でいくら必要になる?」

「全部で、ですか? もっと現実的な数字を目標にされたらいかがです?」

「いつか、よけいなコメントなしに質問に答えてくれるのではないかと期待して待っているんだが」トリスタンはビーチャムをにらんだ。わたしがものを壊し始めたら、この弁護士は恐怖のあまり死んでしまうかもしれない。

「かしこまりました。キャロウェイ家とデア卿ご自身が負債なしの状態に戻るには、およそ七万八五二一ポンド必要になります」

「およそ……」トリスタンは瞬きをして繰り返した。ビーチャムの言葉は正確で強力な一撃だった。

「さようです。もちろん少しずつ返済することもできます。そのほうが賢明ですし、楽でしょう。ですが、最終的には必要な金額が増えます」

「もちろんそうだろう」

金額は予想していたものに近かったが、他人の口からその数字を聞かされるとさらに気が滅入《めい》った。「今月の三〇〇ポンドは、どのくらいの期間で集めなければならないのだ？」トリスタンは古くて座り心地のいい椅子に背中を預けた。

「一週間でしょうか。あるいは二週間。それなりの相手と賭けをして、お勝ちになればの話ですが」

「ここのところ賭けをする時間がない」裕福な勝負相手を見つけられる〈ホワイツ〉に出入り禁止になったのも大きい。

ビーチャムは咳払いをした。「差し出がましいことを申すようですが、ご結婚を考えて若い女性を追っておられると聞いています。地所をお売りにならないのでしたら、それしか方法はないと思います」

「ああ、たしかにある女性のことが頭にあるが、これから説得しなければならない」

運命は気まぐれだが、まだ捨てたものではないかもしれない。ジョージアナ・ハレーには年に二万ポンド近くの収入がある。それにたとえ持参金がなくても、この六年間かなりうまい投資をしてきたと聞いている。彼女がトリスタンに対して誓いの言葉を述べてくれれば、その瞬間、キャロウェイ家の地所はすべて救われる。問題は、その誓いの言葉を口にするよう彼女を説得できるかどうか自分でもわからないことだ。

ジョージアナを妻にしたいという思いは金の件より自分の欲求から来るものだが、もし彼女が貧しかったら、彼女への執着は破産宣告を受けて裁判所に立つのとともに消えていただろう。もし彼女に結婚を拒まれたら……。それについては考えまい。

弁護士が体を動かしたので、トリスタンは我に返った。「ありがとう、ビーチャム。次は火曜日に会って、わたしの状況が今日よりよくなっているか悪くなっているか検討しよう」

「わかりました、デア卿」

弁護士の表情には、状況がよくなることなど期待していない気持ちが表れていた。トリスタン自身も同じ思いだった。

ジョージアナにプロポーズする前に、どれだけ彼女の金が必要かきちんと説明しなければならないだろう。これまで彼女とわたしは、本当の気持ちと本当の問題を話し合うのを避けてきた。もう真実に目を向けるべきときなのだ。

とにかくジョージアナと結婚したい。アメリアから手紙とストッキングのことを聞かされたとき、それがトリスタンにとって何より大事なこととなった。あらゆる噂からジョージアナを守りたかった。

ジョージアナなしで生きるなど考えられない。たとえ持っている服をすべて売り払うはめになったとしても、彼女以外との結婚は考えられない。ジョージアナでなければ、だれとも結婚しない。彼女でないとだめだ。

この騒動の中で学んだことは実に単純だった。いくらジョージアナを怒らせ、傷つけることになっても、真実を話さなければならない。時間があれば説得してもいい。自分が変わったことを、何度も彼女に見せなくては。

だが三カ月では、わたしの変化を証明してみせるには足りない。それどころか、アメリア・ジョンズの最後通告によって残された時間はあと二日しかないのだ。四人の弟とふたりのおば、そして衣食住をわたしに頼っている使用人たちのことを考えれば、選択肢は限られている。

貴族院に出かける支度をするために、トリスタンは二階へあがった。ロバートの部屋の前を通るとき、開いたドアから室内を見た。弟は窓辺に座って本を読んでいるだろうと思っていたが、予想に反して乗馬用の上着を着ているところだった。

「ビット?」足を止めて声をかけた。

ロバートは肩越しに振り返ってから、乗馬用手袋をはめた。「なんだい?」

「何をしている?」

「服を着ているんだ」ロバートは長い黒髪の上に青いビーバーハットをのせた。

「なぜ?」

ワーテルローの戦い以前のロバートだったら、こんな寒い日に裸で外に出たくないから、などと答えただろう。だが、今の彼は無言でトリスタンの横をすり抜けた。

「とにかく、大丈夫なんだな?」

「ああ」

時間があれば、あとをつけて本当に大丈夫なのか確かめたいところだが、これで満足しなければならない。弟のあとをつけていたら、するべきことが何もできない。尾行を避けるのは得意なロバートだが、彼は助けを必要としている。それがどんな助けなのか、だれが助けられるのか、トリスタンにはわからなかった。

「まったくいまいましい」自分の部屋に向かいながらつぶやいた。ロバートがまともに話をできる相手はジョージアナしかいない。そのジョージアナはアメリア・ジョンズとの話し合いに向かっている。なんといい一日だ。


「どこに行くの？」

ジョージアナはぎくりとして、危うくマントのボタンを引きちぎりそうになりながら振り向いた。「まあ、おば様、びっくりしたわ」

「そうみたいね」フレデリカはジョージアナをじっと見つめ、その装いに眉をつりあげた。

ジョージアナは自分の服装を見おろした。淡いグリーンのシンプルなドレスで、持っている中でもっとも控えめと言っていい。できるだけ純真に見せたほうがいいだろうと思ったのだ。

「ちょっと用があるの」それを聞いておばがもっと近づいてくると思わなかったので、ジョージアナはほほえんで言った。「おば様も〈メンデルソンズ〉に何か用があった？」

「新しく入ったレースが見たかったの。一緒に行ってもいいかしら？」

なんてこと。アメリアにストッキングを返してほしいと言うのに、おばを連れていくわけにはいかない。おばをだまそうとした報いだ。「もちろんいいわよ。おば様が退屈するんじゃないかと思っただけ」

「まさか。バッグを取ってくるわ」フレデリカが戸口から離れたのと同時に、パスコーが姿を現した。

「レディー・ジョージアナ、男性のお客様です。お出かけになったとお伝えしましょうか?」

男性。だれが来たとしてもおかしくない。ウエストブルックは午後に来ることになっているのので、トリスタンかもしれないと思っただけで脈が速くなった。おばが再び足を止めたので、ジョージアナはため息を抑えた。おばをだますのは思ったよりも難しい。「ええ、申し訳ないとお伝えしてちょうだい」

「承知いたしました」パスコーは階下へ向かった。

自分を呪いながら、ジョージアナは階段をおりるパスコーを見守った。「パスコー、どなたなの? 名前を言ってくれなかったわね」

執事は足を止めた。「名刺をお持ちではなかったのです。あれば、お嬢様にお渡ししています。おそらくロバート・キャロウェイだと思います。お嬢様と話したいとしか、おっしゃらなかったのですが」

「ロバート・キャロウェイ?」ジョージアナは急いで階段をおりた。「おば様、ちょっと待ってもらってもいいかしら?」肩越しに言う。

「気にしないで。わたしはレディー・ドーチェスターとの昼食に出かけるわ。あなたの予定はころころ変わりすぎて、わたしには合わないもの」

「ありがとう！」ジョージアナはほほえんで居間に向かい、室内に飛び込んだとたんにロバートとぶつかりそうになった。彼は一歩さがってよけたが、部屋を出ようとしていたところのようだ。だが、彼女は驚かなかった。

「おはよう、ビット」ジョージアナは彼のために道を空けて言った。

「すまない」ロバートは話すのがつらいかのようにつぶやいた。そしてジョージアナの脇をすり抜け、玄関広間に出た。「間違いだった」

「ちょうど散歩に出ようとしていたところなの」ジョージアナはロバートの背中に向かって言いながら、パスコーにバッグを投げた。執事はそれを受け取ると、眉をあげただけで何も言わず後ろに隠した。「一緒に行かない？」

ロバートが歩調を緩めてうなずいた。シャペロンが必要だ。メアリーは、昨夜ジョージアナがグレイドンとエマの夕食会で着たドレスのボタンがなぜかふたつ取れてしまったのを二階で直している。一階のメイドが両手にテーブルクロスとナプキンを抱えて現れた。「ジョセフィン、それを置いて一緒に散歩に来てくれない？」

「わ、わたくしがですか？」

パスコーが進み出た。「レディー・ジョージアナがおっしゃるとおりにするんだ、ジョセフィン。今すぐに」

一行は玄関のドアを出た。ロバートが早足で歩くので、ジョージアナはボンネットや日傘を取ってくる時間もなかった。「ロバート」彼女は走らずに追いつこうとしながら声をかけた。「あなたのペースは散歩というには速すぎるわ」

ロバートがすぐに速度を落としたので、ジョージアナは並ぶことができた。だが、きつく歯を食いしばっている様子を見ると、話したくても話せないらしい。ジョージアナがフレデリカから学んだことがあるとしたら、相手がリラックスして話せるようになるまで他愛のないおしゃべりをする技術だ。

「ゆうべエドワードに言うつもりだったのだけど、描いた絵にはすべて署名と日付を入れておいたほうがいいわ。あとで見返したときに、いつ描いたかわかったらうれしいでしょう？」

「ぼくもときどき記憶力が怪しくなることがある」ロバートが静かな声で言った。

うまくいったわ。「わたしもよ。何を思い出そうとするかによるけれど」彼が先を続けたければ続けられるよう、少し間を置いてから言った。「顔を覚えるのは得意なんだけど、どこで何があったとか、だれが何を言ったかということになると、わたしの頭はレースよりも穴だらけになってしまうの」

「そんなことないだろうが、そう言ってくれてありがとう」ロバートは息を吸うと、ため息をついた。「ぼくはきみに結婚を申し込んだことがあるかな？」

「いいえ。あなたは申し込んだことのない少数派のひとりよ」

「ぼくはばかだ」

ジョージアナは笑ったが、どうにも落ち着かなかった。ロバートの兄と関わっていることだけでも充分に居心地が悪いし、彼を傷つけたくなかった。「あなたは気持ちいいほど自立しているわね」

「自立しすぎていて、ほとんど家を出ることもできない」

「今日ここに来たじゃない」

笑みらしきものが彼の口もとに浮かんだ。「今日のきみはデアを好きでいる。明日になったら、ぼくと話したくなくなるかもしれないと思ったんだ」

「あなたとはいつでも話すわよ、ロバート。トリスタンとわたしのあいだに何があってもね」

ロバートはうなずいた。「よかった。きみもいつでもぼくに話しかけてくれ。ぼくは話を聞くのがうまいとよく言われるんだ」彼は長く黒いまつげの下から、自分が冗談を言っているのがわかっているか確認するようにジョージアナを見た。

「あなたはユーモアのセンスを失っていないのね」

「完全にはね」

ハイド・パークの東側に着いていた。朝も遅い時間で、馬車や馬であふれ返っている。ロバートはそれに関して何も言わなかったが、人込みを見るうちに不安が増しているのがジョージアナには感じられた。「〈ジョンストンズ〉のお菓子を食べたことはある?」

「いいや」

「じゃあ、ひとつ買ってあげるわ」彼女は公園から離れて南に向かった。

「いや、もう行かなければ」ロバートの頬の筋肉がぴくりと動いた。警戒と怒り――おそらく自分自身に対する怒り――が半々のときの彼の態度だ。キャロウェイ家の人々はプライドが高い。ジョージアナに緊張しているのを見られるのがいやなのだろう。

ふたりはジョゼフィンを後ろに従えて通りを戻った。ジョージアナは、今日来たのには何か特別な理由があるのか、あるいは何か話したいことがあるのかロバートにききたかった。けれども一方で、それで彼が去ってしまったり、居心地が悪くなって二度と来なくなってしまったりするのは避けたかった。

ホーソーン邸に戻ると、ジョージアナは馬丁にロバートの馬を連れてこさせた。「来てくれてうれしかったわ。あなたがおしゃべりしたくなったら、いつでも相手をするから。本当よ」

ロバートの濃いブルーの瞳がじっとジョージアナを見つめ、彼女は心を読まれているのではないかと落ち着かない気分になった。「ぼくをピンチみたいな気分にさせないのはきみだけだ」

ジョージアナは眉をひそめた。「ピンチ？」

「シェークスピアの『間違いの喜劇』に出てくるピンチだよ。〝彼らはピンチという男を連れてきた。とがった顔をした、貪欲な悪党。やせこけた道化師。みすぼらしい服を着たペテン師にして占い師。貧しい、目の落ち窪《くぼ》んだ、鋭い顔をした恥知らず。まさに生ける屍《しかばね》だ〟」

その引用とロバートの淡々とした声に、彼女はどこか不安を覚えた。「記憶力が怪しいなんて言う人にしては、ずいぶんよく覚えているのね」

笑みらしきものがロバートの口もとに浮かんだが、すぐに消えた。「ぼくはフランスの監獄に七カ月入れられていたんだ。読むものといったら古い戯曲集しかなかったから、そのときに覚えた。ぼくたちは話すこともできなかったんだよ。ずっと」

「ロバート」ジョージアナは小声で言い、彼のほうに手を伸ばした。

ロバートはあとずさりした。「あれより悪いことなんてない。ジョージアナ、自分を追い込んではいけないよ。それがトリスタンと一緒になることであっても、一緒にならないことであっても。そのほうが楽だからといって、あきらめてはだめだ。あきらめたら何も残らない。それを言いたくて来たんだ」彼は馬に飛び乗ると、走り去っていった。

ジョージアナは動揺して玄関の階段に座り込んだ。ロバートはあまりしゃべらなかったけれど、その彼が口を開いたときに話してくれたことは……。「驚いたわ」彼女はつぶやいた。恐ろしい話だったが、それを聞いてはっきりした。残りの人生をどう生きるか、他人にとやかく言わせるものですか。アメリア・ジョンズは自分のものではないものを持っている。それを取り返さなくては。

ジョンズ家の執事に案内された一階の居間では、アメリアと同じ年ごろの一〇人ほどの娘たちが、おしゃべりをしながらサンドイッチを食べていた。

アメリアが立ちあがり、卵形の美しい顔に笑みを浮かべて出迎えた。「こんにちは、レディー・ジョージアナ。ここでお会いすることになるとは思っていなかったわ」

「あなたとちょっとお話がしたくて」ジョージアナは落ち着かなかった。トリスタンを除けば、アメリアはジョージアナのしたことを知っている唯一の人間だ。そして、社交界での彼女の評判を汚す手段を持っている。

けれども純真そうな美しい瞳と楽しそうな友人たちを見ていると、アメリアがストッキングと手紙を手もとに置いておく理由を、トリスタンが誤解しているのではないかと思えてしまう。きっと彼女は嫉妬しているだけなのだ。トリスタンはアメリアに目をつけた。彼はとてもハンサムだ。そしてわたしは彼女に協力すると約束した。ある意味、すべてはわたしのせいだと言える。

「ぜひお話ししましょう」アメリアは応えた。「でも、その前に紅茶をいかが？」

ジョージアナは無理に笑みを浮かべた。「いただくわ。ありがとう、ミス・ジョンズ」

「アメリアと呼んで。みんなそう呼ぶのよ」

「わかったわ、アメリア」

アメリアは部屋にいるほかの娘たちのほうを向いた。「みなさん、レディー・ジョージアナ・ハレーを知っているわよね？　彼女のいとこはワイクリフ公爵よ」

「公爵は家庭教師と結婚されたと聞いているけれど」ひとりが甲高い声で尋ねた。「本当なんですの？」

「エマは女学校の校長だったのよ」ジョージアナは答えた。部屋の雰囲気が妙だった。敵意に満ちていると言ってもいい。うなじの毛が逆立った。「それに、彼女のいとこには子爵がいるの」召使から紅茶のカップを受け取りながら言う。

「そして今は公爵夫人ね」アメリアが隣に座るようジョージアナに合図して言った。「過去のことなんて関係ないわ」

アメリアが投げかけてきた視線は謎めいていた。まるで、女性の身分に関して何か言うよう促しているかのようだ。ジョージアナは不快感を募らせて紅茶を飲んだ。ここでは多勢に無勢だが、こちらにも武器がないわけではない。

ここにいる娘たちは社交シーズンのあいだ、さまざまな催しで見かけたことはあるものの、ほとんどが知らない相手だった。多くが男爵やナイト爵の娘や姪たちだが、もっと高い爵位を持つ貴族の孫もいる。

娘たちはファッションや天候についてのおしゃべりを再開し、ジョージアナは少し緊張をといた。おそらく神経をとがらせすぎて、誤解していたのだろう。

「レディー・ジョージアナ」アメリアが静かに口を開いた。「ここにいらっしゃるなんて驚きだわ」

「あなたに謝りたかったの」ジョージアナは言った。

「本当に？　何を？」

「デア卿のことよ。わたしの計画は残念ながら大失敗だったわ」

「どうしてかしら？」

メモを見たのだから、アメリアも知っているはずだ。だが、改めて謝ってほしいというのなら喜んで謝ろう。「よければ、もっと静かなところで話したほうがいいと思うのだけれど」

「お客様たちも、ちょっとぐらいならわたしが席を外しても許してくれると思うわ」アメリアはジョージアナを引っ張って一緒に立ちあがった。「ごめんなさい、ちょっと失礼していいかしら？」

ジョージアナがアメリアのあとから居間を出るあいだも、娘たちの笑い声は消えなかった。廊下を進み、静かな通りに面した小部屋に入る。「とてもすてきなおうちね」高価で趣味のいい装飾に改めて感心して言った。

「ありがとう。ところで、本当にトリスタンとの過ちのことを謝るためにいらしたの？　そんな必要はないのに」

ジョージアナは言い返したいのを我慢した。アメリアが怒るのは当然だ。「いいえ、必要よ。わたしはあなたが彼を夫にする手助けをすると言ったのに、それとまったく違うことをしてしまったのだから」

「ばかばかしい。あなたのおかげで、わたしは彼を夫にできるのよ」

礼儀を忘れてはだめ。ジョージアナはそう自分に言い聞かせた。「すべてがひどい誤解だったのよ。本当に悪いと思っているわ。わたしはあなたを助けたかっただけなの。信じてちょうだい」

「ほんの一瞬でも信じられないわ」アメリアは穏やかな笑みを顔に張りつけたままだった。「でもさっきも言ったように、そんなことはどうでもいいの。わたしはデア卿に狙いを定めていて、彼と結婚するつもりだから」

「恐喝して？」抑える前に言葉が出てしまった。

アメリアは肩をすくめた。「わたしは手に入れたものを利用しないほど愚かではないわ」

率直な質問と怒りをぶつけたほうがよさそうだ。「盗んだんでしょう？」

「じゃあ、トリスタンはどうやって手に入れたのか聞かせてほしいものね」

ジョージアナは何か辛辣な言葉を投げつけようとしたが、口を閉じた。大声を出したからといって、どうなるわけでもない。「アメリア、トリスタンとわたしのあいだに起きたことは予想外のことだったけれど、あなたにはそれを材料にわたしたちのどちらかを傷つけることなどできないわよ。あなたがそんなよけいなことをして、彼やわたしとの友情を壊すはずがないと信じてるわ」

「わたしとあなたは友達じゃないわ、レディー・ジョージアナ。ライバルよ。そしてわたしが勝ったの」

「これは競争ではないのよ、アメリ――」

「そして、わたしのすることはよけいなことじゃない。だってトリスタンから、結婚するつもりはないと言われてしまったんだもの」アメリアはため息をついた。「今だって、彼としては結婚する必要はないんでしょうけれど、そうなると次に起こることは彼の責任になる。

あなたがトリスタンをだましてレッスンをしているのだと彼に話したわ。だから、彼はもうあなたのことも求めていないはずよ。彼と無事に結婚したら、あなたのものは返します。それですべて丸くおさまるでしょう？」

アメリアをうぶで無力なお嬢さんだと思っていたなんて。長いこと見つめ合ってから、ジョージアナは彼女の家を出た。

おばの馬車に乗って最初に思ったことは、トリスタンにあなたの言うとおりだったと報告しに行って、何か計画を思いついたか尋ねることだった。

だが、どうしても振り払えない思いがあった。何もかも自分がしたことなのだ。わたしはトリスタンにレッスンを授けなければならないと思い、それができるのは自分だけだと考えた。そして見事に失敗し、またしても彼の人生と深く関わることになってしまった。

それでもトリスタン・キャロウェイが欲しい。ロバートが言ったように、ただあきらめて、他人が残しておいてくれた将来を受け入れることはできない。トリスタンと話し合って、心が望んでいるように本当に彼を信じていいのか、見極めなければならない。

ジョージアナは窓から顔を出して言った。「ハンリー、キャロウェイ邸へ向かってちょうだい。ミス・ミリーとミス・エドウィナを訪問したいわ」

御者はうなずいた。「かしこまりました」

21

午後の休憩のために議会から家へ戻ると、トリスタンはまっすぐ事務室に向かった。三カ月で九〇〇ポンド集めることなどできないのはよくわかっているが、数日間息をつくための現金が必要だった。そのあいだに、どうすればジョージアナを傷つけずに彼女と結婚できるか考えたい。

「ご主人様？」ドーキンズが事務室のドアを叩いた。

「なんだ？」

「レディー・ジョージアナが、ミス・ミリーとミス・エドウィナのところにいらっしゃっていることをお伝えしにまいりました」

トリスタンは立ちあがって大股でドアに近づき、乱暴に開けた。執事は危うく後ろに引っくり返るところだった。「だれがそれをわたしに知らせろと言ったのだ？」

「レディー・ジョージアナです。居間におられます。少し前からいらっしゃっていますが、ご主人様がお帰りになられたのをお気づきにはなっておられないようです」

「なぜわたしがいることを彼女に言わない？」

「わたしは食料品室で在庫をチェックしておりましたもので」

「居眠りをしていたんだな」

執事は背筋を伸ばした。「ご主人様、わたしは――」

「まあ、いい」

ジョージアナがここに来ているということは、アメリアとの話し合いはすでに終わったということだ。説得に成功してストッキングと手紙を取り戻したのを願う気持ちもあった。ジョージアナを脅かすものがなくなれば、今日にでも結婚を申し込むことができる。だが一方で、いきなり現れて竜から乙女を救おうとする中世の騎士のような気分で、アメリアが断ったことを望む気持ちもあった。ジョージアナに対して自分はほとんど何もしていないも同然なので、トリスタンは責任を感じていた。

「やあ」トリスタンは居間に入った。

ジョージアナはおばたちのあいだに座っており、三人とも笑っていた。しかし彼女と目が合ったとき、うまくいかなかったのがわかった。彼女が何を言おうと、その目は嘘をつかない。

「こんにちは」ジョージアナが応えた。「おば様たちから、ドラゴンのいたずらのことを聞いていたのよ」

「ドラゴンがあれ以上大きくなくてよかったよ。家中めちゃくちゃにされてしまう」トリスタンは三人に近づいた。「しばらくジョージアナを借りていいかい?」

「ええ、どうぞ」ミリーが笑いながら答えた。「あなたはいつも、わたしたちのところに来たきれいなお客さんを借りていってしまうのよね」

「本当なの？」ジョージアナはそうささやき、トリスタンと一緒に廊下へ出た。「これまで何人、きれいなお客さんを借りていったの？」

「きみだけだよ。どうだった？」

ジョージアナは廊下を見回した。ためらうその様子を見て、トリスタンは図書室に入るよう合図し、彼女がソファーに座るとドアを閉めた。

「話してくれ」

「ここに来たとき、あなたがいると思っていたわ」いらだった顔で、ジョージアナは言った。「議会のことを完全に忘れていたし、ビットと散歩したあとだったから、アメリアのところに行くのが遅れてしまって。彼女、お友達を呼んで昼食会を開いていたの。その人たちに何を話したのか知らないけれど——」

「ちょっと待った」トリスタンはソファーの肘掛けに腰をおろした。「〝ビットと散歩〟のところまで戻ってくれるかな？」

「ああ」彼女の瞳に一瞬、楽しげな表情が戻った。「じゃあ、彼が来たことを知らないのね？」

「ビットは何も話さないんだ。どうやって知れというんだい？」

「彼がフランスで監獄に入れられて、言葉を発するのを禁じられていたこと、わたしに話しておいてくれればよかったのに。話すのが苦手になるのも無理ないわ」

トリスタンは座ったまま、ジョージアナの話をこれまでの弟の態度に照らし合わせてみた。

「なんてことだ」彼はつぶやいた。

ジョージアナが腕に触れた。「知らなかったのね？」

「知らなかった。どれだけのあいだ……」

「七カ月よ」

七カ月。「ワーテルローには行ったのか？」

「知らないわ。それが何か？」

トリスタンは怒りを懸命にこらえた。弟をフランスに送り込んだ政府、ロバートが七カ月も仲間から離れていたことに気づかせもしない官僚主義を作り出した政府が憎かった。「ビットの体からはマスケット銃の弾が五発摘出された。いったい何があって撃たれたんだ？」

「トリスタン、彼は生きているのよ。時機が来たら、あなたにも話してくれるわ」

深く息を吸ってうなずき、彼女の手を握った。「ありがとう」

「いいのよ」

トリスタンは気持ちを奮い立たせた。ロバートはいつか回復するだろう。ジョージアナの問題はもっと差し迫っている。「きみのほうはうまくいったんだろう？」

ジョージアナの瞳に浮かんでいた不安がいらだちに変わった。「はじめてあなたとアメリアが一緒にいるのを見たとき、あのかわいいお嬢さんには勝ち目がないから、助けてあげなければならないと思ったのよ」彼女はトリスタンの指に指を絡ませた。「まさか彼女が、イングランド中でもっとも助けを必要としない人間だとは思いもしなかったわ」

「返そうとしなかったんだな」

「喜んで返すそうよ。あなたと結婚したら」

ジョージアナが向けた視線は、どんな言葉よりも雄弁だった。彼女はわたしがアメリアと結婚するつもりなのか知りたがっている。そして結婚しないでほしいと思っている。トリスタンは心臓が跳ねあがるような気がした。ジョージアナがまた指からすり抜けるようなことがあったら、わたしは耐えられないだろう。

「では、別の方法を考えなければならないな。彼女と結婚するつもりはないから」

「そう。どうしたらいいと思う？」ジョージアナはスカートのしわを伸ばした。「よかったら、わたしたちの関係はこのまま秘密にしておいてほしいのだけれど」

「わたしが考えている計画では、秘密のままにしておくのが非常に難しいんだが」トリスタンはゆっくりと言った。心臓が胸から飛び出しそうなほど激しく打っている。

「だったら、別の計画を考えてちょうだい。わたしには耐えられない……。でも、何もかもわたしのせいね。評判が落ちても当然だわ」

「いいや、そんなことはない」トリスタンは彼女の足もとにひざまずいた。

つばをのみ込むのに合わせて、ジョージアナの喉が動いた。「トリスタン、いったい何を――」

「わたしと結婚してくれ、ジョージアナ。そうすれば、彼女が広めようとしている噂など、だれも気に留めなくなる」

ジョージアナが慌てて立ちあがったので、トリスタンは後ろに倒れそうになった。「でも……」

「でも、なんだ?」トリスタンも立ちあがった。「完璧じゃないか」

「でも……」彼女は手をもみ絞りながら、窓とのあいだを行ったり来たりした。「あなたが……あの晩のあとも親切だったのは、復讐のためにわたしの歓心を買おうとしているからだと思っていたわ」

トリスタンは瞬きをした。「最初はそんなことも考えたかもしれないが、今では本気なのがわからないか? かなり前から本気だった」

ジョージアナは彼と向き合ってうなずいた。「でも、できない」小声で言う。

顔から血の気が引く思いがした。「なぜだ? なぜ結婚できないんだ?」

「噂や恐喝を避けるためにあなたと結婚するつもりはないからよ。そもそもの始まりかたを考えてみても、どちらかがなんらかの理由で無理やり結婚に持ち込まれたのだと思いながら過ごすなんて耐えられないわ」

トリスタンの顎がこわばった。ジョージアナは黙っていればよかったと思ったが、今言ったことは真実だ。罪の意識や相手を守りたいという思いから結婚したら、互いに相手を恨み続けるし、わたしはいつまでも彼を心から信用することはできないだろう。

「結婚するには理由があるものだ」トリスタンはジョージアナを見つめたまま言った。「そのすべてを避けるわけにはいかない」

「でも、これは避けられるわ。こんなふうにあなたに救ってもらうのがいやなの。自分でなんとかできるわ」

「ジョージアナ——」

「だめよ」彼女はドアのほうへ体を向けた。トリスタンに涙を見られる前に出ていかなければならない。「あなたとは結婚できないわ、トリスタン。今の状況ではだめよ」

いつのまにか近づいてきた彼がジョージアナの肩をつかんで、自分のほうを向かせた。

「今の状況でなければできるな?」

それは質問ではなく宣言であり、懇願だった。「ええ」彼女はトリスタンから離れ、部屋から逃げ出した。

ミリーとエドウィナに暇を告げるのが礼儀だが、涙が頬を伝い落ちた。急ぎ足で一階におり、あっけにとられているドーキンズからボンネットとショールをひったくるように取ると、フレデリカの馬車に乗った。「うちへ帰って」

「かしこまりました」

だれかに話したかった。すべてを台なしにしてしまったことを話したかった。でも、おばに話せばグレイドンに伝わり、グレイドンはトリスタンを追いかけて、その結果どちらかが怪我をするはめになるだろう。兄やエマのもとに行っても同じだ。トリスタンの弟たちのところに行くこともできない。そして何より、二度と泣きながら家に帰りたくなかった。もし少しのあいだでもさまざまな展開が止まってくれたら、方向性を見いだすことができるかもしれない。

「ハンリー」窓から顔を出して言った。「ルシンダ・バレットの家に行ってちょうだい」

ホーソーン邸に向かう途中でメイフェアを迂回《うかい》するのはこれで二度目だが、御者はうろたえた様子をいっさい見せなかった。「かしこまりました」

エヴリンも信用できるのだが、彼女はいつも他人のいちばんいいところを信じるべきだと言う。現状を考えると、その主張はあまり助けになりそうもない。ルシンダはジョージアナに負けないぐらい疑り深く、ジョージアナ以上にずる賢いときもある。今、必要なのはそういう友人だ。

「レディー・ジョージアナ！」バレット家の執事であるマディソンがドアを開けて叫んだ。「どうなさいました？」

ジョージアナは涙に濡れた顔を拭いた。「マディソン、大丈夫よ。ルシンダはいる？」

「見てまいりますので居間でお待ちください」

執事はジョージアナを迎え入れて姿を消した。動揺のあまり座ることもできず、彼女はそわそわと落ち着きなく歩き回った。もうたくさんだ。今日はあまりにいろいろなことがありすぎる。

「ジョージアナ？　どうしたの？」アフタヌーンドレスを着たルシンダが入ってきた。

「ごめんなさい」涙でまた視界がぼやける。瞬きをしないようにしたが、よけいにぼやけただけだった。「出かけるところとは知らなかったわ。帰るわね」

ルシンダはジョージアナを引き止めてソファーに連れていった。「だめよ。マディソン、だれかに紅茶を持ってこさせてもらえる？」

「かしこまりました」

「自分でも、どうして泣いているのかわからないの」ジョージアナはほほえんで涙を拭いた。「たぶん挫折感のせいね」

「何もかも話して」ルシンダは手袋を外して脇のテーブルに落とした。執事が紅茶のトレーを持った召使を従えて再び現れた。ルシンダは紅茶を置いて出ていくよう合図した。「それからマディソン、もしマロリー卿が見えたら、残念だけれど気分が悪いと伝えて」

「かしこまりました」

「マロリーですって？」ドアが閉まってふたりきりになったとたんに、ジョージアナはきいた。「あなたはもう、興味がないと彼に伝えたのだと思ってたわ」

「何度も伝えたわよ。でも彼、馬に乗らせてくれるの」ルシンダはジョージアナの手を取った。「さあ、何があったの？」

いざとなると、どこまで話したいのか自分でもわからなくなった。この六年間、ずっと秘密を守ってきた。それを明かすのは思っていたよりも難しい。

ルシンダにもそれがわかったようだ。「あなたが話したいことだけを話して」彼女は静かに言った。「この壁の向こうには何も聞こえないから」

ジョージアナは大きく息を吸った。「トリスタンにプロポーズされたの」

「えっ？ 何をされたですって？」

「結婚してほしいと言われたの」

ルシンダは立ったまま、自分のカップに紅茶を注いだ。「こういうとき、女もブランデーを飲めればいいのにと思うわ。なんて答えたの？」

「結婚できないと言ったわ。今の状況ではだめだって」

「今の状況って？」

「それは……わたし、トリスタンにある品物をあげたの」ジョージアナはそわそわしながら言った。「それをある人に盗まれて。彼がその人との結婚を拒んだら、彼女はそれを使ってわたしを破滅させるわ」

「なるほどね」ルシンダは紅茶を飲み、砂糖をひとつ足した。「詮索《せんさく》するつもりはないけれど、もうちょっとはっきり言ってくれたほうが、わたしもあなたを助けやすいわ」

短く息をついてから、ジョージアナはうなずいた。「品物というのはストッキングと手紙。それを盗んだのはアメリア・ジョンズよ」

「デアは彼女と結婚するつもりだと思っていたけれど」

「一度はそれを考えたのよ」

「でも、今はあなたと結婚したがっているのね」

ルシンダにそう言われると、その言葉にはもっと大きな意味があるような気がした。トリスタンはわたしと結婚したがっている。心からわたしを求めている。「ええ。彼はそう言ったわ」

「それはいつのこと?」

「二〇分前よ」ルシンダが混乱するのも当然だ。「話についてきてね、ルシンダ」ジョージアナはほほえんで言った。

「そうしようとしているところ。アメリアがあなたのものでデアをゆすろうとしているというのもよくわからないけれど、あなたは彼と結婚する気があるの?」

「心はしたいと思っているの」ジョージアナはまた涙を浮かべた。「でも、理性のほうはまだ迷っているのよ」

「じゃあ、結婚しなさい。そうすればアメリアが何をしようと関係ないじゃない」

「そんなに単純なことではないのよ。トリスタンは数年前、ある賭けに参加したの。それは……わたしを傷つける賭けだった。なんとか人の噂になるのは阻止できたけれど、怖いのよ、彼を……」

「彼を信じるのが怖いのね」ルシンダが言葉を引き取った。「彼があなたのものを使って、あなたを傷つけると思っているの?」

「いいえ。それはないわ。でもすべて解決するまでは、わたしたちのどちらがどんな決断を下しても、それが正しいものだと信じられないの」

「だったら、ストッキングを取り返せばいいのよ」

「アメリアは返そうとしないの。トリスタンと結婚するまでは」

「もう一度言うわ。取り返しなさい」

ジョージアナはソファーに深く腰かけて友人を見つめた。よその家に忍び込んで盗むなんて……。でも、もともとはわたしのものだ。自分の手に取り戻したら、そしてトリスタンが見当違いの罪悪感からプロポーズしたのでなかったら、彼はもう一度結婚を申し込んでくるだろう。そうしたらイエスと答えられる。もちろんそれは、知らない家に忍び込むよりもずっと勇気がいることだけれど。とにかくストッキングを取り返さなくてはならない。

「手伝ってほしい？」ルシンダが尋ねた。

「いいえ。どんな問題が持ちあがろうと、それはわたしだけのものだわ。実行するかしないかを決めるのもわたしよ」

ふたりはその後、ふつうのおしゃべりをしながら紅茶を飲み終えた。ルシンダはジョージアナを落ち着かせようとしてくれた。ジョージアナは大いに感謝したが、そのあいだずっと、アメリアの件をどうしようか考えていた。

ジョンズ邸に忍び込んで自分のものを取り返すと言葉で言うのは簡単だが、実行に移すとなるとまた別の問題だ。望まない結婚からトリスタンを救い、自分をスキャンダルから救うことになる。同時に、彼に対して結婚したいというはっきりしたメッセージを送ることにもなる。もしトリスタンが今も復讐を考えているのなら、その機会に乗じてわたしの心を傷つけるのは簡単だ。

だが恐怖や不安よりも大きいのは、彼が義務感ではなく欲求からプロポーズしてくれるのを聞きたいという気持ちだった。

ホーソーン邸に戻りながら、ジョージアナは心を決めた。明日の晩はエヴァーストンの夜会があり、アメリアは間違いなく出席するだろう。わたしは彼女の家に寄っていこう。ストッキングと手紙を取り返すために。


まずは忍び込むのにふさわしい服を探さなければならない。ドレッサーを引っかき回して、以前友人の遠い親戚《しんせき》の葬儀で着た、くすんだブラウンとグレーの古いドレスを見つけた。まだぴったりだが、胸のあたりはきつめだった。トリスタンに言われたように、昔よりも体が女らしい丸みを帯びているのだ。

ジョージアナは思い出してほほえんだが、そのとき鏡に映った自分の姿が目に入った。それは恋する者のほほえみだった。たった数週間でなぜこんなことになってしまったのかまったくわからないが、自分の感情は否定できない。

トリスタンにストッキングと手紙を渡すときに、本当のことがわかるだろう。わたしがとんでもない愚か者なのがはっきりするか、あるいは彼にもう一度プロポーズされるか。そのとき彼に対する自分の心を信じるべきか否か、最終的な決断を下そう。

メアリーが戸口に姿を見せたので、ジョージアナは古いドレスをドレッサーに戻した。

「どうしたの？」

「ウエストブルック卿がお見えになっています」

大変だ。トリスタンとストッキングのことにばかり気を取られていて、ウエストブルックのプロポーズのことを考える時間すらなかった。「すぐに行くわ」

居間に着くと、ジョージアナは開いているドアの前で足を止めた。ウエストブルックは薔薇の花束を手にして、ソファーの片端に座っていた。目は暖炉の火を見つめている。あれがわたしの未来になるのかもしれない。穏やかで静かで平和な未来。彼となら、もちろん寝室は別だろう。そしてシーズンごとに、ふさわしい人々を呼んでふさわしい回数の夕食会を開く。夜になれば彼は事務処理をし、わたしは刺繍をする。彼はわたしの繊細な神経を刺激するような出来事はいっさい話さないだろう。

ジョージアナは身震いした。情熱的な夜や笑いが欲しい。ものの値段や政治やくだらないことをいろいろ話し合いたい。そうするのが楽しいから。それが怒りや議論を伴うなら、なおさらいい。

ジョージアナはしばらくそのままウエストブルックを見つめていたが、彼はまったくじれた様子を見せなかった。トリスタンは彼女を待つあいだ常に歩き回っている。ジョージアナは咳払いをした。

「ジョージアナ」部屋に入っていくと、ウエストブルックが立ちあがった。「お元気そうだ」

「こんにちは。お待たせしてごめんなさい」

「お気になさらずに」

「紅茶を召しあがる？」

「いえ、けっこうです。その……わたしの申し出のこと、考えていただけましたか？」

「ええ。ジョン、なんと申しあげればいいのかわからないけれど……」

ウエストブルックの顔が曇ったが、すぐもとに戻った。彼は花束をおろした。「断るというのですね」

「あなたは思いやりのあるすばらしいかたです。あなたを夫にする女性はとても幸せだと思うわ。わたしは――」

「いいのです、ジョージアナ。あなたはもう答えを出した。どちらのどこがいけないかなど、どうか説明しないでください。ただ断るだけでいい。それでわたしはあきらめます。では、ごきげんよう」

穏やかな表情のまま、ウエストブルックは帽子を持って出ていった。ジョージアナはソファーに腰をおろした。実に簡単だった。おかげでさっきより気分がよくなったぐらいだ。彼は情熱のかけらもない、品行方正で完璧な紳士だった。わたしに夢中どころか、たいして愛してもいなかったに違いない。

これでスタート地点に戻った。由緒はあるが廃れつつある称号を持ち、黒い噂はあるが金はなく、混乱と災いの中に喜びを持つ男性をわたしは求めている。ただし今回は、彼も同じようにわたしを求めているはずだ。

その晩、ジョージアナはフレデリカとホイストをしながら、トリスタンのことにも、何人かから受けたプロポーズのことにも触れず、今シーズンの流行のファッションだけを伝える手紙をあとで母に書こうと考えていた。来シーズンを皮切りに、これからまだ三人の娘を結婚させなければならない母は、何よりもファッションの情報を送ってほしいと何度も言ってきている。ありがたいことに、母は社交界の大多数の人々と同様、二番目の娘はもう結婚しないだろうと信じているらしく、そのことでジョージアナを悩ませるのをやめていた。

「大丈夫なの?」フレデリカが尋ねた。

ジョージアナは我に返った。「ええ、もちろん。なぜそんなことをきくの?」

「今夜は全然勝っていないじゃない。あなたのほうが、わたしよりも計算高くて強いはずなのに。何か考えごとをしているのね」

「おば様を罠に誘い込もうとしているのよ」ジョージアナは改めてゲームに集中しようとしながら言う。

「ジョージアナ」フレデリカはトランプを切るジョージアナの手に手を重ねた。「あなたはわたしにとって娘同然なの。わかっているでしょう? どんなことでも話してちょうだい。わたしにできることならなんでもするわ」

「おば様は母親みたいなものよ」ジョージアナは弱々しく応えた。「でも、自分でなんとかしなければならないことがあると学んだの」

「あなたとデアのことが噂になっているわよ。昔の敵同士が和解したって」

「彼はいろいろな意味で変わったわ」ジョージアナはトランプを配りながら言った。

フレデリカはうなずいた。「わたしもいくつかの変化には気づいたわ。でも忘れないで。変わらないこともあるのよ。あの一家は経済的にとても苦しい状況にある。彼があなたのお金を欲しがっていて、あなたがうまく言いくるめられていると思うといやなの」

「さっきも言ったけれど、自分でなんとかするわ」力を抜こうとしても、背中がこわばってしまう。お金のことが関係しているのはわかっていた。トリスタンはけっしてそれをごまかしたりはしない。その正直さがなかったら、さらに疑いが増えて決意が揺らいでいたことだろう。

「ウエストブルック卿のことも自分で決めてしまったみたいにね」

「あの人のことは愛していないと言ったでしょう?」

「わたしは心よりも安全と快適さを重視しなさいと言ったはずよ」

「頑張ってそうしようとしているわ」

「もっと頑張りなさい」

やがてフレデリカは態度をやわらげ、ふたりは楽しくおしゃべりしながらゲームの続きを楽しんだ。だが寝るために二階へあがると、またしても緊張感が襲ってきた。明日の晩、自分でなんとかしなければならない。もし今夜みたいにあからさまな態度を取れば、何か企んでいることはだれの目にも明らかになってしまう。

「だめよ、だめ」ひとりつぶやいた。こんなふうにヒステリーに向かって一直線に進んでいたら、ジョンズ家の玄関で気を失って、だれかに見つかってしまうだろう。想像すると笑みが浮かんだ。たとえそうなったとしても、やはりアメリアは厄介ごとを抱え込むはめになるはずだ。

翌日、ジョージアナはお気に入りのカフェで、エヴリンとルシンダとともに昼食をとった。ルシンダがまた探りを入れてきたが、うまくごまかした。エヴリンの好奇心のほうが、かわすのは難しかった。

「わたしが言いたいのは……」エヴリンは桃を切りながら言った。「あなたがデア卿に授けようとしていたレッスンは、女性の心をもてあそぶことの危険性を教えるためだったということよ」

「そのとおりよ」

「じゃあ、どうして彼があなたを追いかけているとみんなが言っているの？」

ジョージアナは赤くなった。「それは――」

「エヴリン」ルシンダがさえぎった。「お兄様が年内にインドからお戻りになると聞いたけれど、本当なの？」

エヴリンはほほえんだ。「そうなのよ。ヴィクターの知ったかぶりな態度には腹が立つけれど、いないと寂しいわ。兄の話はどれもロマンティックよ。デリーから送ってもらったスカーフ、見せたかしら？」

「ええ」ジョージアナとルシンダは同時に答えて笑った。「すてきよね。ヴィクターを迎え
るときに、ぜひ使わなきゃ」ジョージアナは言った。
驚いたことにエヴリンは顔を曇らせた。「兄が帰ってくる前に結婚相手を選べと母が言う
の」ふさぎ込んだ様子で言う。「ヴィクターはどんな求婚者でも認めないだろうから、先に
相手を見つけてしまえば反対できないはずだって」
「ひどいわ！　まさか、お母様を喜ばせるためだけに相手を決めるつもりじゃないでしょう
ね？」ルシンダがエヴリンの手を取って言った。
「そんなことはしたくないけれど、母がどんなふうか知っているでしょう？　母だけではな
くて兄も」エヴリンは身震いした。
給仕がレモネードのお代わりを持って近づいてきた。ジョージアナはふたりの親友に愛情
のこもった笑みを向けた。わたしを憂鬱《ゆううつ》から引っ張り出し、答えたくない質問をしつこく繰
り返さないでいてくれるのはほかのだれでもない、このふたりだ。
「ジョージアナ」ルシンダが慌ててささやいた。「後ろにデアが――」
「こんにちは」トリスタンの低い声が、ジョージアナの背筋を心地よくなでた。
彼は招かれもしないうちから、空いた椅子に座った。淡いグレーの上着が、瞳を黄昏《たそがれ》どき
の空のような深いブルーに見せている。
「こんにちは、デア卿」ルシンダが応え、胡瓜のサンドイッチを勧めた。
トリスタンは首を振った。「ありがとう。でも、今日は議会があるから長くはいられない

んだ」

「では、リージェント通りまでいらっしゃったのは、ちょっと遠回りでしたわね」エヴリンが言った。

「だれに賄賂《わいろ》を渡して、わたしの居場所を聞き出したの？」ジョージアナはほほえんで尋ねた。

「だれにも。パスコーから、きみが昼食に出かけたと聞いて勘を働かせたんだ。きみが胡瓜のサンドイッチが好きなのをたまたま知っていたし、特にこの店のものが好きなのもたまたま知っていた。それでここへ来たわけさ」

「それで、議会に行かなければならない人がなぜわたしを訪ねてきたの？」

「最後にきみに会ってから、もう一日近く経つ」トリスタンは手に顎をのせてジョージアナを見つめた。「会いたかった」

ジョージアナは真っ赤になった。何か気のきいた返事をしなければならないと思ったが、彼に飛びついてキスしたいのを我慢するのが精一杯で、頭がまともに働かない。

「そんなふうに言ってもらってうれしいわ」落ち着いて言うと、トリスタンの目に驚きの色が浮かんでから消えた。

「昨日おばたちのところへ来たとき、きみは元気がなかった。それで彼女たちが心配してね。何か伝えておくことはあるかい？」

「ええ、そうね……」そこで言葉を切った。元気になったと伝えてほしいところだが、今夜の夜会を欠席したら信じてもらえないだろう。「すぐに帰ってしまって申し訳なかったけれど、ちょっと頭が痛かったからと伝えて」

トリスタンは友人たちがすぐ隣に座っていることも、カフェの屋外の席で大勢の目にさらされていることも忘れたらしく、ジョージアナに体を近づけた。「今はどうなんだ？」

「よくなったけれど、疲れているわ」ジョージアナは小声で答えた。「さあ、もう行ってちょうだい、トリスタン」

官能的な笑みが彼の口もとに浮かんだ。「なぜ？」

トリスタンは何をしても、魅力的で刺激的なのだ。「あなたがいるといらいらするし、昼食の邪魔だから」

彼の笑みがさらに深くなり、目まで届いた。「わたしだっていらいらする」彼は優しくささやき、ルシンダとエヴリンをちらりと見て立ちあがった。「では、ごきげんよう。今夜はお会いできるかな？」

「ええ、エヴァーストンの夜会ね」エヴリンが答えた。「またそのときに」

トリスタンの目はジョージアナを見つめていた。「そのときに」

「まったく」彼が立ち去ると、ルシンダが言った。「バターがとけちゃったわ」

ジョージアナは笑った。「もう、ルシンダったら！」

だが、ルシンダが言いたいことはわかった。トリスタンとの会話は官能的で、親密で、とても重要だった。彼はわたしの様子を見るために、わざわざ来たのだ。そしてアメリアとのあいだに何があろうと、わたしを追い続けると伝えるために。

そう思うと楽観的な気分になり、勇気がわいてきた。トリスタンに会えないのは残念だけれど、今夜は犯すべき罪がある。

22

ジョージアナはメアリーをおばのところにやってエヴァーストンの夜会に出席しないことを伝えさせると、それから一五分、寝室の中を足早に歩き回った。ドアへ近づくたびに立ち止まって耳を澄ましてから、ドレスのスカートを持ちあげて窓のほうに行き、またドアまで戻る。

フレデリカは、ジョージアナの気が変わるかもしれないと、ぎりぎりまで待って様子を見に来るだろう。もちろん、欠席の理由はデアだと思っているはずだ。それは正しかったが、おばが考えているような意味ではなかった。

ついに、おばが廊下をこちらへ向かってくるのが聞こえた。ジョージアナはベッドに飛び込んで横になった。呼吸が乱れて顔がほてっている。意図していたことだが、それと極度の緊張があいまって、だれの目にも発作を起こしそうに映るのではないかと心配だった。

「ジョージアナ？」フレデリカがドアを開けて顔を出した。

「ごめんなさい、おば様」息が切れないよう気をつけて言う。「気分がよくないの」

フレデリカはベッドに近づき、ジョージアナの額に手を当てた。「燃えるように熱いじゃないの！　パスコーに言って、すぐにお医者様を呼ばせるわ」

「やめて！　そんなことしないでちょうだい。ゆっくり休めば大丈夫だから」

「ジョージアナ、ばかなことを言わないで」おばは戸口に急いだ。「パスコー！」

大変だわ。これでは絶対にうまくいかない。「おば様、待って」

フレデリカが振り返った。「なんなの？」

「わたし、嘘をついていたわ」

「あら、本当？」細い眉がつりあがった。おばの声に含まれる皮肉は聞き逃しようがなかった。

「気分が悪いと言えるように、一五分も部屋の中を歩き回ったの」ジョージアナは体を起こし、おばを手招きした。「自分でなんとかすると言ったのは……愚かだったわ」

「やっとわかったのね。じゃあ、今日は出かけるのはやめましょう。困っていることをすべて話してちょうだい」

ジョージアナは両手をもみ絞った。「いいえ。おば様はきちんと支度を終えているじゃない。わたしはただ座って本を読んでいたいの。何もしたくないのよ」

それは本当だった。実際に今夜、そうしようとしているかどうかは別として。フレデリカはジョージアナの額にキスをすると立ちあがった。「じゃあ、本を読みなさい。わたしは、あなたが死の床についているんじゃないかと夜会で話して注目を浴びてくるわ」

ジョージアナは笑った。「意地悪ね。でも、グレイドンとエマにはそんなこと言わないで。

あのふたりなら、ここに駆けつけてみんなを仰天させてしまうわ」

「たしかにね」フレデリカは戸口で足を止め、現れたパスコーを手で制した。「デア卿のことで何かしてほしいことはある？」

フレデリカはジョージアナが知る中で、おそらくもっとも鋭い人間だ。これまで――この数週間だけでなく六年のあいだ――心配をかけてきたことを考えると、今、トリスタンとのあいだに何もないふりをするのはおばに対する侮辱になるだろう。「彼には本当のことを言ってちょうだい。それでわかると思うわ」

「ええ、そうでしょうね」

「奥様」パスコーが言った。「失礼ですが、わたしに――」

「ええ、下までエスコートするよう言ったわ」フレデリカが笑みを向けると、執事は真っ赤になった。彼が当惑するところを見たのははじめてだ。フレデリカはジョージアナにウィンクしてから、ドアを閉めて静寂の中に彼女を残していった。

室内が静かになっても、ジョージアナの内心はそれどころではなかった。外へ抜け出すにはまだ時間が早い。アメリアと両親が夜会に出ていても、召使はまだ起きているだろうから、二階の部屋に忍び込めば気づかれてしまう。

ストッキングとメモは二階の部屋にあるというのがジョージアナの推測だった。まずはいちばん可能性が高いアメリアの寝室から始めるつもりだ。そこになかったらどうするかは考えていない。日を改めて探すことはできない。二日後には、アメリアはまわりの人々――忍び笑いの好きな友人たち——に、自分が手に入れた品物のことを吹聴《ふいちょう》し始めるだろう。

それから三時間、ジョージアナは部屋から部屋へと歩き回ったり、座って本を読もうと何度も試みてはすぐにあきらめたりして過ごした。何かに集中することはおろか、じっと座っていることすらできなかった。執事やほかの使用人たちの視線が哀れみを帯びてくると、彼女は今夜はもういいと言って全員をさがらせた。

ジョンズ家もすでに真っ暗で静まり返っていると思いたかった。震える息を深く吸い込む。今やらなければ一生できない。

時代遅れのブラウンとグレーのドレスを、再びドレッサーから引っ張り出して身につけた。続いて、持っている中でもっとも実用的なブーツを履く。髪はひとつに結んで背中に垂らした。こうすれば邪魔にならないし、万が一だれかに見られても、ジョージアナだとわからないかもしれない。

これはトリスタンのためだけにするのではない。自分自身のためでもある。前回ひどいことをされたときは、ただ座って泣き、自分を哀れむだけだった。今夜は行動するのだ。

サイドテーブルのランプを吹き消すと、忍び足で廊下へ出てドアを閉めた。パスコーがフレデリカのために一階のドアの鍵をかけずにおいたので、ジョージアナはだれにも気づかれずに外へ出られた。なかなか辻馬車が捕まらなくて不安が募ったが、交通量の多い角まで出ると、すぐ横におんぼろの馬車が止まった。

「どこまでですか？」顎ひげを生やした御者が身を乗り出して尋ねた。

行き先を告げて中に乗り込み、馬車が揺れ始めると座席の隅で体をこわばらせた。心臓が激しく打ち、ジョージアナはこぶしを握った。力を抜こうとしながらも、これまで経験がないほど大胆なことをしようとしていると思うと興奮を覚えた。

辻馬車に払う金以外はショールもバッグも置いてきたので、まるで裸になったような気がした。盗みを働くときにバッグを持って出るのはばかげているし、どこかでなくしでもしたら危険だ。ドレスのポケットは大きいので、ストッキングもメモも入る。

馬車が傾いて急停止し、御者がドアを開けた。ジョージアナは大きく息を吸って外におり立ち、代金を支払うと、馬車が闇に消えるまで見送った。「さあ、行くわよ」だれにともなく言って、ジョンズ邸に続く暗い私道を滑るように進む。

どの窓も真っ暗だった。おかげで少し自信がつき、ジョージアナは影から出ないよう注意しながら玄関までの短い階段をあがって、玄関の取っ手を押しさげた。取っ手は動かなかった。力を込めてもう一度押したが、やはり動かない。

「まったくもう」ジョージアナはつぶやいた。玄関の鍵がかかっていたら、ジョンズ家の人々はどうやって中に入るのだろう？　なんて気のきかない召使を使っているのかしら？いいえ、たぶん馬小屋に近いキッチンのドアから入るのよ。

また階段をおりて、家の南側の小さな庭に足を踏み入れた。馬小屋まで半分ほど進んだところで止まった。一階の窓のひとつが割れていたのだ。「助かったわ」低木の茂みの中を通って窓枠の下側をつかむ。押しあげると、思ったよりも上まで、思ったよりも軽く動いた。

ジョージアナは息をのんで凍りついた。家の中から物音ひとつしなかったので、しばらく待ってから震える息を吐いた。膝までスカートをたくしあげ、窓枠によじのぼって暗い室内に入る。ドレスの裾が窓の掛け金に引っかかり、それを外そうとして危うくバランスを崩しかけた。窓の隣に置かれた頑丈な本棚につかまり、気持ちを落ち着かせた。

難しいところは終わったわ、と自分に言い聞かせる。中に入れたのだから、あとはいくつか寝室をのぞいて目当ての部屋を見つけるだけだ。本棚から一歩ずつ離れながら、いっそう暗い戸口のほうへほとんど手探りで進んだ。視界の隅で何かが動き、ジョージアナは息をのんで悲鳴をあげかけた。

その口をだれかが手でふさいだ。めちゃくちゃにこぶしを振り回すと、かたいものに当たった。ジョージアナはバランスを崩して顔から床に倒れ込んだ。何か重いものが上にのっている。

「ジョージアナ、やめろ」聞き慣れたトリスタンのささやき声が耳に響いた。

すすり泣きをこらえながら、彼女は緊張をとき、トリスタンは口を押さえていた手を離した。「ここで何をしているの?」ジョージアナは小声できいた。

トリスタンは彼女の上からおり、手を貸して立ちあがらせた。「たぶんきみと同じだ」

暗闇の中で見えるのは、大柄な影とかすかに輝く瞳、ほほえんでいる口もとの白い歯ぐらいだった。彼はおもしろがっているのだ。「どうしてわたしだとわかったの?」

「ラベンダーの香りがしたからさ」トリスタンは彼女の肩にかかる束ねた髪の先に指を走ら

せた。「それにきみが悪態をつくのが聞こえた」

「レディーは悪態なんてつかないわ」トリスタンと同じく、声にならないぐらいの小声で言い返す。彼がいたことで気持ちが落ち着いたが、その指で触れられるとまた別の、もっと心地よい動揺が訪れた。

今さらのように、トリスタンが自分と同じ理由でここにいることに気づいた。ジョージアナがだれにも傷つけられないように、この屋敷に忍び込み、品物を盗もうとしているのだ。彼女はつま先立ちになってトリスタンにキスをした。彼もジョージアナを引っ張りあげてキスを返した。

「なんのキスだ？　文句を言っているわけではないが」トリスタンがささやいた。

「お礼のキスよ。とても勇気ある行動だわ」

彼が顔をしかめるのが、目に見えるというより感じられた。「お礼など言うな。わたしのせいなのだから」

「いいえ、そんなことは――」

「ここからはわたしに任せてくれ」トリスタンはジョージアナの抗議を無視して続けた。

「きみは帰るんだ。品物を取り返したら知らせる」

「だめよ、あなたが帰ってちょうだい。取り返したら知らせるわ」

「ジョージア――」

「わたしのものなのよ。自分でやりたいわ」トリスタンの襟もとをつかみ、軽く揺すった。

「やらなければならないの。もうだれかの犠牲になるのはたくさんよ」

トリスタンはしばらく黙っていたが、ついにため息をついた。「わかった。だが、わたしについてきて、わたしが言うとおりにするんだ」

ジョージアナはまた抗議しようとしたが、考え直した。これまでの経験から、彼のほうが暗い家をこっそり歩き回るのに慣れていることは知っている。「いいわ」

「昨日、ウエストブルックに会ったんだろう?」トリスタンが彼女の肩に手を置いて言った。

「彼になんと言ったんだ?」

「今ここで話すようなことじゃないわ」

「いや、ぜひここで聞かせてほしい。断ったと言ってくれ」

ジョージアナはトリスタンの暗い目をのぞき込んだ。慰めと平和にもそれなりの長所はあるが、彼の瞳に浮かぶ情熱とユーモアとは比べものにならない。「断ったわ」

「そうか。では、行こう」

トリスタンはジョージアナの手を取り、廊下に出た。召使が一階の明かりをすべて消してしまっていたので、階段まで進むのは大変だった。けれどもその代わり、もし召使が現れても、姿を見られる前に隠れることができそうだった。

階段の上で、トリスタンが立ち止まった。ジョージアナは後ろからぶつかり、また小声で悪態をついた。

「どこに行けばいいかわかっているの?」彼女はささやいた。

トリスタンはジョージアナと向き合った。「なぜわたしがアメリアの寝室の場所を知っているんだ？」

「わたしのは知っていたじゃない」

「それは別の話だ」

「どうして？」

「わたしはきみに夢中だった。静かにしてくれ。考えているんだ」

「夢中だった？」

「静かに」

トリスタンの寝室では進んですべて脱いだアメリアだが、ふだん屋外に出るときはしっかり肌を覆う。強い日差しが繊細な肌の色に合わない、とかなんとか言っていた気がした。

「彼女の寝室は西側だと思う」

「分かれたほうが探しやすいわ」

トリスタンは首を振ってジョージアナの指をしっかり握り、バルコニー沿いに西向きの寝室へ向かった。ジョージアナが膝までスカートをたくしあげて居間の窓に現れたときは度肝を抜かれたが、今は彼女を自分の目の届かないところにやるつもりはない。「彼らが夜会から戻ってくるのは何時間も先だ。時間はたっぷりある」

ひとつ目のドアの前で立ち止まり、ジョージアナがすぐ後ろについてきているのを確かめた。彼女の肩に手をかけて引き寄せる。「何かあったら窓へ行って、そこから庭に出るんだ。

すぐには通りに出るな。相手は真っ先にそこを探すだろうから」

「あなたもね」そう応える彼女のやわらかい髪が、トリスタンの頬をなでた。

彼は目を閉じてジョージアナの香りをかいでから、我に返った。今はほかのことに気を取られている場合ではない。息を吸って止めると、ゆっくりノブを回して少しずつドアを開けた。部屋は無人かもしれないが、ドアの音で上階の召使たちを起こしたくはない。

夜の空気とともに、かすかなレモンの香りが漂ってきた。「ここだ」トリスタンはジョージアナの耳に口を寄せて伝えた。

彼女の手を放し、手探りで室内に入る。運よくカーテンがわずかに開いていて、淡い月の光が床の中央に差していた。ついたてと姿見の向こうにドレッサーが置いてあり、彼はジョージアナを後ろに従えてそちらへ向かった。

ストッキングは引き出しの中にしまっておくとアメリアは言っていた。トリスタンは最上段の重い引き出しをゆっくりと引っ張りながら、それが嘘でないことを祈った。

ベッドの脇で明かりが揺らいだ。

トリスタンは肘まで引き出しの中に突っ込んだまま凍りついた。隣ではジョージアナが目を丸くして、息もできずに彼を見つめていた。明かりは弱まり、ランプの安定した炎になった。指が羊皮紙に触れ、彼はそれをつかんだ。静まり返った真っ暗な部屋の中で、それ以上動くことはできなかった。

「ラクスリー？」ささやき声ともつかない、眠そうなアメリアの声が聞こえた。

トリスタンとジョージアナは顔を見合わせた。〝ラクスリー？〟ジョージアナが声を出さずに言った。

「いたずら坊主さん、そこにいるの？　どこにいたの？」

シーツが音をたて、トリスタンはその隙にストッキングとメモをつかんで手を引き出すと、ジョージアナをドレッサーの脇の隅に押した。ついたてと姿見が影になってアメリアに見つからずにすむよう祈りつつ、ジョージアナの横にうずくまる。

裸足の足音が窓に向かい、カーテンが引き開けられた。逃げるなら今だ。トリスタンはジョージアナにストッキングを見せ、それをポケットに突っ込んで彼女の手を取った。

窓ががたがたと音をたてて開いた。

「アメリア、わたしの花よ」ラクスリー男爵の歌うような声がしたかと思うと、床におりる音がして、彼が部屋に入ってきた。「この家の管理人は桓根をもっとちゃんと管理しないといけないな。もう少しで首を折るところだったよ」

聞き間違えようのないキスの音がそれに続き、トリスタンは横目でジョージアナを見た。こちらを見た彼女の顔は恐怖に満ちている反面、おもしろがっているようでもあった。

「カーテンを閉めてちょうだい、ラクスリー」アメリアの優しい声が言い、裸足の足音がベッドに戻った。

カーテンが閉められ、室内は再びランプの黄色い色に染まった。重い足音がベッドに向かう。さらにキスの音がして、ふたりのうめき声も聞こえた。なんてことだ。トリスタンはその場に体を落ち着け、ジョージアナを肩に引き寄せた。ラクスリーがなんでも簡潔に終わらせるという自身の評判に従うのでない限り、しばらく時間がかかりそうだ。

「今は出られないわ」ジョージアナが耳もとでささやいた。

「わかっている」トリスタンもささやき返す。「ふたりが眠るか、わたしたちに気づかないほど夢中になるかするまで待たなければならない」

「まあ」ジョージアナがつぶやき、彼の耳の曲線をそっと舌でなぞった。

トリスタンはつばをのみ込み、驚きで身をかたくした。ついたての向こうからは、ブーツが床に落ちる音、新たな重みを受けてベッドがきしる音が聞こえてくる。しばらくして服が床に投げ捨てられ、抑えたうめき声と唇を吸う音がした。

彼はもう一度ジョージアナを見た。自分の中で、今の状況を楽しむ気持ちと、もっと深く激しい気持ちが闘っている。彼女を見るだけで興奮した。暗闇と危険、そしてセックスの音という三拍子がそろえば、正気を失うのは簡単だ。ジョージアナが体を預けてきて、喉にキスをした。トリスタンは彼女の顔を両手で挟み、唇をとらえて激しくむさぼった。

ラクスリーはベッドで小さく歓喜の声をあげている。だれがだれに奉仕しているかは見なくてもわかった。アメリアをうぶな娘だと思っていたとは。トリスタンは身震いしてジョージアナから唇を離し、彼女の両手を手で包んだ。神経を集中させて、逃げるチャンスをうかがわなければならない。

だがトリスタンのほかの部分――特に下半身――は隣にいる女らしい体と、数メートル先でのセックスの音に神経が集中している。ジョージアナはきまり悪い反面、興奮しているらしく、口を軽く開けてさらなる愛撫を求めていた。

ベッドの上の影が動き、アメリアの口から信じられないほどみだらな言葉が発せられた。そして彼女のうめき声とラクスリーのうなり声を伴奏に、リズミカルな動作が始まった。どうやらラクスリーはおしゃべりや前戯があまり得意ではないようだ。

トリスタンは再びジョージアナに熱いキスをした。音をたてられないので、よけいに情熱的に触れ合う。彼女の襟ぐりの下に指を滑り込ませて胸を包み、親指と人差し指で先端を愛撫した。ジョージアナは目を閉じたままトリスタンの手に体を預け、彼の髪に指を差し入れてキスを返した。

トリスタンは夢中だった。高揚する感情の波に酔ったような気がした。はじめてジョージアナに触れるまでは、自分がそんなに激しい感情を持っていることすら知らなかった。彼女の背中のボタンを外すとドレスの前部分をおろし、胸の先端を口に含む。ジョージアナが身を震わせ、彼の欲望がさらに高まった。彼女はわたしのものだ。ほかのだれも欲しくない。

ベッドからの音が大きくなり、リズミカルな音が速くなると、ジョージアナの手がトリスタンのズボンのボタンを探りあてた。それを外して中に手を入れ、彼が胸を愛撫するようにそこを愛撫する。心臓が早鐘を打ち、トリスタンは頭をのけぞらせた。その拍子にドレッサーに頭がぶつかった。

それと同時にジョージアナが身震いしてあえぎ、トリスタンに体を押しつけた。ドレッサーの上の花瓶が倒れてついたてに当たり、ついたてが横に動いた。トリスタンの目に一瞬、いつまでも忘れられそうにない光景が映った。規則正しく動くラクスリーの尻と、それをしっかりと引き寄せているアメリアの細い踵。次の瞬間、大混乱が始まった。

アメリアが悲鳴をあげ、ラクスリーは怒鳴り、トリスタンはジョージアナの胸もとから手を抜いてドレスを引きあげた。下腹部のふくらみが厄介だったが、ジョージアナを引っ張って急いで立ちあがり、ズボンの前を閉めた。

「なんだ？」ラクスリーが声を荒らげ、裸の肩越しに振り返った。やりかけたことを終わらせたい気持ちと、自分の名誉を守りたい気持ちの板挟みになっているようだ。

ドアが勢いよく開き、ジョンズ夫妻と数人の召使が入ってきた。「いったい何が――アメリア！」

どうやらジョンズ家の人々はずっと家にいたか、早く帰ってきたかのどちらからしい。なぜか不意にすべてが滑稽《こっけい》に思えてきた。トリスタンは自分の後ろに隠れようとするジョージアナの手を取った。「走れ」そう言うと、ドアに向かって走った。

ふたりは――ジョージアナは落ちてくるドレスをたくしあげ、トリスタンは転んで首を折らないようにする一方でズボンのボタンをはめようとしながら――ジョンズ夫妻と使用人たちの脇を猛スピードで走り抜けた。居間の窓はまだ開いていた。

二階と召使の部屋のほうから声が聞こえる中、トリスタンはジョージアナを抱きあげて窓から出し、自分もあとに続いた。そしてまた彼女の手を取ると、庭を抜けて通りの角を曲がり、ジョンズ邸から見えないところまで逃げた。ふたりは隣家の馬小屋の隅に駆け込んだ。

大きく息を吐きながら、トリスタンは足を止めた。ジョージアナが隣で体をふたつに折った。トリスタンは心配になって足もとにひざまずき、彼女を見あげた。「大丈夫か？」

笑いをこらえる声が答えた。「あの人たちの顔を見た？」ジョージアナはトリスタンの膝に倒れ込み、肩に腕を回してうれしそうに言った。「〝アメリア！〟って叫んだときよ。相当ショックだったみたいね！」

トリスタンはほっとして彼女を胸に抱き、笑い声をあげた。「アメリアは男爵夫人にはなりたくなかったようだが、今となっては手遅れだな」こちらの顔を見られていたら、ジョージアナの評判もがた落ちだろう。だが、それに対しては完璧な解決法がある。

「彼女はラクスリーと結婚しなくてはならないでしょうね。彼に逃げ道はないわ」

「そもそも、あの状態では逃げられなかったよ。わたしもほぼそれに近い状態だったが」トリスタンはジョージアナを抱きしめたまま、ドレスのボタンを留めた。今夜、メイフェアの真ん中で裸になる危険を冒すつもりはない。

「顔をはっきり見られたかしら？」一瞬、彼女の瞳に不安がよぎった。

「どうだろう。アメリアにはわたしたちだと悟られたかもしれないが、それ以外の人たちはほかのことに気を取られていたから」しかし、必ずしもそのとおりではなかった。自分の名誉を守るためにアメリアはふたりの正体を明かすだろうし、彼女の両親は非難とゴシップを半分引き受けてくれる相手が欲しくて必死だろう。トリスタンは打撃を最小限に抑えるためなら、どんなことでもするつもりだった。今夜、ジョージアナを不安にさせてもなんにもならない。

「彼女には気の毒だけれど自業自得よね」

「ラクスリーもだ」トリスタンは怒りを覚えながら言った。「きみに求愛しておいて彼女と寝るとは、とんでもないやつだ」

ジョージアナが顔をあげてキスをした。笑いと愛情に満ちた軽いキスだったが、トリスタンは心臓が止まりそうな気がした。「おもしろい晩だったわ」彼女はまた笑った。

「愛している」トリスタンはささやいた。

ジョージアナの笑みが消え、ふたりは見つめ合った。彼女はトリスタンの頬に手を触れた。

「愛しているわ」彼女も小声で言う。まるでふたりとも、声に出して言うのを怖がっているかのようだ。

「新たな騒ぎが起きないように、きみを送っていったほうがよさそうだ」手を貸してジョージアナを立たせた。「どうやってここまで来た?」

「辻馬車よ」彼女はトリスタンの肩に頭を預け、両手で彼の腕をつかんだ。トリスタンは息ができなくなりそうだった。「ほんの数ブロックよ。歩かない?」

ジョージアナの頼みとあれば、腕に抱いたままピレネー山脈を横断するのも辞さないだろう。ポケットに入れてあるピストルが、真夜中にメイフェアをうろつくごろつきから守ってくれるはずだ。もっとも、トリスタンが心配しているのはそんなことではなかった。

「だめだ。ジョンズ夫妻が説明を求めてホーソーン邸に乗り込んでくる場合を考えて、きみは急いでベッドに入ってほしい」

ジョージアナの目にまたしても不安が浮かんだ。「そんなことするかしら?」

「たぶん、それよりもラクスリーのほうが気にかかるだろうし、その次はわたしだろう。だが最後にはきみのことも話題にのぼるかもしれないから、できるだけ予防線を張っておきたいんだ」

トリスタンは口笛を吹いて辻馬車を止めた。「彼女をホーソーン邸まで連れていってくれ」ジョージアナを乗せ、御者に数枚の硬貨を渡す。

「トリスタン……」

ジョージアナを見えないところへやるのはおろか、手を離すのもいやで、彼女の指にキスをした。「朝になったらそちらへ行くよ。そのときに話し合おう」

彼女はほほえんで座席に身を落ち着け、馬車は闇の中へ消えていった。トリスタンは馬車が角を曲がって見えなくなるまで見送った。ジョージアナがほほえんだのはいい兆候だ。わたしの意図を悟ったに違いない。そしてそれに反対しなかった。トリスタンは口笛を吹いて、キャロウェイ邸に戻るためにまた馬車を止めた。

くたびれた革のシートに座ると、ポケットの紙が音をたてた。ジョージアナのストッキングと手紙を引っ張り出し、もう一度メモを読んだ。彼女はストッキングを渡すとともに、トリスタンを追い払いたいという思いを伝えてきた。明日ストッキングを返して、代わりに結婚を申し込もう。

ジョージアナが分別を取り戻し、トリスタンがいかに結婚相手としてふさわしくないかに気づかないよう祈った。彼女が結婚を承諾しなかったら……それは考えることすらできない。彼女に再び会うまで自分の心臓が動き続けることを願うだけだった。

23

噂は牛乳配達よりも早くやってきた。

メイドのダニエルが早すぎる時間に重いカーテンを開くと、フレデリカは上体を起こして彼女をにらんだ。「いったいなんの騒ぎ？　フランス軍が侵攻してきたとでもいうの？」

ダニエルは太った体全体に不安と緊張をにじませてお辞儀した。「わたしにもよくわからないのです。ただ、ついさっき野菜売りの少女と話をしたパスコーが、すぐに奥様をお起こししろと言うものですから」

パスコーはつまらないことで大騒ぎするような男ではない。フレデリカは毛布を押しのけて立ちあがった。「では、着替えを手伝ってちょうだい」

長年の経験から、どんなに急を要する出来事が起きても、きちんとした服装をしていれば事態はよくなると学んでいる。だから、冷静な執事を仰天させたのがなんなのか知りたくてたまらないにもかかわらず、時間をかけて身支度をした。

部屋から出るとパスコーが待っていた。ほかにも多くの使用人が廊下にいた。ジョージアナの寝室はふた部屋分しか離れていない。よく眠っているのなら、こんなに朝早く起こす必要もないだろう。

「階下へ」そう言って、フレデリカは先に立った。

「奥様」パスコーが後ろを歩きながら言った。「こんなに早くお起こしして申し訳ありませんでした。ですが、事実にしろそうでないにしろ、早急にお耳に入れなければならないことを聞いたもので」

フレデリカは居間に入ったところで足を止め、ついてくるよう執事に合図した。「いったいなにごと？」

「非常に当てにならない情報源から聞いた話ですが、その……昨夜、ジョンズ家で騒動があったそうです」

彼女は眉をひそめた。「ジョンズ家で？　それでなぜ、わたしが日の出を拝めるほど早く起きなければならないの？」

「その騒動というのが、ミス・アメリア・ジョンズがラクスリー卿と一緒にいる現場を見つかったというものでして」

フレデリカは眉をつりあげた。「本当なの？」ラクスリーはジョージアナの崇拝者の中でも熱心な部類に入る。だが、これで求婚レースから脱落したわけだ。

「はい」

「それで？」

「それで……その同じ部屋で、もうひと組のカップルが目撃されておりまして。そちらはすぐ闇の中に逃げていったそうですが」

不安が石となって胃を打ったような気がした。ゆうべの夜会にはデアも来なかった。もし彼がまたしてもジョージアナの信頼を裏切ったのなら……。「別のカップルというのはだれなの？　はっきり言ってちょうだい」

「デア卿と……その……レディー・ジョージアナです、奥様」

「なんですって？」

執事はつばをのみ込んでうなずいた。「その情報源によりますと、デア卿とレディー・ジョージアナは途中まで服を脱いでいたということです」

「ああ」一瞬、失神なんて心の弱い人間がすることだという自分の信念がぐらついた。「ジョージアナ！」階段に向かいながら、フレデリカは叫んだ。「ジョージアナ・エリザベス・ハレー！」


ジョージアナはなんとか片目を開けた。夢かもしれないが、だれかに名前を呼ばれている。さらにもう一度、家中に響き渡る声が聞こえた。

彼女は完全に目を開けて起きあがった。おばはけっして大声など出さないのに。

ドアが勢いよく開いた。「ジョージアナ」フレデリカが真っ赤な顔で部屋に入ってきた。

「ひと晩中ここにいたと言って。ジョージアナ。今すぐ言ってちょうだい！」

「何を聞いたの？」ジョージアナは応える代わりに尋ねた。

「ああ、やめて」フレデリカはベッドに座り込んでうめいた。「ジョージアナ、いったい何があったの？」

「本当に知りたい？」ジョージアナは静かにきいた。このときになってはじめて、心臓が緊張のために大きな音をたて始めた。もう世間にどう思われようと気にならないが、おばにどう思われるかは気になる。

「ええ、本当に知りたいわ」

「ふたりだけの秘密よ。グレイドンにもエマにも、ほかのだれにも言わないでね」

「家族のあいだに秘密はなしよ」

「今回はそうしなければならないの。そうしてくれないなら何も話さないわ」

フレデリカはため息をついた。「わかったわよ」

自分の出した条件をおばが承知せず、何も話さずにすむのを期待しかけた。けれど、おばも承知しなければそうなるのを見越していたようだ。「六年前、わたしはある賭けの対象になったの」ジョージアナは語り始めた。

話を終えたとき、フレデリカはさっきの条件を受け入れたのをひどく後悔している顔をしていた。「もっと早く話してくれればよかったのに」歯を食いしばって言う。「この手でデアを撃ち殺してやったわ」

「おば様、約束したでしょう？」

「あなたがしでかした愚行を知ったら、少なくともウエストブルック卿は胸をなでおろすでしょうね、たぶん」

「たぶんね」

フレデリカは立ちあがった。「着替えたほうがいいわ、ジョージアナ。噂を耳にするのはわたしだけではないと思うわよ」

「気にしないわ」ジョージアナは顎をあげて言った。

「社交界で敬意を持たれていて、大勢のすてきな男性に崇拝されているのに、それがころっと変わってしまうのよ」

「それでもいいの」

「よくないわよ。デア卿だって、気が変わらないとは限らないでしょう」

「今朝、ここに来ると言っていたわ」そう応えたものの、ジョージアナは不安で指が震えた。トリスタンは約束した。きっと来るはずだ。

「もう朝よ。早いけれど朝だわ。着替えなさい。今日はどんどん事態が悪くなる一方でしょうから、それに直面するときは最高のあなたでなくてはならないわ」

考えれば考えるほど不安になってきた。メアリーに手伝ってもらって、いちばん地味なイエローとグリーンの模様入りのドレスに着替えた。だがもうここまで噂が届いているということは、午前中の半ばごろまでには、トリスタンとともに半裸でアメリアの寝室にいて、片手を彼のズボンの中に入れていたことがロンドン中に知れ渡っているだろう。いくら地味なドレスを着ていても、噂が広まるのを押しとどめることはできない。

ジョージアナとフレデリカは朝食の席についたが、どちらも食欲がなかった。召使たちはいつものように几帳面で礼儀正しかったが、最初に噂を聞いたのが彼らであり、それをおばに伝えたのも彼らであることはジョージアナにもわかっていた。今朝、自分の雇主にこの話をした召使はほかにどれだけいるのだろう?

玄関のドアが勢いよく開いた。グレイドンが大股で、ジョージアナたちが朝食をとっている部屋に入ってきた。パスコーがすぐ後ろについて、彼が脱ぎ捨てる手袋やコートや帽子を受け取っている。

「いったい何が起きているんだ? デアはどこだ?」

「おはよう、グレイドン。朝食をどうぞ」

グレイドンは怒りに満ちた顔で、ジョージアナの目の前に指を突き出した。「あいつをきみと結婚させる。もししなかったら殺してやる」

「わたしが彼と結婚したくなかったらどうするの?」声が震えなかったのがありがたかった。これ以上、だれかに自分のことを指図されたくない。

「アメリア・ジョンズの寝室での、その……乱痴気騒ぎに加わる前に考えておくべきだったな!」

ジョージアナは椅子を後ろに押しやって立ちあがった。顔が熱くなっている。「そんなことじゃないわ!」

「みんなはそう言っているぞ!」

「黙って！」ジョージアナは叫び、部屋を出た。

「ジョージ――」

「グレイドン」フレデリカが厳しい声で言った。「大声を出すのはやめなさい」

「大声など出していない！」

ジョージアナは背後で続く言い争いを聞きながら歩き続けて居間に入った。ドアをばたんと閉め、そこにもたれる。昨夜はすべてに確信が持てた。アメリアとラクスリーのたてる音を聞くのは刺激的だった。でもそれ以上に刺激的だったのは、いつ見つかるかわからないこと、そしてトリスタンの体にしっかり押しつけられたまま動けないことだった。文字どおり、彼から手を離せなかった。

トリスタンといるときはいつもそんな感じだ。彼に対して腹を立てているときでさえ、手の甲を扇で叩くだけだとしても、とにかく触れていたかった。今、トリスタンに触れたくてしかたがない。ゆうべ、愛していると言われたときのように触れたい。彼はどこにいるのだろう？　噂があちこちに広まっていることは彼も知っているはずだ。

ドアをノックする音にジョージアナは飛びあがった。「あっちへ行って、グレイドン」ぴしゃりと言う。

「停戦だ」グレイドンがドアを押しながら言った。

ジョージアナは押し返した。「なぜ？」

彼女より体がはるかに大きく力も強いグレイドンだが、今度も軽くドアを押しただけだった。「ジョージアナ、わたしたちは家族だ。きみの首をひねってやりたいところだが、それはやめておく」

「ジョージアナ」おばの声がすぐそばから聞こえた。「家族で共同戦線を張らなければならないわ」

「そうね」ジョージアナはふたりを中に入れた。彼らの言うとおりだ。わたしの不名誉はおばといとこの不名誉にもなる。もっとも彼らの場合、爵位と権力に大部分は守られるだろう。わたしにはそんなふうに守ってくれるものがない。トリスタンが来なかったら……。ジョージアナは両手を組み、窓の前を行ったり来たりした。

「どういう説明をする?」グレイドンが問いかけた。

「ジョンズ夫妻や使用人たちがなんと言おうと、ジョージアナは風邪を引いて家にこもっていたことにするのよ。暗いし、時間も遅かったし、両親は娘の過ちを見て動揺していた。充分ありうる話だわ。それにしても、いい家の娘をあんなふうに糾弾するなんて、もう少し考えてもらいたいものだわね」

ジョージアナは足を止めた。「だめよ」

フレデリカがこちらを見た。「贅沢は言っていられないのよ」

「おば様、わたしは自分を守るために人の過ちを利用する気はないわ。たとえそれがアメリア・ジョンズであっても」

「あなたは破滅するわよ」フレデリカが静かに言う。「わかっているの?」

恐怖で背筋が凍りついた。「ええ。受け入れるわ」

「ちょっと待ってくれ」グレイドンがうなるように言った。「きみは噂されているようなことを本当にしたというのか？」

「乱痴気騒ぎというのとは違うわ」ジョージアナは言い返した。

「あいつを殺してやる」

「あなたがそんなことをするわけが――」

グレイドンがドアに手を伸ばすと同時にドアが開いた。「お嬢様」執事が告げた。「デア卿が――」

グレイドンがトリスタンの肩をつかんで部屋に引きずり込み、パスコーの鼻先でドアを閉めた。

「このろくでなし――」

トリスタンは片手でグレイドンを押しのけた。「きみに会いに来たわけじゃない」彼の顔はこわばっていた。

その視線が窓の前で凍りついているジョージアナをとらえ、彼女は再び息ができるようになった。彼が片手しか使わなかったのは、もう一方の腕に白い百合の花束とリボンのかかった箱を抱えているためだ。

「おはよう」トリスタンは優しい声で言った。口もとに浮かぶかすかな笑みが、サファイヤのような瞳の色を濃く見せている。

「おはよう」ジョージアナはどきどきしながら小声で応えた。

「デア」グレイドンが詰め寄った。「正しいことをしてくれ。きみの許しがたい行為は……」

「お黙りなさい」フレデリカがさえぎった。彼女は立ちあがり、息子の腕を取って戸口に向かった。「もし何かあれば、わたしたちは居間にいますからね」ドアを開けて言う。

「ふたりきりにさせるつもりはない」グレイドンが怒鳴った。

「いいから。あの人たちも今回は服を脱がないと約束するわよ」

「おば様ったら！」ジョージアナは顔を赤くして叫んだ。

「ちゃんと話しなさい」勇気づけるようにジョージアナを見ると、フレデリカはドアを閉めた。

ジョージアナとトリスタンは黙ったまま、しばらく見つめ合っていた。「こんなに早く噂が広まるとは思っていなかった」彼が低い声で言った。「わかっていたら、もっと早く来ていたよ。どうやらアメリアとラクスリーは、わたしが思っていたほど世間にとって興味深い存在ではなかったようだ」

「みんなあのふたりの噂に夢中になって、わたしたちのことなど忘れると思っていたわ」

トリスタンは咳払いをした。「ひとつききたいことがある。いや、ふたつだ」

これ以上鼓動が速まったら倒れてしまうのではないかと思うほど、胸がどきどきしてきた。

「どうぞ」できるだけ落ち着いているふうを装った。

「まず」トリスタンは花束を渡しながら言った。「わたしを信じているか？」

「百合が好きなことを覚えていてくれたのね」ジョージアナは花束を抱えた。これで手持ち無沙汰《ぶさた》にならずにすむ。

「わたしはなんでも覚えているよ、ジョージアナ。はじめて会ったとき、きみがどんなふうに見えたか覚えているし、わたしがきみの信頼を裏切ったとき、きみの目にどんな表情が浮かんだかも覚えている」

「でも、本当は裏切っていなかったのよね。あなたはわたしを傷つけたけれど、それを知っている人はだれもいない。どうやって知られずにすんだの？　結果がわからなければ賭けにならないのに」

トリスタンは広い肩をすくめた。「創造力を使うんだよ。ジョージアナ、きみは――」

「ええ」彼女はさえぎってトリスタンを見つめた。「あなたを信じているわ」

彼が復讐の機会を狙ってきたのだとしたら、今がそのときだった。だが、ジョージアナが言ったことは真実だった。わたしはトリスタンを信じているし、彼が好きだ。彼を愛している。

「それなら……」トリスタンは彼女がなんと答えるか不安だったようだ。「これもきみに渡そう」

彼は箱を差し出した。葉巻の箱ぐらいの大きさで、上部で蝶結《ちょう》びにした銀色のリボンがかかっている。ジョージアナはつばをのみ込み、花束を横に置いて箱を両手で受け取った。思ったよりも軽かった。

「扇ではないわよね？」わざと冗談めかして尋ねる。

「開けてみればわかるよ」

トリスタンがそわそわしているのを見て、彼が何事にも動じないわけではないとわかり、いくらか心強くなった。片端を引っ張ると、リボンはするすると落ちた。すばやく息を吸ってから、ジョージアナはふたを開けた。

丁寧にたたんだストッキングが二足並んでいて、そのあいだには巻いたメモが入っていた。トリスタンに礼を言いかけたとき、メモを留めているものに気づいた。指輪だ。彼の印章付きの指輪。

「まあ」ジョージアナはささやいた。涙が頬を流れ落ちる。

「ふたつ目の質問だ」トリスタンが震える声で言った。「わたしがこんなことを言うのは金目当てだと思う人もいるかもしれない。そしてたしかに、きみの持っているものがデアの名を守るために必要になる。あるいは、わたしにほかに選択肢がないからだとか、きみの評判を守る義務があるからだとか言う人もいるかもしれない。だがそれだけではないのは、ふたりともよくわかっている。わたしにはきみが必要なんだ。きみの金以上にきみが必要なんだよ、ジョージアナ。わたしと結婚してくれるか？」

「わたしは……」ジョージアナは涙を拭き、泣き笑いしながら言った。「はじめ、人の心を傷つけるとどうなるか、あなたに教えるだけのつもりだった。そのときにはわかっていなかったけれど、あなたからも学ぶことがあったわ。人は変われること。そして自分の心を信じていいときもあること。わたしの心は、もうずっと前からあなたを愛していたのよ、トリスタン」

彼はジョージアナの手から箱を取ってテーブルの上に置いた。メモから指輪を外すと、彼女の手を握った。「では、質問に答えてくれ、ジョージアナ。わたしが不安で死んでしまう前に」

ジョージアナは涙まじりに笑った。「ええ、トリスタン。あなたと結婚します」

トリスタンは彼女の指に指輪をはめてから、抱き寄せて唇を重ねた。「きみはわたしの命を救ってくれた」

「わたしのお金でデアの名を助けられるなんてうれしいわ」ジョージアナは言った。「だれと結婚しようと、それが伴うのはわかっていたの」

サファイヤのような瞳が彼女の目を見つめた。「いいや、ジョージアナ。き、きみがわ、わたしを助けてくれたんだ。出会った女性を必ずきみと比べてしまうのだから、きみ以外の人と結婚するなど考えられないとずっと思ってきた。でも、きみはわたしを嫌っていたから――」

「もう嫌っていないわよ」ジョージアナはため息をついた。「嫌っていたのかどうかもわからなくなってきたわ」

トリスタンは再びキスをした。「愛しているよ、ジョージアナ。自分でも怖いぐらいだ。少し前からきみにそう言いたいと思っていたが、きみが信じてくれるかどうかわからなかった」

彼女も同じ心配をしていたのだ。「今では信じているわ。そしてあなたを愛している」

トリスタンはジョージアナの手を取り、大きすぎる指輪を見おろした。「きみの家族に撃ち殺される前に話したほうがよさそうだな」ふたりの目が合った。「レッスンはもう終わりだと言ってくれ」

ジョージアナはまた笑った。「約束はできないわね。あとになって、もっと続ける必要があると思うかもしれないもの」

「神よ、わたしたちふたりを助けたまえ」ほほえみながらそうささやくと、トリスタンは彼女にキスをした。

訳者あとがき

華やかな一九世紀のロンドン社交界。仲のいい三人のレディーたちが、女性の心をないがしろにし、持参金の多い少ないで女性を判断する世の紳士たちに腹を立て、それぞれひとりの男性を相手に恋のレッスンを授けることにします。三人の恋のレッスンを描いたその名も〝レッスン in ラブ〟シリーズ三部作。本書はその第一作目にあたります。

三人の中で最初にレッスンを実行に移すのが本書のヒロイン、レディー・ジョージアナ・ハレーです。そうとは知らずにレッスンを受けるのは、デア子爵トリスタン・キャロウェイ。実はふたりは六年前、一度関係を持ったことがあります。ですが、トリスタンの動機が賭けであったことを知ったジョージアナは深く傷つき、それ以来ふたりは犬猿の仲となっています。今回のレッスンで、ジョージアナは彼を魅了してから突き放すことで、心を傷つけられるというのがどんなものなのか思い知らせようとします。一方のトリスタン、六年前は子爵家のお気楽な長男でしたが、今では事情が違います。父が莫大な借金を残して死んだため、爵位を引き継いだ彼の肩に、四人の弟とふたりのおばの生活が重くのしかかっているのです。苦境を乗りきるためには、高額の持参金を持つ令嬢と結婚しなければなりません。持参金目当てに結婚なんて、現代の日本に住むわたしたちから見るとなんとも納得がいきませんが、当時の貴族社会ではあたりまえのことだったのですから、しかたがありません。とにかく、トリスタンが結婚相手として目をつけた若い令嬢アメリアに、ジョージアナは彼を理想的な夫に仕立てあげると約束します。

レッスンのために、大人の男性が三人もいるキャロウェイ家に住み込むことにしたジョージアナ。トリスタンのおばの相手をするというのが名目ですが、それにしてもなんと大胆なのでしょう。その大胆さは彼女の行動の随所に表れており、実に小気味いいほどです。トリスタンはニヒルで冷たい印象ですが、家族に対するときは別です。おばたちや弟たちに細やかな愛情を向ける様子は、ふだんの姿と対照的です。互いに心の奥底ではずっと相手のことが忘れられないでいるのに、逆の行動を取ってしまうふたり。やがてジョージアナのレッスンは佳境に入り……。そこから結末までの展開は、まさかと思うようなサプライズも用意されていて目が離せません。

本書には、ふたりのほかにも個性豊かな脇役たちが登場します。ジョージアナとともにレッスンを計画する、シリーズ第二作、第三作のヒロインであるエヴリンとルシンダ。性格はそれぞれ違いますが、ジョージアも含めて結束のかたい三人組です。それから、口うるさいところはあるものの、姪を心から愛し、深い理解を見せるジョージアナのおば。トリスタンのおばたちのほうは茶目っ気たっぷりで、年はとっていても気の若いふたりです。さらに、強い絆《きずな》で結ばれた兄弟たち。特に戦争で心に大きな傷を負った三男のロバートは、第三作でヒーローとなっていますが、本作でも目立たないながらも重要な役割を果たしています。そして忘れてはならないのが、トリスタンの求婚相手（本人は結婚をほのめかしたことはないと言い張っていますが）のアメリア・ジョンズ。ここでは純真で可憐《かれん》な令嬢とだけ言っておきましょう。本書は、このような魅力あふれる多彩な脇役たちを主役のふたりに絡ませながら、恋のレッスンの行方を軽妙なタッチで描いています。

作者のスーザン・イーノックは米国カリフォルニア州生まれ。幼いころは、動物学者になってアフリカを探検し、その体験をもとに本を書きたいと夢見ていた彼女ですが、アフリカには毒蛇が多いことを知って怖じ気づき、もっと安全なテーマを扱うことにしたそうです。そんなユーモラスな一面は著作にもよく表れており、彼女の作品はユーモアあふれる登場人物とウィットに富むセリフが特徴となっています。ヒストリカル・ロマンスを得意としていますが、最近ではコンテンポラリーも書いており、日本でも訳書が出ています。三人の愛すべきレディーたちと、癖のある紳士たちの恋の駆け引きを描いた本シリーズ、どうぞお楽しみください。

二〇〇九年四月

ライムブックス

あぶない誘惑《ゆうわく》

著　者　スーザン・イーノック
訳　者　水山葉月《みずやまはづき》

2009年5月20日　初版第一刷発行

発行人　成瀬雅人
発行所　株式会社原書房
〒160-0022東京都新宿区新宿1-25-13
電話・代表03-3354-0685　http://www.harashobo.co.jp
振替・00150-6-151594
ブックデザイン　川島進（スタジオ・ギブ）
印刷所　中央精版印刷株式会社

落丁・乱丁本はお取り替えいたします。
定価は、カバーに表示してあります。
 ISBN978-4-562-04361-3　Printed in Japan